U0140928

契诃夫笔下的
知识分子形象研究

许力 著

天津大学出版社
TIANJIN UNIVERSITY PRESS

图书在版编目(CIP)数据

契诃夫笔下的知识分子形象研究/许力著.—天津:天津大学出版社,2011.11

ISBN 978-7-5618-4144-0

Ⅰ.①契…　Ⅱ.①许…　Ⅲ.①契诃夫,A. P.(1860~1904)–知识分子–人物形象–小说研究　Ⅳ.①I512.074

中国版本图书馆 CIP 数据核字(2011)第 237760 号

出版发行	天津大学出版社
出 版 人	杨欢
地　　址	天津市卫津路 92 号天津大学内(邮编:300072)
电　　话	发行部:022-27403647　邮购部:022-27402742
网　　址	www. tjup. com
印　　刷	昌黎太阳红彩色印刷有限责任公司
经　　销	全国各地新华书店
开　　本	169mm×239mm
印　　张	13
字　　数	264 千
版　　次	2011 年 12 月第 1 版
印　　次	2011 年 12 月第 1 次
定　　价	27.00 元

凡购本书,如有缺页、倒页、脱页等质量问题,烦请向我社发行部门联系调换

版权所有　侵权必究

序

许力的博士论文出版，嘱我写几句话，我想这是我应尽的责任。

为了责任，近些年我一直有很大的压力，常常觉得力不从心。无论对社会、对学生、对家庭、对自己身边的人，这个责任形而下些，通过努力是可以做好的，而社会责任则形而上的色彩重些，不知该如何去做。作为一个教师，一个俄国文学研究者，能把本职工作做好，按理说也就问心无愧。但我一直有一个愿望：一个选择了文学研究为职业的人，他应当成为一个知识分子，一个俄罗斯传统意义上的知识分子。这是一个愿望，同时也是我人生哲学的一个底线。但在今天的语境下，要达成这个愿望，要守住这个底线，如果仅仅是痛苦也就罢了，而它几乎是无法实现的，这不免让人有时感到绝望。

于是让我想到了契诃夫。

俄罗斯作家都有很强的普济主义倾向。果戈理当年着重要解决的是人精神贫乏的问题；陀思妥耶夫斯基要解决的是人与上帝关系的问题；托尔斯泰要解决的是人的灵魂生存的问题，那么契诃夫要解决的是什么问题呢？在我看来，他要解决的就是人的"责任"问题。即，人对所有他者都是负有责任的。这种思想上承俄罗斯的宗教"聚合性"理念，下启巴赫金的对话哲学。聚合性是什么？按照霍米雅科夫以及后来的正教思想家们的理解，聚合性就是诸个体平等聚合、彼此联系的自由空间。在这个空间中，所有成分都是相对于所有他者而存在的。因此，也可以说聚合性理念强调的就是人与人之间的关联。而巴赫金的对话哲学强调的是对话双方的"回应性"（ответственность），这个词译成中文就变成了"责任"。世界的本质就是诸个体彼此的"责任"关联，而每一个个体又与整体形成责任关系。

　　契诃夫首先要做的是揭示出当时社会的末世性质,即人走入了一种误区,他们看不到他者的存在,误以为绝对的个体主义便是实现自我的唯一途径。于是,我们才会看到"套中人"只对自己负责的"保守性"和"顽固性"。读着契诃夫的作品,我们会发现在他的笔下,这些丧失责任感的人大多是有知识的人。这正是契诃夫的一块心病。在世风日下的世纪之交,契诃夫多么希望有人能够承担起重建责任意识的重任,如果一个日益没落的政权早已无力对社会负起责任,那么这个拯救性使命就只有靠这个社会的"精英阶层"来承担了。然而,现状却令契诃夫惨不忍睹。在他看来,当时社会由魔鬼繁殖了一批"懦弱的无气节的人,这种人我们称之为知识分子。这个知识阶层萎靡、颓唐、冷漠无情,懒洋洋地空谈哲理"。契诃夫希望通过拉京的死亡来唤醒当代知识阶层的责任意识,甚至这个主张"冷静"写作的文学家竟在《套中人》的结尾发出深沉的感叹:"不,不能再照这样生活下去啦!"。为此,他对自己的文学写作寄予了沉重的期望,他在给朋友的信中说:"文学家不是做糖果点心的,不是化妆美容的,也不是给人消愁解闷的;他是一个负有义务的人,他受自己的责任感和良心的约束"。他不仅在写作中试图重建人与人之间的责任意识,而且在现实中他不惜以自己的一切世俗条件为代价,来践履一个知识分子的承诺。

　　契诃夫是不幸的,他不幸生活在一个上帝死去的时代,一个帝国式微的时代,这样的时代给了他太多的冷漠。他像一个孱弱的堂吉诃德却肩负起沉重的责任,而这个责任将他压垮在44岁的生命中途。但契诃夫又是有幸的,他生在一个需要变革的时代与国度,而他竟在那个如此恶劣的社会中仍然可以靠着自己的笔发出时代的强音,为人类描绘出一道责任的曙光;他生在一个期望文学可以救世的国度,而俄罗斯的文学力量却可以与暴政的力量相抗衡。苏沃林曾说过:"我们有两个沙皇,尼古拉二世和托尔斯泰。他们谁更强大? 尼古拉二世对托尔斯泰无可奈何,无法撼动后者的宝座,但确切无疑的是,托尔斯泰正在撼动尼古拉二世的宝座和他的王朝。"契诃夫有幸与托尔斯泰呼吸着同一种空气,因此,他虽然仅仅走过了 44 个短暂的春秋,但却为我们留下了一座知识分子的精神宝库。

　　许力的论文是有眼光的,尽管谈契诃夫与知识分子话题的人很多,但她还是选择了这一论域,不过她要做的,是将契诃夫创作中的知识分子形象进行系统考察。据我所知,不论在我们国内,还是在俄罗斯本土,这个工作还是第一次有人做。契诃夫的知识分子精神,是靠他一生的社会实践所确立的,更是靠他的文学形象来传达的。许力通过她的努力为我们全面阐述了契诃夫知识分子精神传达的叙事模式,从而深化了我们对契诃夫的理解。这件工作从她的选题伊始直到此刻,仍在不断地感动着我。

　　许力的工作进行了近七年的时间,这期间她有欢乐,也有痛苦。当我看到她活泼顽皮的儿子随着学位论文一起成长的时候,我的心中便感到无尚的欣慰,而在这期间她的父母相继辞世、家人患病、她的健康受损,为此我也一同与她经历着深深的忧伤。此前我一直因我的学生为学位所付出的代价而不安,但此刻我也想,这大概就是生命吧,欢乐与痛苦总是掺杂在一起的,或许只有痛苦才更能激发起我们对生命意义的感受,才更能强化我们对这个世界的责任意识,尽管我仍然执拗地祈求,还是让痛苦少些,让欢乐来得更猛烈些吧!

王志耕

2011 年 5 月于南开大学

前　言

19 世纪末，俄国杰出作家安东·巴甫洛维奇·契诃夫（1860—1904年）作为具有医生与作家双重身份的知识分子，在短暂的四十四年生涯中进行着孤独的精神探索：早年他坚信唯物主义，摒弃宗教与政治，而后在不断的社会实践中，对托尔斯泰主义、民粹派思想、马克思主义等都进行了反思与批判，并始终不渝地坚信知识和劳动是推动社会进步的力量；在文学创作中，逐步形成独立自主的、"非倾向性"的现实主义原则。这一知识分子立场深深地影响了契诃夫的整个创作，在他的笔下，着力最多、表现最丰富、意义最深刻的，正是复杂多面的知识分子形象，本书就此问题展开系统的论述。

本书共分以下三部分。

第一部分为绪论，主要介绍中国的契诃夫研究以及与本书主旨内容相关的研究现状（1907 年"黑衣教士施施东来"——21 世纪最初十年）。

第二部分是正文部分，包括第一至四章的内容。

第一章为"知识分子作家契诃夫"研究。其中包括两节内容：第一节为"漂泊的灵魂——精神探索"，主要是根据 19 世纪俄国知识分子思想发展的线索，探寻作为知识分子的契诃夫思想发展的轨迹与思想体系的建立。医生的职业使契诃夫更加科学与冷静地看待人与社会现实。这一节还介绍了契诃夫身为医生所从事的社会实践活动以及为之献身的公共福利事业和对一些政治事件作出的反应等。列宁认为，一个知识分子必须有明确的世界观，然而契诃夫从不跟从任何社会思潮，而是从俄国的社会实际出发去思考问题，其实这正是他明确的世界观的体现。契诃夫也没有参加过任何政治派别，但他以实际行动证明他是一位有着高度社会责任感的知识分子。第二节为"契诃夫的文学创作原则"。这一节依据翔实的作家传记、日记、书信等材料,对与此相关的、具有代表性的文学作品进行分析,诠释作家创作中独立自主的、"非倾向性"的现实主义原则。

第二、三、四章是对契诃夫作品中的知识分子形象进行分类研究。

第二章为"知识分子传统的背弃者"。第一节"迷途的羔羊"——这是一些被时代"同化"了的知识分子形象,也就是"庸俗化"的知识分子形象,他们丧失了生活的目标,随波逐流,看破红尘。第二节"扭曲的灵魂"——这是一些被时代"异化"了的知识分子形象,他们的灵魂扭曲,丧失自我,例如,"套中人"别里科夫、"赚钱机器"姚内奇,等等。通过对这些形象的描绘,契诃夫对有社会良知的知识分子的堕落现状进行了多角度的反省与批判。

第三章为"精神上的抗争者"。第一节"无望的逃离"——这是既未被"同化"、也未被"异化"的一类知识分子形象,想逃脱却怎么也逃不掉,痛苦挣扎之后不乏自杀者,例如剧本《伊凡诺夫》中的伊凡诺夫、《海鸥》中的特里波列夫,等等。第二节"清醒的'狂人'"——"狂人"形象。在契诃夫的笔下,有一组"狂人"形象,他们是精神上的抗争者,庸俗的环境与庸俗的人物都无法将其"同化",畸形扭曲的时代也无法将其"异化",他们被视为疯子。事实上,他们不是真正医学意义上的疯子,而是契诃夫肯定和赞许的对象,他们是契诃夫笔下少有的正面知识分子形象、腐朽旧世界的破坏者、未来新世界的一线光明。

第四章为"新生活的探索者"。第一节"超越'新人'"——这是全新的知识分子形象,他们以崭新的姿态迎接新生活,劳动、工作、学习是他们生活的主题。第二节"知识女性"——契诃夫认为,女性要获得真正的解放,依靠的是知识和劳动。这是作家的妇女观,剧本《海鸥》中的尼娜、小说《新娘》中的娜嘉等都是作家肯定和欣赏的女性知识分子形象。通过对新型知识分子形象的想象与塑造,契诃夫探索了这一特殊群体未来发展的可能性。

第三部分为结束语,简述了 19 世纪俄国知识分子思想发展史,并把契诃夫笔下的知识分子形象同 19 世纪俄国文学中的知识分子典型形象，如"多余人""忏悔的贵族""新人"等进行简单的比较，进而指出契诃夫对俄国知识分子形象塑造传统的继承与超越之处以及契诃夫在该过程中的伟大意义。

关键词：契诃夫　精神探索　"非倾向性"　知识分子形象

Foreword

As a doctor and a writer, Anton Chekhov(1860—1904) explored the human mind in his life time—in his early life, he abandoned religion and politics, having an infinite faith in materialism; in his later social practice, reflection on Tolstoyism, Populism and Marxism, he insisted that knowledge and laboring be the power of social progress. Through all the years of literary writing, he has formed a realistic principle featuring independence and non-orientation. In his works, intellectuals tend to be complicated figures with great significance.

This book contains three parts as follows.

The 1st part is introduction, containing the review of Chekhov in China (from 1907 to the 1st decade of 21st century).

The second part is the body, including 4 parts: the 1st chapter entitled "Anton Chekhov as an Intellectual" with two subtitles: "the erratic soul", discussing the development and forming of Chekhov's thinking as an intellectual. The profession as a doctor made Chekhov look at the world with a scientific and calm way. Rather than following a certain trend, Chekhov thought about problems from the practical social conditions in Russia. What he had done proves that he was a responsible intellectual. In the following subtitle "the intellectual writer", the biography, diaries, letters, related works and other materials are analyzed to illuminate his independent and non-oriented realistic writing principle.

From the second chapter to the forth chapter, images of intellectuals in his works are discussed. The second chapter, Deserter of Traditional Intellectual contains two parts: The Lost Lamb and The Twisted Soul, which deals with the intellectual of that time—those vulgarized, assimilated intellectuals—

they had lost themselves, got their soul twisted and swamped with the tide. The third chapter, The Spiritual Struggler, also contains two parts: The Desperate Flee and The Image of the Madman. Those who were not assimilated intellectuals wanted to flee from the society but could not find the way out, only got suicide while those who were "mad" were the positive characters that Chekhov appreciated, for they were the destroyers of an old world. The forth chapter, The Explorer of a New Life contains two parts: The Super-new-man and The Female Intellectuals discuss the new intellectuals whose life was mainly labor, work and study. Chekhov explored the possibility of development for the new type intellectuals.

The third part is conclusion, mainly discusses the development of the thinking of Russian intellectuals. Comparing with the traditional Russian intellectuals, the author of this book thinks that Chekhov's description of intellectuals was much better than any other writers of his own time.

Key Words: Anton Chekhov, The spirit of exploring, Non-orientation, The images of intellectuals

目　　录

绪　　论

安东·巴甫洛维奇·契诃夫①（1860—1904 年）是俄国 19 世纪末 20 世纪初的一位杰出作家。在他短暂的一生中，留下篇目众多的小说作品及优秀剧目，一些人物形象如"套中人""变色龙"等家喻户晓。

无论是在俄罗斯本土还是在中国，文学界对契诃夫的评价几乎是一致的：从"忧郁的歌手"到"伟大的批判现实主义作家"，最后再"脱掉这件现实主义的外套"。学者们越来越全方位、多视角地研究契诃夫及其作品。国内有关契诃夫笔下的知识分子形象研究的文章大多集中在 20 世纪 80 年代，例如，王西彦的《书和生活——兼谈契诃夫、迦尔洵作品中的知识分子》（1980,7.《随笔》）、刘劲予的《论契诃夫的知识分子形象塑造》（1983,4.《广东教育学院学报》）、许茵的《试论契诃夫小说中的知识分子形象》（1984,1.《云梦学刊》）、黎皓智的《契诃夫小说中的知识分子形象》（1985,4.《南昌大学学报》——人文社会科学版）、杨小岩的《契诃夫小说中的知识分子形象》（1988,2.《长江大学学报》——社会科学版），等等。就题材来看，小说中的知识分子形象是主要的研究对象，戏剧中的知识分子形象还有一定的研究空间，而且从知识分子角度研究契诃夫本人的文章还不多见，因此，在前人已经取得的研究成果基础之上，本人将利用俄语专业出身的优势，研读最新俄文资料，立足文本分析，并与社会历史批评相结合，将该命题的研究进一步深化和扩展。

1994—2004 年的"契诃夫年"已经过去，但重读经典对我们来说依旧意义重大，我谨以此书——《契诃夫笔下的知识分子形象研究》表达对这位伟大的俄国作家的崇敬之情。

---

① 由于译者不同，本书中对契诃夫的译法还有柴霍夫、柴霍甫、契可夫，但以契诃夫使用居多。

第一节 中国的契诃夫研究现状

(一)1907 年"黑衣教士施施东来"至 1949 年

译本情况

中国读者最初知晓的俄国作家当属普希金、高尔基、莱蒙托夫。1907 年,清末翻译家吴梼又把契诃夫的作品《黑衣教士》从薄田斩云的日译本翻译成中文,从此我国便开始了对契诃夫作品的译介与研究。"虚无美人款款西去,黑衣教士施施东来"①,这是我国现代著名作家、文学理论家阿英(1900—1977 年)所著《翻译史话》第三回的标题,可见契诃夫的作品来到中国的意义。当时,契诃夫作品的主要中译者还有周作人、包天笑、陈景韩。1916 年,在陈家麟与陈大镫根据英译本转译的《风俗闲评》(上、下册)中,收录 23 篇契诃夫的短篇小说,这是第一部中译本的契诃夫小说集。

1919 年"五四"新文化运动之前的这一时期,译者对所译作品的选择几乎是偶然的,契诃夫的作品大多从日译本转译过来,而且使用文言文翻译,晦涩难懂。只有《黑衣教士》除外,它的译者吴梼是中国使用白话文翻译俄国文学作品的第一人。此外,译文的"中国化"十分明显,加之以个别的漏译、错译,读者只能简单了解契诃夫小说的基本内容,很难做到真正的把握。尽管如此,这些译者对契诃夫作品在中国的传播还是起到了积极的作用。

契诃夫的小说闻名于世,他的戏剧艺术更是辉煌,然而,在"五四"运动前他的剧本尚无中译本。1909 年,鲁迅与周作人合译的《域外小说集》中所附的《著者事略》提到契诃夫"著戏剧数种"②;1916 年宋春舫的《世界新剧谭》中也提到契诃夫的名字,并且在列表(丙)"俄国"中列六部剧本,其中四部是契诃夫的剧作,可见作者对契诃夫的重视。

---

① 阿英. 小说闲谈四种(4). 上海:上海古籍出版社,1985:238.
② 鲁迅. 著者事略//山庵. 域外小说集. 北京:新星出版社,2006:170.

　　1919 年"五四"运动期间,俄国文学在中国的译介与研究迎来历史上的第一个高潮期,契诃夫作品的翻译与研究也开始了新篇章,"根据《新文学大系·史料·索引》的不完全统计,1917—1927 年,我国共出各国译本225 种……其中俄国 65 种,占了总译作品的三分之一,可见其地位多么重要。这 65 种作品中,托尔斯泰有 12 种,契诃夫 10 种,屠格涅夫 9种……"①"五四"运动以后,契诃夫的作品被大量译成中文。

　　1920—1927 年间,契诃夫小说的中译者主要有耿济之、瞿秋白、赵景深等。最初的翻译作品主要刊登在杂志和报纸上。不仅如此,从 1921 年起,契诃夫的小说译文还被编辑成册,一些综合性的文学作品也常常集中收录契诃夫的中译作品。那个年代,阅读契诃夫的作品成为时尚,1927年,衣萍在《〈契诃夫随笔〉抄》后附的小记中写道:"契诃夫、契诃夫、契诃夫,这个年头,契诃夫不知为什么忽然配上中国人的味口,不知道有多少人在那里揣摩契诃夫的作品,有多少人在那里翻译他的小说……"②

　　"五四"运动以后,国内开始了契诃夫剧本的翻译工作,最早的中译本应是 1920 年耿济之翻译的独幕剧《求婚》。

　　这一阶段,契诃夫小说的译文被大量发表,而且还编辑成册,五部多幕剧也已经翻译出版。选译篇目从过去的"偶然性"发展到具有一定的"自主性";除郑振铎、周作人等人是从英、日、德译本转译外,开始有契诃夫的作品从俄文直译成中文。1912 年中华民国成立后,原清政府创办的东省铁路俄文学堂改组为俄文专修馆,直属外交部,专门培养外交人才,瞿秋白、耿济之等成为中国首批掌握俄语的人。不仅如此,许多译者本身就是作家、文学批评家,所以对契诃夫作品的领悟力较之过去有所提高,因此对原著的误读、删改、漏译等情况有所改善。

　　从 20 世纪 30 年代起,契诃夫的作品被大量翻译成中文,不仅出版契诃夫的作品集,而且在一些小说的合集中也常收录他的作品,剧本翻译与小说翻译相比数量不是很多,不过,1930 年 5 月 11 日在上海首次演出了契诃夫的戏剧《万尼亚舅舅》。

---

①　王锦厚. 五四新文学与外国文学. 成都:四川大学出版社,1989:159.
②　衣萍.《契诃夫随笔》抄. 语丝,1927,136(3):304.

　　从抗日战争开始直到中华人民共和国成立，契诃夫作品的翻译工作依然继续。这一时期的翻译重点是契诃夫的戏剧作品。契诃夫的作品在1949年之前基本上都已被翻译成中文。这一时期涌现出一批如曹靖华、满涛、丽尼等高水平的翻译家，在他们的努力下，国内读者真正感受到契诃夫作品的魅力。巴金在苏联契诃夫逝世五十周年纪念会上的一段讲话，充分概括出这几十年契诃夫作品的中译情况："中国人民熟悉契诃夫的名字就像熟悉自己的先生和朋友。近四十几年来他的作品不断地译成中文。他的小说译文经常在北京和上海两处的报刊上发表。他的剧作也有几种中文译本。小说选集先后出版过三套，最后的一套在一九五〇年刊行，现在已经出到第二十一册，选载小说一百五十七篇。在十九世纪俄罗斯现实主义作家中间，契诃夫是作品译成中文最多的一个。他的《万尼亚舅舅》早在一九三〇年就在上海演出，但上演次数最多的是他的独幕剧。"①

　　研究情况

　　国内对契诃夫的研究始于20世纪初。1907年，吴檮翻译的《黑衣教士》原附日译者短跋写道："此篇作者安敦溪崖霍夫与哥尔基齐名，为俄国文坛健将。其为小说，专以短篇著世称俄国之毛拔森。文章简洁而犀利，尝喜抉人间之缺点，而描画形容之。以为此人间世界，毕竟不可挽救，不可改良，故以极冷淡之目，而观察社会云。今年七月中旬，旅于德国而逝，年四十四，世界文坛，又弱一个矣。"②此外，周作人在所译《域外小说集》所附的《著者事略》中、包天笑在《写真帖》的小序与《火车客》的前言中，都有契诃夫的简介。"五四"新文化运动前，尚无专门的文章评论契诃夫及其作品，只有部分译作的序跋中附以译者对作家及其作品进行的简单描述、简短评说、随感性的见解，对偶见的理论问题尚未深入研究，使得读者对契诃夫的译作接受尚处表面层次。

　　1919年《新青年》杂志第6卷第2号刊登了周作人的译作《可爱的人》(《宝贝儿》)，后附文章《Ljov Tolstoj 对于〈可爱的人〉的批评》与译者

---

① 巴金. 向安东·契诃夫学习——在莫斯科契诃夫逝世五十周年纪念会上讲话//巴金. 谈契诃夫. 上海：平明出版社，1955：40.

② (俄)溪崖霍夫. 黑衣教士. 吴檮，译. 上海：商务印书馆，1913：87.

记。托尔斯泰认为"她的灵魂与她能将全生命专注在所爱的人的身上那种力量,却不可笑,却极伟大而且神圣"①。周作人所持的态度并不相同,"译者对于这篇里'可爱的人'的态度是与著者相同,以为她单是可爱可怜,又该哀悼,并且诅咒造成这样的人的社会,希望将来的女子不复如此,成为刚健独立,知力发达,有人格,有自我的女人,能同男子一样,做人类的事业,为自己及社会增进幸福。因为必须到这地步,才能洗净灰色的人生,真贯彻了人道主义"②,这可以说是国内契诃夫研究者首次真正对契诃夫的作品进行评价。

1920 年,在独幕剧《求婚》的前言中,耿济之写道:"Anton Tchehoff 以短篇小说和剧本著名,他的短篇小说介绍到中国来的已经有好几篇……已经很不少了……但是他的戏剧却没有给介绍过一次。他最著名的戏剧是《海鸥》《三姊妹》《樱桃园》《伊凡诺夫》等几种,都是风行一世的著作。现在的短篇剧《求婚》,虽还不能算作柴氏剧本中的上品,但是他极饶着滑稽的风味,能将俄国乡间绅士的习惯和脾气,曲曲绘出,这也正是不可多得的啊!"③这是国内对契诃夫剧作的最早评价。此前,在沈雁冰的文章《近代戏剧家传》中曾有过对契诃夫戏剧的笼统介绍。

这一时期,还有一些俄国文学研究的著作、文学史以及评论文章涉及契诃夫及其创作。不过,尚无专著问世,即便自撰文章也不多,译文所占比例过高,且篇幅短小。但是,已经有研究者开始关注作家的书信、札记、回忆录等材料,并且把它们翻译成汉语,如徐志摩、赵景深等。还有一些研究者开始采用比较方法研究契诃夫,如沈雁冰、瞿秋白等。

对契诃夫及其创作的评价主要围绕以下几个方面进行。

首先,是对作家契诃夫本人的人品作出极高的评价。

其次,作为作家的契诃夫,他在文学史上的地位得到了中肯的评价。

不过,这一时期对契诃夫的研究主要是围绕作家的创作思想、创作主题展开的。"俄国的文学,从尼古拉斯二世时候以来,就是'为人生'的,无论它的主义是在探究,或在解决,或者堕入神秘,沦于颓唐,而其主流还是

---

① （俄）托尔斯泰. 对于《可爱的人》的批评. 新青年,1919,6(2):136(1954 年人民出版社影印)
② 周作人.《可爱的人》译者记. 新青年,1919,6(2):140(1954 年人民出版社影印).
③ 耿济之.《求婚》前言. 解放与改造,1920,2(12):52.

一个:为人生。这一种思想,在大约二十年前即与中国一部分的文艺介绍者合流,陀思妥耶夫斯基、都介涅夫、契诃夫、托尔斯泰之名,渐渐出现于文字上,并且陆续翻译了他们的一些作品……"①这是鲁迅对当时的俄国文学以及中国对该文学译介的总体评价,契诃夫研究也正是围绕这一文学观念展开的。

契诃夫笔下的人生大多是灰色的,为此他被称为"黄昏的歌者""绝望的歌者",其实不尽然,郑振铎就认为契诃夫并不是一个真正的悲观主义者,他对未来还是充满信心的,因为"在他的戏剧《依文诺夫》《万尼亚舅夫》及《樱桃园》里曾完全表现出他的这种热忱的想望。古旧的樱桃树,被铁斧叮叮地砍伐着,旧的人凄惨而至于悲泣,而新的人却喜悦着,他们相信着新的园林,新的环境,新的希望与新的幸福"②。

"俄国近代文学的特色是平民的呼吁和人道主义的鼓吹"③,这也是当时评价契诃夫及其作品的一个重要尺度。

这一时期契诃夫创作的艺术特色也备受关注:首先,是对契诃夫作出现实主义作家的定位。其次,对于现实生活的临摹,契诃夫通常采用幽默、讽刺的笔法,他的作品大多先是引人发笑,但笑后却让人回味无穷,引人深思。

契诃夫的文章短小精悍、语言简练也是研究者关注的话题。

这一时期,国内的契诃夫研究虽视角扩大,但尚处起步阶段。

1930年前后直至20世纪40年代末,国内契诃夫研究的自主性加强,撰写文章数目明显增多,而且还有专著问世。第一部契诃夫戏剧研究专著是1948年萧赛的《柴霍甫的戏剧》,同年,他的另一部著作《柴霍甫传》也问世了,此前,契诃夫的传记大多以附录的形式出现在一些译著中。

这一时期,国内对契诃夫的评价主要还是沿袭"五四"时期"为人生"的文学观念,并突出作家对美好新生活的热望。

苏联早期的文学批评对中国文学界的影响还是十分巨大的。例如,卢那察尔斯基就认为契诃夫敢于批判市侩的庸俗。的确,契诃夫刻画出

---

① 鲁迅.《竖琴》前记//刘运峰.鲁迅序跋集(上).济南:山东画报出版社,2006:291.
② 郑振铎.俄国文学史略//郑振铎.郑振铎全集:第十五卷.石家庄:花山文艺出版社:1998.502–503.
③ 沈雁冰.俄国近代文学杂谈(上).小说月报,1920,11(2).

知识分子的怨天尤人，但他们对新生活的向往还是值得赞许的。也有一些人认为契诃夫的作品基调灰色、暗淡，实为悲观厌世者。虽然这一观点当时并未成为我国契诃夫批评的主流，但其思想也流于某些文人的笔端，如左联著名文艺批评家冯乃超等。

不仅受苏联文学批评的影响，当时日本的俄国文学研究者昇曙梦（1878—1958 年）的观点也颇受瞩目。在著作《俄国现代思潮及文学》中，他对契诃夫的否定大大超过肯定，他认为"在契诃夫的脑中，是没有社会、国家、主义和理想的……他除出那由于丑恶的市侩气质的跋扈而所生出的悲剧以外，其他什么事物也都不曾看到……所谓'在我们俄国，一切万事都是不如意'，乃是他的艺术的基调……"[①]白莱是昇曙梦观点的拥护者，昇曙梦的观点后来曾遭到邵荃麟（1906—1971 年）的批判。陆立之在所译的米哈·柴霍甫的《柴霍甫评传》的后记中，除了肯定契诃夫的创作是为了人与生活的，并且他还爱集体生活以外，几乎是将契诃夫贬得一文不值。

左翼倾向的文学批评也占有一席之地。伍辛称契诃夫为"一个伟大的布尔乔亚底现实主义的作家"[②]，王西彦认为契诃夫的忧郁来自社会及个体两方面因素："契诃夫是在不问政治的小资产阶级环境里诞生和长大的，他和当时的革命运动有很远的距离；他看见和接触到的，只是那些自由主义知识分子的忧郁和冷漠。社会生活影响或竟决定一个作家的作品，契诃夫所唱的忧郁的歌，除去个人气质的若干因素，分明是当时消沉忧郁的社会生活的反映。""由于契诃夫没有看到当时逐渐高涨的工人阶级的革命运动，没有看到社会生活中真正的坚强的人和反抗者，也没看到祖国所应走的道路，在他的世界观里存在一个极大的缺陷，使他的作品带有一种忧郁的悲哀的调子。"[③]

对于契诃夫的种种歪曲和不解，几乎在 1949 年 B. 勃拉依尼娜的文章《关于契诃夫的新认识》中画上了句号。在 20 世纪 50 年代开始了契诃夫研究的新篇章。这一时期，除了研究契诃夫作品的题材和思想外，作家创

---

① （日）昇曙梦. 俄国现代思潮及文学. 许亦非，译. 上海：现代书局，1933：32 - 33.
② 伍辛. 关于契诃夫∥荆凡. 俄国七大文豪. 桂林：理知出版社，1943：320.
③ 王西彦. 契诃夫和他的《可爱的人》∥王西彦. 书和生活. 广州：花城出版社，1981：378，396 - 397.

作的艺术特色开始受到关注。

主要的戏剧评论者当属焦菊隐(1905—1975年),他在文章《契诃夫与其〈海鸥〉》(1943)中,详细地描述了契诃夫的剧本《海鸥》的创作、上演的失败与成功的全过程,进而他得出结论:"无论是他的小说和戏剧,写来都那样简单、自然、平常,在这简单、自然与平常之中,却寄寓着伟大深沉的力量、人生的鸟瞰、生活脉动的记录。作者不向读者和观众讨论人生的问题,却让他的人物自己去讨论自己的人生,让读者和观众自己去对生活发出问题。"①阳翰笙在文章《关于契诃夫的戏剧创作》(1945)中,对20世纪八九十年代俄国剧场史作了简单的介绍,分析了契诃夫的主要剧本《伊凡诺夫》《海鸥》《万尼亚舅舅》《三姐妹》《樱桃园》中的主要人物,并总结出契诃夫戏剧的三大特征:"善于描绘琐屑的日常生活的悲喜剧""诗人般精练的语言""契诃夫的剧作是一种抒情戏剧"。肖赛则在自己的专著《柴霍甫的戏剧》(1948)中,介绍、分析了契诃夫的《伊凡诺夫》《蠢货》等十二个剧本,更详细地阐明了自己对契诃夫戏剧的看法与观点,并在后记中列出国内从事契诃夫戏剧研究的译者及中译本目次、契诃夫幼年剧作、未发表及未收入此全集的剧目,这本专著可谓当时契诃夫戏剧研究的权威之作。

小说研究主要有1935年4月《新中华》杂志3卷9期的"短篇小说研究特辑",艾芜、周楞伽、伍蠡甫等人从作品的思想、表现手法等方面分析了契诃夫的短篇小说。

这一时期,还有研究者把契诃夫同欧洲作家进行比较,比较最多的当属莫泊桑。赵景深在《短篇小说的结构》(1928)一文中,曾分析莫泊桑的写作特点,并归纳出契诃夫小说"逆溯的""交互的""循环的""潜藏的"特点。其中,逆溯"是极常见的,利用追叙和回想使得几十年的事能在极短的时间内显示出来"②,这是契诃夫与莫泊桑的相近之处。"在俄国社会上,尚有人加上他一个荣誉的绰号,称他做我们的莫泊三。这个绰号虽是恰切,但也有些不尽然的地方。柴霍甫所以像法国的莫泊三的,不过如莫

---

① 焦菊隐. 契诃夫与其《海鸥》//阳翰生. 焦菊隐文集:第二卷. 北京:文化艺术出版社,1990:1.
② 赵景深. 短篇小说的结构. 文学周报,1928,5:233-234.

泊三一样的多做短篇小说;这是技艺上的相似,至于作品中的内性,他们
可就各人有各人的思想和特质了"①,冯瘦菊写道。1930 年茅盾在《西洋
文学通论》中也把契诃夫与法国的莫泊桑作比较:"这两位相同的地方有
三点:伟大的短篇小说的作者,透彻地观察了人生,而且又是程度不浅的
悲观者。你拿一篇莫泊三的,和一篇契可夫的,对看起来,那你会觉得除
了背景不同,其余是非常地相似,和亲姊妹一般。然而如果我们仔细来研
究,把这两位大作家的全集通读过了,你就发现这两位原来到底是不同
的;莫泊三是无时无处不从人间看出兽性来,而且准备着看见一件傻事就
冷笑的,契可夫却掏摸到人类的灵魂的深处——掏摸到灰色、颓唐、堕落
的里面,用他的一双含泪的眼睛睁大着对我们看,似乎在说:我摸到一些
灵光的和希望的了!"②叶灵凤(1905—1975 年)则在比较中更加偏爱契诃
夫:"与他同时代的法国莫泊桑,虽然同样以短篇小说著名,但是在现实生
活的反映和艺术成就上是及不上他的。"③

　　其次,是把契诃夫与俄国作家进行比较研究,例如,在艾芜的文章《屠
格涅夫和契诃夫的短篇小说》(1935)中,通过比较凸显契诃夫独特的艺术
手法:"人物只是画他一部分的特点","关于田园风景呢,契诃夫亦写得很
简单"④。还有把契诃夫与果戈理、托尔斯泰等进行简单的比较,例如,冯
瘦菊认为契诃夫与托尔斯泰的不同之处在于"托尔斯泰的著作中往往寄
托有二大要素,就是自己启示与道德教训;这二种要素都是柴霍甫憎恶
的"⑤。

　　最早把契诃夫与中国作家鲁迅进行比较研究的当属赵景深,他在文
章《鲁迅与柴霍甫》(1929)中,从生活、题材、思想、作风四个方面对二位作
家进行比较,并得出结论:"在生活上,鲁迅与柴霍甫都是弃医学文的。在
题材上,鲁迅与柴霍甫都是描写乡村的能手。在思想上,鲁迅与柴霍甫都
是对于将来有无穷的希望,但质地总是悲观的。在作风上,鲁迅与柴霍甫

---

① 冯瘦菊. 十九世纪俄罗斯文学家的传略和著作思想. 上海:大东书局,1929:95.
② 茅盾. 西洋文学通论. 北京:书目文献出版社,1985:128.
③ 叶灵凤. 契诃夫诞生一百周年//叶灵凤. 读书随笔. 北京:生活·读书·新知三联书店,1988:147.
④ 转引自刘研. 契诃夫与中国现代文学. 上海:上海社会科学院出版社,2006:83.
⑤ 冯瘦菊. 十九世纪俄罗斯文学家的传略和著作思想. 上海:大东书局,1929:96.

都是幽默而且讽刺的。"① 1939 年，契诃夫逝世三十五周年，为此郁达夫写了文章《纪念柴霍夫》，文中他首先提到契诃夫在英国、法国的影响，而且还论及契诃夫与鲁迅的关系："在我们中国，则我以为唯有鲁迅，受他的影响为最大。鲁迅和他，不但在作品的深刻、幽默、短峭诸点上，有绝大的类似之点；并且在两人同是学医出身，同是专写短篇，同是对革命抱有极大的同情，同是患肺病而死的诸点，也是相像得很。不过有一点，却绝对的不同，鲁迅是没落的乡宦人家的子弟，而柴霍夫却是农奴之子。"② 1944 年，契诃夫逝世四十周年，郭沫若写了纪念文章《契诃夫在东方》，其论点与郁达夫的论点几乎相同，在此基础之上郭沫若总结道，"鲁迅由契诃夫变为了高尔基"③。邵荃麟也把契诃夫与鲁迅作过简单的比较，认为二者的共同之处在于冷峻，还有民族性。

1934 年，上海开明书店出版了弗里采著、毛秋萍译的《柴霍甫评传》，作者强调研究作家应当联系他所处的时代与历史环境，这为许多中国研究者提供了新视角。"对于这个伟大的俄罗斯作家，我们应该是从他当时的历史环境和从他一生真实历史上去评价，一点一滴的看法，或仅凭一般的机械理论去判断他，这是不公平的"④，邵荃麟在自己的文章中写道。白莱也认为契诃夫的忧郁源自客观的社会条件。

20 世纪 30 年代，契诃夫作品的现代主义研究初露端倪。俄国的克鲁泡特金在所著的《俄国文学史》中，肯定了契诃夫的创作："在表现我们现代文明中人类天性的失败，特别是被所有的日常生活侵袭着的有教育的人的破产与失败，永没有人会像柴霍夫那般地成功。这种知识阶级的败北，他会以奇异的力，多种的变化，与深刻的印象描写出来。而在那里表示着他的才干的独特的姿态。"⑤ 1934 年卞之琳翻译了当代英国著名作家吴尔孚夫人的文章《论英国人读俄国小说》，该文章论述了契诃夫小说结构的现代性，她认为"柴霍甫初次给我们的印象倒不是质朴，是迷乱。主

---

①　赵景深. 鲁迅与柴霍甫. 文学周报,1929,8(19):571.
②　郁达夫. 纪念柴霍夫//陈建华. 中国俄苏文学研究史论(四). 重庆:重庆出版社,2007:123.
③　转引自刘研. 契诃夫与中国现代文学. 上海:上海社会科学院出版社,2006:82.
④　邵荃麟. 对于安东·柴霍夫的认识. 青年文艺,1944,1(6):5.
⑤　(俄)克鲁泡特金. 俄国文学史. 韩侍桁,译. 上海:北新书局,1930:538.

旨是什么呢，为什么他从这里做出小说来呢?""如柴霍甫的写法者，我们就得有一种大胆又灵活的赏鉴力，然后才可以听下去，尤其是听完和谐的最后的那几声。大概我们要看过了许多小说，然后才会觉得(要我们满意必须有这种感觉)我们把各部分贯通了，觉得柴霍甫并不是随便地跳来跳去，倒是故意地东弹一下西弹一下，为的要完成他的意思呢。"①尽管契诃夫创作中的现代主义问题研究的文章被译成中文，但这个研究视角没有得到国内研究者的普遍关注。

中华人民共和国建立前的这一时期，国内契诃夫研究视角增多，但大多尚属起步阶段，田禽的文章《论契诃夫》(1948)从契诃夫的世界观、作为小说家的契诃夫和作为剧作家的契诃夫以及契诃夫的传略等多角度出发研究契诃夫，可以说把这一时期的研究成果做了一个总结，并且对契诃夫作出高度评价:"契诃夫可以说是前代文学和现代文学的一座桥梁。由于他的努力创造，俄国文学在短短的卅年当中，无论在内容和形式方面，都与过去的文学迥乎不同。所以治史的作家们这样称呼他:以写实作家而论，契诃夫是前代文学的最末一位作家，若从显示新散文的典型而论，他又是现代文学的开山祖。"②

(二)新中国成立初期至20世纪70年代末

新中国成立后至20世纪70年代末，契诃夫作品的翻译与研究出现了两个高峰和一个空白:1954年纪念契诃夫逝世五十周年，1960年纪念契诃夫诞辰一百周年及"文化大革命"十年的浩劫。

译本情况

新中国成立之后，国内契诃夫作品的译介出现了前所未有的新局面，许多作品有几个译本。对契诃夫小说中译工作贡献最大的是翻译家汝龙，戏剧中译工作贡献最大的是翻译家焦菊隐与曹靖华。契诃夫译介的特点是:不仅翻译契诃夫的作品、通信集，契诃夫的传记、专著、回忆录等也被译成中文，这些都是苏联契诃夫研究的阶段性成果。20世纪70年代

---

① (英)吴尔孚夫人. 论英国人读俄国小说. 卞之琳,译. 大公报,1983年人民出版社影印,第12版.
② 田禽. 论契诃夫. 文潮月刊,1948,5(4):2018.

末,有一些契诃夫作品中译本再版。

研究情况

20 世纪 50 年代,我国学术界开始对契诃夫进行专门的研究。1954 年,契诃夫逝世五十周年。这一年,世界和平理事会把他列为当年世界四大文化名人之一并隆重纪念,巴金等人赴苏联参加纪念活动。在纪念会上,巴金做了题为《向安东·契诃夫学习》的讲话。回国后,巴金又写了纪念文章《赴苏参加契诃夫逝世 50 周年纪念活动琐记》。1955 年,巴金的论文集《谈契诃夫》出版,主要内容是作者在苏联参加契诃夫逝世五十周年纪念活动的感受、对契诃夫的认识,等等。1954 年,北京和国内许多大城市也举行了纪念活动,为此,剧本月刊社还编辑出版了《纪念契诃夫专刊》,内收茅盾、洪深、葛一虹等人的评论文章;同年,中央人民政府政务院文化教育委员会对外联络事务局还推出了"契诃夫逝世五十周年纪念"丛书;马元照的专著《契诃夫》也于 1954 年出版,这是契诃夫的传记;此外,这一年还有大量纪念文章、评论刊登在报纸和杂志上;这一年,中国青年艺术剧院还上演了契诃夫的戏剧《万尼亚舅舅》。

1960 年,契诃夫诞辰一百周年,北京举行了纪念活动,规模虽比 1954 年的纪念活动小得多,但不乏一些高水准的评论文章。

20 世纪 60 年代中期至 70 年代中期,由于"文革"的影响,国内对契诃夫的研究几乎是一片空白。

纵观 20 世纪 50、60 年代国内契诃夫研究状况,首先是对契诃夫本人及其作品大加赞许,肯定他是一个清醒的、客观的现实主义者,真实地反映了那个时代和社会,并对契诃夫"不问政治""没有思想"等错误论断加以批驳。这一时期的批评依旧承袭 20 世纪 30、40 年代的基调,那就是突出契诃夫对美好未来的向往,而"冷眼暴露世界丑恶"只是契诃夫的表达手段而已。

与苏联同时期的契诃夫研究相比,20 世纪 50、60 年代我国的契诃夫研究专著寥寥无几,批评文章很多,除一些纪念性的文章外,大多偏重于契诃夫的戏剧研究,剧本《万尼亚舅舅》是重中之重;小说方面,研究主要侧重契诃夫小说的艺术特点以及契诃夫笔下的"小人物"、被压迫者的主题,在此基础上,20 世纪 60 年代的契诃夫小说研究取得了进一步的发展,契诃夫小说的现实意义和艺术特色成为研究的重点；小说的人物归纳分析也备受瞩目，但主要集中在《万卡》《套中人》《苦恼》等几个名篇的分析上。

"文化大革命"结束后 20 世纪 70 年代的最后几年，契诃夫小说研究又一次受到重视，与 20 世纪 60 年代的研究一样，主要突出契诃夫小说、尤其是短篇小说的中心思想和艺术特色，具体的人物分析大多还局限在《套中人》《万卡》《一个官员的死》《变色龙》等名篇。

20 世纪 50、60 年代，几乎没有把契诃夫与中国作家进行比较研究，只是偶见几篇把鲁迅与契诃夫进行比较的文章，例如，韩长经肯定鲁迅与契诃夫的相似之处，即他们同是学医出身，都是短篇小说大师，都有幽默与讽刺的风格以及对小人物寄予深切的同情。同时，他也指出二者本质的区别："就契诃夫创作的全部精神和性质说来，他是一个进步的民主作家，而鲁迅则能由一个民主主义者发展成为共产主义者，在创作上也由革命的现实主义发展为社会主义现实主义，这是两人根本不同的地方。"[1]苏以当也认为"鲁迅的思想要比契诃夫高得多"[2]。

（三）20 世纪 80 年代至 21 世纪最初十年

20 世纪 80 年代，改革开放的新时期到来，国内契诃夫研究出现了新高潮。

译本情况

1980 年至 1999 年，上海译文出版社陆续出版《契诃夫文集》，共十六卷，由汝龙根据 1957 年俄文版的《契诃夫文集》十二卷本译出，文集几乎包括契诃夫所有的小说、剧本、书信、日记、随笔等，是目前契诃夫最完整的作品集。此外，1980 年上海译文出版社再版了 1954 年由上海新文艺出版社出版、焦菊隐翻译的《契诃夫戏剧集》。20 世纪 90 年代以及 21 世纪的最初十年，除再版外，一些契诃夫的作品集出现了新译本。此外，还有一些苏联契诃夫研究的专著、传记等被译成中文。值得一提的是，有两

①　韩长经. 鲁迅与契诃夫. 文史哲,1958,8:35.

②　转引自陈建华. 中国俄苏文学研究史论(三). 重庆:重庆出版社,2007:195.

部法国契诃夫研究者撰写的契诃夫传记被翻译成中文——亨利·特罗亚的《契诃夫传》(1992)与伊莱娜·内米洛夫斯基的《契诃夫的一生》(2009)。他们使读者了解到法国人尤其是法国女性视野下的契诃夫。

研究情况

从20世纪80年代起,国内开始有契诃夫研究的专著问世。1984年出版的朱逸森的专著《短篇小说家契诃夫》可以说是中国"契诃夫学"的奠基之作。1987年徐祖武主编的论文集《契诃夫研究》出版,内收国内学者关于契诃夫小说、戏剧、美学思想等论文二十余篇,这是国内第一部契诃夫研究论文集,代表我国20世纪80年代契诃夫研究的水平。契诃夫研究呈现出前所未有的势态。进入20世纪90年代,中国契诃夫研究的专著、论文、译著在数量上呈下降趋势,但研究水平有明显提高,不仅重视契诃夫小说、戏剧的研究以及比较研究,最重要的是研究者们开始关注契诃夫作品中的现代意识,李辰民的文章《契诃夫小说的现代意识》(1995)可谓开山之作。进入21世纪,国内出现了契诃夫研究的第三个高峰:联合国教科文组织将2004年命名为"契诃夫年"。为了纪念伟大的俄国作家契诃夫逝世一百周年,中国文联出版社出版了一套四卷本插图书——"百年契诃夫"之《我爱这片天空》《札记与书信》《戏剧三种》《忧伤及其他》,包括契诃夫的传记、随笔、书信、剧本、小说等内容,是这一阶段具有代表性的出版物。

20世纪80年代的契诃夫小说研究,从篇目上看,还是以《套中人》《万卡》《变色龙》《苦恼》等为主,农村题材小说以及著名的《草原》《萨哈林旅行记》也开始受到关注。这一时期的研究角度也十分多元化,涉及作品的主题、结构、语言、人物形象等诸多因素;此外,还有批评者关注契诃夫小说的现代意义;小说中的戏剧因素开始受到重视,例如,王维国的文章《略论契诃夫短篇小说的艺术特色——关于他的短篇小说作品的戏剧性》(1981)中,体现出契诃夫短篇小说所具有的独幕剧特点,如人物活动场所的安排、"明场"与"暗场""高潮"的处理,等等。进入20世纪90年代,对契诃夫小说做出全面、系统研究的专著当属刘建中的《契诃夫小说新探》(1991),正如该书的内容提要所述:"该书除对契诃夫的创作从思想到艺术进行了详尽精到的剖析外,还着重就契诃夫小说的审美价值、社会意义和启迪作用,用辩证的历史的观点和系统研究、比较分析、耗散思维、喜剧美学等新的方法予以不同前人的纵横方面的新探索,不仅指出了契诃夫之所以让读者喜爱的永久魅力,而且论析了契诃夫与莫泊桑、马克·吐温、鲁迅诸大师的异同。"[①]

在主题研究方面,除传统的对契诃夫笔下"小人物"的研究之外,女性形象研究有了新进展,开始了整体研究;在小说的艺术特色方面,主要突出其文体创新,尤其是小说中的戏剧因素。契诃夫的职业是医生,医学与文学的关系也是一个新视角。不过,20世纪90年代,契诃夫小说的现代意识成为研究的重点,到了21世纪便成为研究的主流。此外,契诃夫小说的叙事艺术,话语分析,人物形象分析,语言、文体研究也不乏一些有建树的文章,而就作品人物分析而言,李嘉宝的论文集《现代文化视野中的契诃夫》(2001)堪称杰作。

20世纪80年代,国内开始对契诃夫的戏剧进行全面研究,例如,叶乃方在《契诃夫戏剧中的"潜流"》(1980)中写道,契诃夫"从不直述己见,让人一览无余,而是用抒情、象征、暗示、以景喻情等含蓄手法来反映剧中的潜在主题、生活的内在规律和人物的内心隐秘,读者只能隐隐约约地心领神会。这就是我们所说的'潜流'。'潜流'给观众以充分思考和想象的余地,引导他们自己做出结论,从反复咀嚼回味中得到深刻的启示和教益"[②]。此外,对剧作中的人物形象进行分析的文章有很多。还有研究者比较契诃夫小说和戏剧各自具有的特色,并指出二者的相互关系。童道明还关注到契诃夫戏剧的现代因素,他在《契诃夫戏剧的现实主义象征》(1982)一文中写道:"从本质上说,契诃夫和象征主义作家是不可同日而语的。在象征主义作家的创作中,每一个剧本都意味着是某种象征,而在契诃夫的创作中,剧本本身并不是某种象征。对于契诃夫来说,象征手法本身并不是他的目的,他不是为象征而象征,艺术象征不过是他用来揭示人物内心世界和唤起读者对生活进行思考的手段……象征主义作为一种文艺流派,显然是和现实主义背道而驰的,但在现实主义的文学艺术中也

---

① 刘建中. 契诃夫小说新探. 西安:陕西人民出版社,1991:内容提要.
② 叶乃方. 契诃夫戏剧中的"潜流". 俄苏文学,1980,4:89.

完全可以运用象征手法。"①20 世纪 90 年代,契诃夫戏剧研究文章主要涉及主题、艺术特色、现代意识研究。1998 年 4 月,林兆华推出话剧《三姐妹·等待戈多》,将古典和现代的两部经典剧目融为一体,不愧为一种壮举。21 世纪的最初十年,契诃夫戏剧与现代主义关系方面的研究文章大增,此外,还有一些关于契诃夫戏剧的叙述性、喜剧风格、结构艺术等方面的研究文章问世,值得一提的是出现了契诃夫戏剧研究的新视角——契诃夫戏剧与生态的关系。也有文章把契诃夫的小说与戏剧放在一起进行考察。2005 年,台湾艺术大学戏剧学系举办了"2005 海峡两岸契诃夫学术研讨会",会上演讲关于契诃夫戏剧研究的论文十余篇,例如,《契诃夫戏剧与导演教学》《从弗洛伊德学派看契诃夫〈樱桃园〉的剧中人物》,等等。

　　20 世纪 80 年代,比较研究文章激增。首先,是把契诃夫与外国作家进行比较。主要的比较对象是法国的莫泊桑,此外还有易卜生、巴尔扎克、欧·亨利、马克·吐温等。与中国作家做比较最多的还是鲁迅,其次是曹禺。曾小逸主编的《走向世界文学——中国现代作家与外国文学》(1985)一书中,汇集了一些把契诃夫同沈从文、巴金、夏衍、茅盾等作家进行比较研究的文章;陈元垲在《契诃夫与中国》(1984)一文中,除了把契诃夫同鲁迅、张天翼、巴金、曹禺、夏衍等人进行比较外,还把契诃夫笔下的戴莫夫与谌容《人到中年》中的陆文婷进行比较——二者都有水晶般纯洁的灵魂;戏剧方面,他从苏叔阳的《夕照街》中看出"这个以表现生活流作为艺术构思出发点的散文诗式的剧本,明显地是属于契诃夫风格的"②,而《万尼亚舅舅》与《家庭大事》则体现出两位作者相同的美丑观。20 世纪 90 年代,契诃夫的比较研究以同中国作家、尤其是与鲁迅的比较研究为主,其次是老舍、夏衍、沙汀、沈从文、巴金、凌叔华,比较主要集中在作家的单个作品上。这一时期,还有另一个显著的特点,那就是中俄文学关系的比较研究大大加强,主要著作有智量等著的《俄国文学与中国》(1991),其中第五章为王璞的《契诃夫与中国》;戈宝权的《中外文学姻缘》(1992),其中有专章内容《契诃夫和中国》;范伯群、朱栋霖主编的《中

①　童道明. 契诃夫戏剧的现实主义象征. 春风译丛,1982,1:287-288.
②　陈元垲. 契诃夫与中国//陈元垲. 二十世纪中国文学与世界. 西安:陕西人民出版社,1987:122.

外文学比较史——1898—1949》(1993)分析了契诃夫小说的讽刺艺术、戏剧艺术、独特的现实主义因素等对张天翼、曹禺、夏衍、巴金、沙汀、师陀等的影响;汪介之的《选择与失落——中俄文学关系的文化关照》(1995)指出中国一些作家对契诃夫"小人物"以及知识分子形象塑造的借鉴;陈建华的《20世纪中俄文学关系》(1998)简述契诃夫作品在中国译介的轨迹;汪剑钊的《中俄文字之交——俄苏文学与二十世纪中国文学》(1999)中的第七章为"叙事的时代(上):契诃夫与中国的短篇小说及其戏剧",契诃夫的"小人物"形象塑造与"文学为人生"的追求、讽刺与幽默、戏剧性叙事,等等,都曾对我国一些现代作家,如废名、张天翼、曹禺等产生过极大影响。这一时期,与外国作家进行比较研究的文章也有几篇,主要的比较对象是莫泊桑、卡夫卡、加缪、凯特·肖邦。21世纪的最初十年,比较研究不是重点。与国内作家的比较除鲁迅、曹禺、沈从文、张爱玲、白先勇等近现代作家外,还出现一些为数不多的把契诃夫与沈虹光、余华等当代作家进行比较的文章。在刘研的专著《契诃夫与中国现代文学》(2006)中,几乎囊括了中国现代作家与契诃夫的比较研究。这一时期,把契诃夫同国外作家进行比较研究的主要对象有莫泊桑、莎士比亚、欧·亨利、奥尼尔、威尔逊、奈保尔、曼斯菲尔德、田纳西、马克·吐温,等等。

纵观21世纪的契诃夫研究,无论是小说、戏剧,还是比较研究,其主旨就是挖掘契诃夫与现代主义的关系,正如朱也旷所言:"先脱掉这件现实主义的外套。"

第二节　国内本命题研究现状

一

国内对契诃夫知识分子题材的研究由来已久,最早大约可追溯到1916年:"吴门包天笑先生译述。是书叙一公立医院。其内杂乱无序,就医者均染有神经之疾。然有一知识稍高者则措辞颇有哲理趣味,语语皆刺世俗之隐恶。实为社会小说之别开生面者"①，这是一则登在《小说时报》上的《六号室》的推介广告。

"五四"运动以后，随着研究的深入，越来越多的研究者谈及契诃夫创作中的知识分子主题。谢六逸、郑振铎等文学批评家的观点与俄国文学批评家克鲁泡特金的观点一脉相承。克鲁泡特金认为："柴霍甫从农民生活中取材的小说，也做过二三篇。其实农民和乡村的生活却不是他的领域。他的真真的园地便是'知识阶级'的世界——就是俄国社会里，受过教育和半受教育的部分。那些部分他真是深知详悉的。他显示出他们的破产，显示出他们对于落在他们双肩的重大的历史的革新问题，没有解决的能力，更显示出他们的大多数屈服于日常生活的卑劣和粗野。"②《克鲁泡特金的柴霍甫论》一文对当时国内批评者的影响是很大的。

1929 年，鲁迅翻译了俄国 LVOV・ROGACHEVSKI 的文章《契诃夫与新文艺》，作者认为："契诃夫自己，对于带着奴隶性和诈伪底精神的中性的智识者的丑污的行为，也曾加以抗争。但契诃夫的态度，并非雪且特林的'侮蔑之力'，也非果戈理的'苦笑'，是将哀愁和对于西欧的文化生活的憧憬之念，作为要素的。而在他的哀愁的底里，则有优婉的玩笑，燃着对于疲惫而苦恼的人们和尽力于社会底事业的优秀的知识者，例如乡下医生和村校教员等的柔和的同情之念。"③这里，作者主要谈的是契诃夫对当时俄国知识分子的态度。进而，我国的汪倜然、艾芜、汪家正等人在自己的文章中，不仅强调契诃夫笔下知识分子的苦闷以及忧郁的情绪，甚至把契诃夫本人看做那一时代颓废的知识分子代表。

茅盾的评价还是很客观的，他认为："契诃夫的思想的发展过程是迂回曲折的。契诃夫的道路是当时俄国一部分民主主义知识分子一同走过的道路。在契诃夫的作品里，尽管不时透露出一些忧愁、苦恼、有时甚至失望的情绪，但始终贯穿着向往另一种美好而合理的生活和向往一些自由而优美的人的热情。起初契诃夫始终关怀着自己祖国的前途，经历了艰苦的摸索和追求之后，就愈来愈坚决地相信祖国一定会改造成一个以

---

① 转引自刘研. 契诃夫与中国现代文学. 上海：上海社会科学院出版社,2006:26.
② （俄）克鲁泡特金. 克鲁泡特金的柴霍甫论. 陈著,译. 小说月报,1926,17(10):5.
③ （俄）LVOV・ROGACHEVSKI. 契诃夫与新文艺. 鲁迅,译. 奔流,1929,2(5):741.

创造性劳动为基础的美好合理的新社会。"①他肯定契诃夫作品中的积极
因素,而且还结合当时中国知识分子的现状,指出契诃夫的作品之所以能
引起他们的共鸣、引发他们深思,原因在于"契诃夫剥露了知识分子的内
心世界,指着知识分子的鼻子问道:你洁身自好就居然以为在你眼前所进
行的罪恶你可以不负责么? 你敢说你不是帮凶么?"②

　　此外,在一些文章中,也涉及知识分子作家契诃夫及其作品中知识分
子主题的研究。

二

　　对契诃夫作品中的知识分子形象做具体分析,王靖可以说是较早的
一位研究者,在其所译《柴霍甫小说》前附的《柴霍甫传略及文学思想》
(1921)一文中,简单地分析了《第六号病室》中的人物和情节。

　　时隔多年,田禽在自己的文章《论契诃夫》(1948)中,对《伊凡诺夫》
《樱桃园》的主要人物进行了分析,认为"作者的处女剧作《伊凡诺夫》可
以说是描绘当时俄国知识分子厌世思想和感情的最好说明""《伊凡诺
夫》里的主人公伊凡诺夫,是一个破了产的中产阶级的知识分子,当他年
轻的时候极富于梦想,也曾企图着改革社会,轰轰烈烈地干一番大事业,
然而,经过多次的失败之后,他变成比只绵羊还来得驯服,终日过着忧愁
的灰色生活,他,完全变成一个畏难苟安的人物了",从伊凡诺夫身上,"可
以说看见了契诃夫时代的知识人物的典型",作者还认为《樱桃园》中的
"郎涅夫斯基的哥哥加埃夫可以说是当时俄罗斯知识分子的典型人物,他
只会空谈,寻求安逸生活,什么事都不肯去做"③。

　　茅盾认为:"在反动势力表面上不可一世,革命高潮正在酝酿而尚未
到来的时期,俄国有一部分知识分子在严重的考验面前而退缩、彷徨、消
沉,甚至妥协、堕落了。契诃夫却能超脱在他们之上,在自己的作品里真
实而深刻地反映了这些知识分子的弱点和缺点,并且对他们做了严厉的
谴责。有些知识分子,他们对现实生活非常不满,但是找不到出路,光是

---

①　茅盾. 伟大的现实主义作家契诃夫//剧本月刊社. 纪念契诃夫专刊. 北京:人民文学出版社,1954:16.

②　茅盾. 契诃夫的时代意义. 世界文学,1960,1:128.

③　田禽. 论契诃夫. 文潮月刊,1948,5(4):2 002 - 2 018.

诅咒现实,空想美好的未来,而没有实际的行动。契诃夫直率地批判和嘲笑了他们的软弱无能和精神空虚。也有些知识分子,他们逃避现实,遁入'小事论'或者'不抵抗'学说的'套子'里,给人民做些小恩小惠的事情,幻想在保持现状之下去改善人民的生活,或者把自己的生活'简化'到跟劳动人民一样的程度,去和他们'同甘共苦'。契诃夫坚决而彻底地揭穿了这些荒谬的理论的危害性。他通过短篇小说《有阁楼的房子》里的一个人物的嘴说:这样的理论和行为都'不过是替奴役制度服务而已。人民正被沉重的链锁束缚着,你不把这链锁摧毁,反而去加上新的链锁'。"[1]

丽尼分析了小说《没有意思的故事》和剧本《伊凡诺夫》等,认为"契诃夫不可能从当时资产阶级和小资产阶级知识分子的思想流派中寻求问题的解答。反之,知识分子的软弱无能、麻木不仁、虚伪和懒惰,却成了契诃夫批判最力的对象"[2]。

陆人豪分析了契诃夫的短篇小说《安纽达》,男主人公克洛奇科夫把自己视为"未来的上流人",受到契诃夫的讽刺与批判,"在当时(十九世纪八十年代)的俄国社会,放荡的大学生是被自由资产阶级分子捧为体现自由思想的偶像的,但契诃夫狠狠地打击了这些偶像,无情地揭穿了资产阶级知识分子对待'下等人'的冷酷和道德的堕落"[3]。

谢挺飞在文章《略谈契诃夫的短篇小说》(1960)中,分析了《醋栗》中的尼古拉·依凡内奇由人到猪的异化、《姚尼奇》中姚尼奇这个由知识分子到小市民的蜕化过程以及《没有意思的故事》中老教授尼古拉·斯捷潘诺维奇的苦闷,揭示罪恶的社会根源。

不过,也有一些批评者关注到契诃夫笔下积极的知识分子形象,例如,张佩玉认为,虽然知识分子阶层受到庸俗生活的侵蚀,如《醋栗》中的尼古拉·依凡尼奇,但契诃夫还是对他们寄予厚望的,有一部分人已经觉醒了,如《决斗》中的拉叶甫斯基、《我的生活》中的密沙尔、《出诊》中的柯

① 茅盾.伟大的现实主义作家契诃夫.//剧本月刊社编.纪念契诃夫专刊.北京:人民文学出版社,1954:14-15.

② 丽尼.契诃夫——伟大的现实主义作家.长江文艺,1954,8:17.

③ 陆人豪.契诃夫短篇小说的艺术特色.兰州大学学报:社会科学版,1963,1:30.

罗辽夫、《新娘》中的娜嘉,"娜嘉的出走正暗示了旧制度的灭亡"①。

20 世纪 70 年代末,国内开始有人把契诃夫笔下的知识分子形象进行系统的分类研究,最早的评论文章当属李蟠的《试谈契诃夫小三部曲中三个故事讲述者的形象》(1979),作者认为,契诃夫的短篇小说《套中人》《醋栗》《关于爱情》中的"三位讲述者的共同特点就是他们都是知识分子,但是他们又是不同性格、不同思想状态的知识分子",兽医伊万·伊万内奇是"一位相当积极的知识分子形象,是作者心目中积极的社会力量""布尔金是属于低声下气,委曲容忍者一类的知识分子",而阿列兴"是一个由知识分子走上地主道路的典型",小说里的主人公别里科夫、尼古拉、阿列兴"都是反动制度毁掉了的畸形,私有制造成的怪物"②。

进入 20 世纪 80 年代,契诃夫小说人物形象的研究成为重点,知识分子形象研究比以往更加深入,例如,陈慧君在文章《谈契诃夫小说中的知识分子形象》(1980)中把他们"细分为庸俗的市侩,奴才与帮凶,民粹派分子及'小事'论者,苦闷、消沉的知识分子和新人"③。

而韩长经则从鲁迅与契诃夫的比较中得出结论:"鲁迅和契诃夫,虽然有许多相似的地方,特别是他们描写农民和知识分子的小说,对于农民生活的贫困悲惨,对于知识分子精神上的空虚和没有出路,两人都有着同样细致深刻的观察,而且作品中也有着同样低沉忧郁的调子。但二十世纪初期的中国的鲁迅,和十九世纪末期的俄国的契诃夫,终究有很大的差异。例如出现在契诃夫笔下的知识分子,即使是最优秀的代表人物,像《樱桃园》中的特罗菲莫夫和安涅,也只是预言和等待着美好的未来,缺乏行动,没有经受巨大的社会斗争。契诃夫在我们面前,也始终是一个抱着向往未来的态度,接近了社会生活巨大变动时期前夕的作家。而鲁迅作品中的知识分子,却有着更广大更深刻的社会意义。在帝国主义封建主义双重压迫和剥削下,不论是旧的或新的知识分子,都是处在一个异常可悲的命运之中的。他们在当时那种混乱昏暗的局面里,有愤怒,有反抗,有不平,有挣扎,当然他们当中的大多数,都有着失败和颓唐的结果。这

①　张佩玉. 略论契诃夫短篇小说的艺术风格. 新疆大学学报:哲学人文社会科学版,1978,1:60.
②　李蟠. 试谈契诃夫小三部曲中三个故事讲述者的形象. 外国文学研究,1979,2:47–49.
③　转引自陈建华. 中国俄苏文学研究史论(三). 重庆:重庆出版社,2007:198–199.

正是现实主义的描写。鲁迅在他们战斗失败的过程中,揭发出胶着在他们身上的所属阶级的性格,如狂热、动摇和妥协性等,更重要的是沉痛而激烈地控诉了腐蚀他们的罪恶的社会环境,也给知识分子指出了出路:'世界上并没有为了奋斗者而开的路',在他的创作里时常流露着那种和工人、农民相结合的最可宝贵的感情。所以,鲁迅前期的小说,虽然大体上还是属于批判现实主义的范畴,但却比契诃夫的现实主义更深广。至于后期的鲁迅和契诃夫的差异,就更是十分明显的事了。"①马征在《契诃夫和鲁迅对知识分子悲剧心理的艺术透视》(1987)中,也谈到鲁迅与契诃夫笔下的知识分子形象话题:"第一,契诃夫和鲁迅都把在社会变动中比较敏感、活跃的知识分子的命运作为艺术表现的主要对象之一,以此作为作家探索社会问题、民族心理素质、文化构成的重要途径。……第二,契诃夫和鲁迅刻画知识分子悲剧心理时,都程度不同地反映了作家本身的精神苦闷。"②从知识分子形象塑造的角度研究契诃夫与鲁迅的文章还有许多。

　　值得注意的是,20世纪80年代国内契诃夫笔下知识分子形象研究出现一些很有见地的专题文章,例如,王西彦的《书和生活——兼谈契诃夫、迦尔洵作品中的知识分子》(1980,7,《随笔》)、刘劲予的《论契诃夫的知识分子形象塑造》(1983,4,《广东教育学院学报》)、许茵的《试论契诃夫小说中的知识分子形象》(1984,1,《云梦学刊》)、黎皓智的《契诃夫小说中的知识分子形象》(1985,4,《南昌大学学报》:人文社会科学版)、杨小岩的《契诃夫小说中的知识分子形象》(1988,2,《长江大学学报》:社会科学版),等等。

　　此外,在一些俄国文学与文化批评的专著中,也涉及契诃夫作品中知识分子主题的研究。例如,汪介之所著《选择与失落——中俄文学关系的文化关照》(1995)的第三章"中俄文学的形象系列与民族文化心理"中,分析了俄国"知识者形象与知识者心灵的历史"。作者把俄罗斯文学中的知识分子形象进行了分类:"多余的人"形象、平民知识分子形象、"新人"

---

① 韩长经. 鲁迅与契诃夫. 文史哲,1958,8:36.
② 转引自陈建华. 中国俄苏文学研究史论(三). 重庆:重庆出版社,2007:199.

形象、知识女性形象、市侩化的知识分子形象、知识分子革命者形象,等等。作者还对契诃夫小说和五部多幕剧中的知识分子形象进行了简单的分析,并且指出:"契诃夫和高尔基则在各自作品中的知识分子形象身上,凝铸了自己以及世纪之交整整一代知识分子的热情和痛苦、困惑和忧虑。"①作者在此明确指出契诃夫知识分子形象塑造的伟大意义。

　　20世纪80年代到21世纪初这三十年间,还有一些对契诃夫笔下的人物形象进行分析的文章涉及知识分子这一主题。其中,有一些文章是关于"套中人"的,有一些文章是关于病态人物的,还有关于正面人物形象分析的,也有一些文章针对作品中的单个人物或某一具体问题进行专门研究。国内对此问题著述颇丰的李嘉宝在《现代文化视野中的契诃夫》(2001)一书中,把契诃夫笔下的人物形象进行了归类,如"厌倦"人物系列、"沉闷"人物系列、"狂人"系列,等等,其中很大的篇幅是关于知识分子形象研究的内容。

　　国内有关俄国文学知识分子形象研究的专著并不多。2006年人民文学出版社出版了社科院朱建刚的博士论文《普罗米修斯的"堕落"——俄国文学知识分子形象研究》,这本书可以说是国内第一部全面翔实地研究俄国文学知识分子形象的作品,其重点是19世纪末、20世纪初两个世纪之交的知识分子形象研究,其中,大约三十页的内容是以契诃夫为例做的个案分析。在前言中他写道:"对于契诃夫,本书一改传统说法,认为作家通过对精英意识的反思,事实上对于知识分子的社会地位已有一定的认识,而不像传统观点认为的那样:契诃夫是位'忧郁的歌手',至死都没有找到通向革命的道路。"该书第三章"首先以契诃夫等为代表,讨论契诃夫及其时代、契诃夫知识分子形象系列、契诃夫的《伊万诺夫》在其创作中的先驱意义、作家对'伊万诺夫类型'知识分子研究的深入:《决斗》《匿名者的故事》《万尼亚舅舅》及其他"②。2009年,人民文学出版社出版的张晓东的《苦闷的园丁——"现代性"体验与俄罗斯文学中的知识分子形象》,书中虽未包含有关契诃夫的内容,但也对整体把握俄罗斯文学中的知识

　　①　汪介之.选择与失落——中俄文学关系的文化关照.南京:江苏文艺出版社,1995:119.
　　②　朱建刚.普罗米修斯的"堕落"——俄国文学知识分子形象研究.北京:人民文学出版社,2006:前言3
－4.

分子形象起到宏观的指导作用。

　　此外，国内一些有见地的优秀硕士、博士学位论文也涉及该命题的研究。

　　从上述内容来看，研究对象大多以契诃夫小说中的知识分子形象为主，其戏剧作品中的知识分子形象还有很大的研究空间，对作为知识分子的契诃夫本人的研究还没有得到足够的重视，而且就该命题的整体研究现状来看，尚无专著进行整体的论述，因此，本书将从历史文化角度出发，立足文本分析，对此命题进行更加深入、更加广泛的研究。

第一章　知识分子作家契诃夫

第一节　漂泊的灵魂——精神探索

契诃夫是一位坚持独立思考与探索的知识分子作家,高尔基在给他的信中说:"您好像是我遇到的第一个独立不羁和对什么都不顶礼膜拜的人"①, 可谓一语破的。在对 19 世纪俄国民族命运的苦苦思索中,他鄙弃民粹派,反对民意党,批判托尔斯泰主义,讽刺马克思主义,那一时代的一系列社会思潮都在他的反思中化为虚幻乌托邦。他一方面以全部的热情投身于社会实践,一方面在灵魂中默默地探求、孤独地思考。《日瓦戈医生》的作者帕斯捷尔纳克就十分推崇契诃夫,其原因在于他像契诃夫一样,"作为一个普通的俄国知识分子,在那个讲究高度统一的时代,却始终坚守着独立的个性,保持着难能可贵的主体意识"②。

一

契诃夫生于 1860 年,这是俄国农奴制改革的前一年,他逝世于 1904 年,一年后,俄国爆发了第一次资产阶级民主革命。契诃夫的生命只有短暂的四十四年,但他却经历了俄国社会思想极其复杂的年代。"1862—1904 年这一时期,俄国正处于这样的变革时代,这时旧的东西无可挽回地在大家眼前崩溃了,新的东西则刚刚开始安排,而且建立这种制度的社会力量,直到 1905 年才第一次在辽阔的全国范围内真正表现出来,在各种场合的群众性的公开活动中真正表现出来"③,列宁所说的这个时代,恰好是契诃夫生活的时代。在这篇文章中,列宁还引用列夫·托尔斯泰的

①　转引自(俄)格罗莫夫. 契诃夫传. 郑文樾,朱逸森,译. 郑州:海燕出版社,2003:237.
②　何云波,刘亚丁. 精神的流浪者——关于俄罗斯知识分子的对话. 俄罗斯文艺,2001,3:28.
③　(俄)列宁. 列·尼·托尔斯泰和他的时代//列宁全集(第十七卷). 北京:人民出版社,1963:34－35.

长篇小说《安娜·卡列尼娜》中列文说过的一句话形象地概括这一时代：
"现在在我们这里，一切都翻了一个身，一切都刚刚开始安排。"

高尔基曾经这样评价过契诃夫："这是一个独特的巨大天才，是那些
在文学史上和在社会情绪中构成时代的作家中的一个。"①契诃夫生活的
那一时代的种种社会思潮、理论思想以及他对这些思潮、思想所持的态
度，都在作品及其言论中体现出来。

虚无主义是19世纪60年代俄国知识阶层中广泛流传的一种社会思
潮，它的产生按照克鲁泡特金的观点，是因为当时俄国的"农奴制度已经
废除了，然而农奴制度存在的二百五十年中间，却养成了一连串的风俗习
惯……法律无力来制裁这些事情。只有一个以志在铲除恶根的激烈社会
运动才能够改善日常生活之风俗习惯"②。1862年，屠格涅夫发表小说
《父与子》，首次使用"虚无主义"一词。

小说中"子"一方的代表——平民知识分子巴扎罗夫是一个唯物主义
者，他与"父"辈——自由主义阵营的冲突主要在于他否定一切，崇尚自然
科学，把它看作是解决所有问题的钥匙。在巴扎罗夫看来，"贵族制度，自
由主义，进步，原则……这么一堆外国的……没用的字眼！对于一个俄国
人，它们一点儿用处也没有"③。对于自由主义的虚伪，契诃夫也曾严厉地
批驳："在大陆饭店举行的大改革（农奴解放）纪念的午餐会，很无聊而愚
蠢。吃午餐，喝香槟，吵吵嚷嚷，演说尽是些人民的自觉呀、人民的良心
呀、自由呀等等。另一方面，一些穿燕尾服的奴隶，照旧是农奴，围绕着饭
桌谨慎小心地走动。在街上2月的寒空下，让车夫等待着……这简直可
说是骗鬼的玩意儿。"④

巴扎罗夫还有一句至理名言："凡是我们认为有用的事情，我们就依
据它行动，目前最有用的事就是否定——我们便否认。"⑤否定一切是虚无
主义的主要特征。

① 转引自（俄）契诃夫. 契诃夫小说全集（第一卷）. 汝龙，译. 上海：上海译文出版社，2000：前言1.
② （俄）克鲁泡特金. 我的自传. 巴金，译. 北京：生活·读书·新知三联书店，1985：293.
③ （俄）屠格涅夫. 前夜、父与子. 丽尼，巴金，译. 上海：上海译文出版社，2007：237.
④ （俄）契诃夫. 契诃夫手记. 贾植芳，译. 杭州：浙江人民出版社，1982：118.
⑤ （俄）屠格涅夫. 前夜、父与子. 丽尼，巴金，译. 上海：上海译文出版社，2007：237.

关于契诃夫，А. И. 苏沃林娜曾经说过："我的第一个感觉，或者，说得确切一些，第一个印象就是：他一定像我所喜爱的一个人物，像巴扎罗夫""作为思想家和知识分子的一个类型，契诃夫与巴扎罗夫十分接近"①，А. В. 阿姆菲捷阿特罗夫也如此认为。

不仅如此，契诃夫曾经在自己的小说《在路上》（1886）对虚无主义者进行过歌颂。男主人公里哈烈夫是那一时代的典型，在他身上体现了一个虚无主义者纯真的、不虚伪的特点，他也有着做一个苦行僧的愿望。他是一个破产的地主，在总结自己走过的人生道路时，他说："我一头扎进虚无主义……我到民间去，在工厂做工，当润滑工人，做纤夫……有一个时期我成了斯拉夫派……五年前我致力于否定私有财产，我最近的信仰是勿抗恶。"②其实，契诃夫与自己作品中的主人公里哈烈夫一样，在不断的否定中走着艰难的精神探索之路。

在契诃夫的小说《决斗》（1891）中的男主人公——动物学家冯·柯连的身上，也体现出一些虚无主义者的特征：崇尚科学，精神独立，否定一切，甚至认为要消灭一切他认为不合理的东西，因此，他和被他否定的"多余人"拉耶甫斯基之间进行了一场决斗。关于这次决斗，冯·柯连曾打趣地说："在屠格涅夫的作品里巴扎洛夫也跟别人决斗过……"③契诃夫对虚无主义者大体是持肯定态度的，他"表示拥护进步、科学以及用唯物主义去解决一切人生问题"④，但同时也指出他们的弱点，那就是这些虚无主义者们的憎恨并不能挽救一个人，人要学会自救，只有自己才是自己的救世主，这就是为什么契诃夫的笔下有类似伊凡诺夫（《伊凡诺夫》1887）、特里波列夫（《海鸥》1896）这样的自杀者，他们苦于找不到自身的救星。那么，如何克服虚无主义中存在的不足呢？契诃夫认为要依靠科学、依靠物质与精神的进步。对于小说《决斗》（1891）中的男主人公冯·柯连，契诃夫自有他的论断，在这位虚无主义者身上，契诃夫着力批判的是他那种独断

---

① 转引自（俄）安·屠尔科夫. 安·巴·契诃夫和他的时代. 朱逸森，译. 北京：中国社会科学出版社，1984：194.

② （俄）契诃夫. 契诃夫小说全集（第五卷）. 汝龙，译. 上海：上海译文出版社，2000：347.

③ （俄）契诃夫. 契诃夫小说全集（第八卷）. 汝龙，译. 上海：上海译文出版社，2000：182.

④ （俄）卢那察尔斯基. 安·巴·契诃夫在我们今天//论文学. 蒋路，译. 北京：人民文学出版社，1978：236.

专行的态度。关于此类人物,在 1888 年 6 月 9 日给列昂季耶夫 - 什切格洛夫的信中,契诃夫曾经写道:"只有傻瓜和骗子才无所不知、无所不晓。"①

姚海在文章《俄国虚无主义运动及其根源》(1993)一文中,把虚无主义运动的思想特征归为三类:否定一切精神和物质的存在,向一切历史文化传统宣战;强调个人和人民的价值,把个人和人民的解放作为考虑问题的出发点和着眼点;主张禁欲主义的道德准则,宣扬舍身忘我的牺牲精神。在虚无主义的影响下产生的具体活动一个是 19 世纪 70 年代民粹派的"到民间去"运动,另一个则是个人恐怖主义的产生。由此看来,契诃夫的思想与虚无主义的大部分内容是吻合的,例如,对个体自由的尊重、对所谓权威的否定、对自然科学的崇尚,等等。

的确,青年时代的契诃夫热爱科学与真理,坚持唯物主义信仰,摒弃宗教与政治,当时,同学中就有人读赫尔岑的作品,抨击沙皇政府,契诃夫总是低头听着,不参加辩论,"在任何情况下,他宁愿作生活中的一名观众而不愿当一名演员"②。契诃夫重视的是社会实践活动,他认为,只有积极投身于广泛的社会生活,造福于人民大众,才能推动俄国社会不断前进。

契诃夫出生于一个宗教氛围十分浓厚的家庭,他的父亲笃信宗教,并坚持让自己的孩子信仰宗教,强迫他们唱颂歌、做礼拜。然而,契诃夫最终放弃宗教信仰,走上唯物主义道路。在给朋友的信中契诃夫写道:"……小时候,我受的是宗教教育——在教堂唱歌、读使徒行传和赞美诗,认真晨祷,义务到祭坛上帮忙,或是在钟楼上敲钟。那又怎样?现在我回忆自己的童年,它对我来说是相当灰暗。现在我没有宗教信仰。您知道吗,那时经常是我和我的两个兄弟站在教堂中央唱三重唱《忏悔》或《天使之声》,所有人都非常感动地看着我们,他们羡慕我们的父母,而此刻我们却感到自己是小苦役犯……我和我兄弟们的童年只有苦难。"③契诃夫的

---

①　Чехов А. П. Собрание сочинений в 12 т. т. 11. М. :Государственное издательство "Художественной литературы", 1956;235.

②　(法)亨利·特罗亚. 契诃夫传. 侯贵信,等,译. 北京:世界知识出版社,1992;31.

③　Чехов А. П. Собрание сочинений в 12 т. т. 11. М. :Государственное издательство "Художественной литературы", 1956;553 - 554.

小说《三年》(1895)中的主人公拉普捷夫和他有着相似的童年经历,拉普捷夫这样描述他的童年:"我记得,父亲开始教导我,或者说得简单点,开始打我的时候,我还不到五岁。他用树条抽我,揪我的耳朵,打我的脑袋。我每天早晨醒来,头一件事就是暗想我今天会不会挨打。游戏和玩耍在我和费多尔是禁止的,我们必须去做晨祷,去做早弥撒,吻神甫和修士的手,在家里念赞美诗。你是信教的,喜欢这些,可是我怕宗教,每逢我走过教堂,总会想起我的童年时代,不寒而栗。我八岁那年就给领到仓库去了。我像一个普通的学徒那样干活……"①不过,二者的不同之处在于契诃夫一直喜欢教堂的钟声,自认为这是宗教留给他的唯一印记,他曾说:"我喜欢听教堂的钟声。这是我身上仅存的来自宗教的东西了——我不能无动于衷地聆听钟声。"②

1879年,契诃夫考入莫斯科大学,他选择自然科学中最无神主义的医学作为自己一生的职业,而且,他还认为一名真正的作家要学习医学,尤其是精神病学,这样可以在写作中避免错误,他的这种态度充分表现在1899年10月11日给Г. И. 罗索里莫的信中:"我不怀疑医学活动给我的文学活动以极其巨大的影响;这些知识扩展了我观察的视野,这些知识丰富了我,对于我、对于一个作家来说,其真正的价值只有身为医生的人才能知晓;这些知识具备指导作用,大概是因为接近医学,我才避免犯错误。熟识自然科学以及科学的方法,使我一直小心警惕,我努力做到与科学协调一致,如果做不到,我宁愿不动笔。"③

关于医学,契诃夫在给苏沃林的信中写道:"医生不好做……耳朵里长蛆的小女孩,泻肚子,呕吐,梅毒——呸!! 甜蜜的声音和诗意,你们在哪里?"④这与巴扎罗夫所说的"一个好的化学家比二十个普通的诗人还有用"一拍即合。契诃夫与巴扎罗夫所厌恶的是贵族自由主义者的无所事事和夸夸其谈,热爱的是科学与真理,重视的是实际行动。巴扎罗夫在与

---

① (俄)契诃夫. 契诃夫小说全集(第九卷). 汝龙,译. 上海:上海译文出版社,2000:235 – 236.

② 转引自(俄)格罗莫夫. 契诃夫传. 郑文樾,朱逸森,译. 郑州:海燕出版社,2003:101.

③ Чехов А. П. Собрание сочинений в 12 т. т. 12. М.: Государственное издательство "Художественной литературы", 1956:356.

④ 转引自(俄)格罗莫夫. 契诃夫传. 郑文樾,朱逸森,译. 郑州:海燕出版社,2003:161.

帕维尔·彼得罗维奇辩论时说:"您尊重您自己,您只是袖手坐在这儿;请问这对于 bien public 有什么用处?"① 被 A. B. 阿姆菲捷阿特罗夫称为"巴扎罗夫的儿子"的契诃夫也认为:"比起动辄就抨击新沙皇尼古拉二世的政策来,他通过兴建学校,创建图书馆和帮助患病的农民,倒能为国家作出更多的贡献。"②

二

　　放弃宗教信仰的契诃夫采取积极务实的社会参与态度,全力以赴地投身于社会实践,这是契诃夫履行知识分子使命的第一步。

　　首先,契诃夫极为重视俄国的教育事业。他曾在梅里霍沃、塔列日和诺沃肖尔基建造三所示范学校。1899 年资助在穆哈拉特建造学校。

　　关于教育的重要性,契诃夫曾对高尔基说:"要是您知道,俄罗斯的农村是多么需要好的、聪明的、有学识的老师就好! 在我们俄罗斯,必须给老师创造一定的条件,而且要尽快落实,要知道,没有普遍的国民教育,国家就会垮台,就像用没有烧制好的砖砌成的房子! 教师应当是一名演员、艺术家,深爱自己的事业,可在我们这里,他却成了一个勤杂工,学问不好,去农村教课的时候带着这样的情绪,就好像是被流放一样。他饥寒交迫,受尽屈辱,因为害怕丢掉饭碗而战战兢兢。情况应当是这样的,他是村里的头号人物,能解答庄稼汉的所有问题,这些庄稼人承认他的能力,认为他的能力值得关注和爱戴,谁也不敢对他大呼小叫……诋毁他的个性,就像我们这里的所有人那样——县里的警察、富有的老板、牧师、区警察局局长、学校里的督学、工长,还有官员,他们有着学监的称谓,却不关心如何合理地组织教学,只是认真执行区里的通令。一个派去教育人民的人,却挣几个铜板,这太荒唐了,您明白吗? 那是教育人民的人! 不要让他们穿破衣烂衫,不要让他们在潮湿的、四处透风的教室里冻得直打哆嗦,不要让他们煤气中毒、感冒,不要让他们三十岁就得咽喉炎、风湿病和结核病……要知道这是我们的耻辱! 我们的教师一年中的八九个月就像

① (俄)屠格涅夫. 前夜、父与子. 丽尼,巴金,译. 上海:上海译文出版社,2007:236.
② (法)亨利·特罗亚. 契诃夫传. 侯贵信,等,译. 北京:世界知识出版社, 1992:189.

隐居者一样生活,无人交流,在孤独中变得迟钝,没有书籍,没有娱乐和消遣。如果他邀请同事们来自己家聚一聚的话,他就会被指控为不可靠分子——真是个愚蠢的词儿,这是狡猾的人们用来吓唬傻瓜的!……所有这一切都令人厌烦……他们挖苦一个人,这个人却从事着伟大的、极其重要的工作。您知道吗,当我看到一个老师,我会在他面前很不自在,因为他唯唯诺诺,穿得很破,我就会觉得在他的穷苦中有我的一些责任……"①在契诃夫的笔下,经常出现可怜的、贫困的乡村知识分子形象,例如小说《噩梦》(1886)、剧本《海鸥》(1896)等。

关于乡村教师的生存条件,契诃夫在小说《在故乡》(1897)中也认真严肃地指出过:"关于学校、乡村图书室,关于普及教育,议论有那么多,可是,如果所有这些熟识的工程师、工厂主、太太们不是假充善人,而是真的相信教育是必要的,他们就不会像现在这样每月发给教师十五个卢布,叫他们挨饿了。学校也罢,关于愚昧的议论也罢,仅仅是为了欺骗自己的良心罢了,因为他们拥有五千或者一万俄亩土地,却对民众漠不关心,那是可耻的。"②契诃夫重视教育,尊重知识和人才,他在作品中总是呼吁社会来注教育问题,但是,现实中"教师们付出沉重的劳动却收入很少,受穷受苦,城市的医院里有许多青年医师白白地工作,一点也没有得到社会的什么报酬……"③契诃夫在小品文《我们的行乞现象》(1888)中这样写道。这也是当时俄国知识分子普遍的生存状态,他们大多处于卑微的社会地位。

于是,契诃夫以身作则、从我做起、从小事做起。他常常游历国外,但心系祖国的教育事业,不断从国外给萨哈林、塔甘罗格等地的图书馆寄送图书。1899 年契诃夫"因对国民教育事业尽心竭力"而被授予三等圣·斯坦尼斯拉夫勋章。契诃夫因积极参加社会活动,不止一次获奖。1897 年他参加谢尔普霍夫县巴维金区的人口普查工作,因此被授予铜质奖章。

其次,身为医生,救死扶伤仍然是契诃夫的天职。早在大学时代,契

---

① Чехов в воспоминаниях современников. Ред. Бродский Н. Л . и другие. М . : Государственное издательство "Художественной литературы" , 1954 :455.

② (俄)契诃夫. 契诃夫小说全集(第十卷). 汝龙,译. 上海:上海译文出版社,2000:124.

③ (俄)契诃夫. 契诃夫文集(第十三卷). 汝龙,译. 上海:上海译文出版社,1999:416 -417.

诃夫就已在地方医院从事医学实践活动。T. Л. 谢普金娜－库比尔尼克曾经回忆道:"每到夏天,无论去哪里,契诃夫都要给农民看病,或是去当地医院工作,没有报酬……"①1890 年,契诃夫去萨哈林岛考察,那里犯人的健康状况很糟,出于人道主义,契诃夫开始接待患者,尽其所能减轻他们的痛苦。1892—1893 年间,图拉省霍乱流行,契诃夫主持谢尔普霍夫县梅里霍沃医疗站的工作,他负责二十五个村子、四个工厂和一个修道院的防疫工作,还要建隔离病房,几个月诊治一千多位病人,在给苏沃林的信中他写道:"……我身不由己,想的只是那些拉肚子的病人,每到夜里,一听到犬吠或是敲大门的声音我就会战栗(是来找我的吧),或是坐着破马车走在陌生的路上,读的也只是关于霍乱的书,等待的同样只是霍乱……"②1899 年,契诃夫还为在穆哈拉特建结核病人疗养院筹集资金。1900 年,契诃夫安排政治流放犯拉金到雅尔塔肺痨病人疗养院治病疗养,并感慨道:"为公共福利尽力的愿望应当不可或缺地成为心灵的需要和个人幸福的条件。"③契诃夫并不是口是心非,他是这么说的,也是这么做的。

三

　　除了具体的社会实践活动,契诃夫也在以其独立的知识分子精神积极介入对社会正义事业的维护。

　　"德雷福斯事件"是契诃夫成为一个真正独立的知识分子的标志。德雷福斯上尉系犹太人,被指控向德国提供重要军事情报,1894 年 12 月因间谍罪被判终身流放。当时,与所有人一样,左拉也认为德雷福斯有罪。时隔三年,当左拉了解事实的真相后,便为德雷福斯伸冤辩护。1898 年 1 月 13 日《黎明报》发表他写给共和国总统费利克斯·福尔的公开信《我控诉!》,于是,形成了支持与反对左拉的两派敌对势力。当时,契诃夫正在法国疗养,"每天早晨,安东·巴甫洛维奇都要在英国人散步处散步、晒太

----

① Чехов в воспоминаниях современников. Ред. Бродский Н. Л. и другие. М. : Государственное издательство"Художественной литературы",1954;314.

② Чехов А. П. Собрание сочинений в 12 т. т. 11. М. :Государственное издательство"Художественной литературы", 1956;587.

③ 转引自(俄)契诃夫. 契诃夫小说全集(第一卷). 汝龙. 译. 上海:上海译文出版社,2000:前言 4.

阳、读法国报纸,当时报纸上有关德雷福斯事件的内容很吸引读者,谈起这一事件,契诃夫的情绪会很激动"①,画家 A. A. 霍佳英切娃在回忆文章中写道。契诃夫支持左拉的正义行为,在给 B. M. 索鲍列夫斯基的信中,他表明了自己对该事件的态度:"我整天读报纸,研究德雷福斯事件。依我看,德雷福斯无罪。"②正是因为对该事件的不同看法,导致契诃夫与昔日挚友苏沃林关系的恶化,后者及其主办的《新时报》反对左拉,污蔑德雷福斯,是反动势力的喉舌,契诃夫认为"法国报纸值得一看,俄国报纸很不好,而《新时报》简直称得上龌龊"③,在给 Ф. Д. 巴丘什科夫的信中他这样写道。契诃夫就此停止为《新时报》撰稿。通过这一事件,可以看出契诃夫不畏当权、支持正义的高贵品格。

此外,高尔基事件也显示出契诃夫与沙皇政权对立的立场。1900 年,契诃夫、托尔斯泰、柯罗连科一同当选为科学院文学部院士。1902 年,当高尔基无故被撤销科学院院士资格时,契诃夫便与柯罗连科一道辞去名誉院士称号,契诃夫还亲自给院长写信:"……我曾衷心地祝贺他当选,可又得知选举无效——如此的矛盾我无法接受,我的良心也不能苟同。刑事诉讼法令第一〇三五条我看过了,并未得到任何合理的解释。再三考虑后,我只能作出一个决定、一个对我来说十分沉重而惋惜的决定,那就是恳请免去我的名誉院士称号。"④

从 1889 年彼得堡的二月事件开始,莫斯科、基辅等地也陆续爆发了学生运动,运动的口号由争取学术自由发展到争取政治自由,契诃夫始终关注事态的发展,态度也由怀疑转为支持。直至 1903 年,他曾几次资助遭到政府迫害的青年学生。

同年,契诃夫还为在基什涅夫遭屠杀的犹太人愤慨,并支持犹太作家绍洛姆·阿列赫姆出版小说集用以资助犹太人,契诃夫答应提供自己的

---

① Литературное наследство—т. 68: Чехов. Ред. Анисимов И. И. и другие. М.: Издательство Академии наук СССР,1960:607.

② Чехов А. П. Собрание сочинений в 12 т. т. 12. М.: Государственное издательство "Художественной литературы",1956:196.

③ Чехов А. П. Собрание сочинений в 12 т. т. 12. М.: Государственное издательство "Художественной литературы", 1956:210.

④ Чехов в воспоминаниях современников. Ред. Бродский Н. Л. и другие. М.: Государственное издательство "Художественной литературы", 1954:506.

作品:"如果疾病不妨碍我,我很愿意写一个短篇。至于说我已经发表的小说,您可以任意选择,把它们翻译成犹太语发表在集子中,并对在基什涅夫受难的犹太人有益处的话,我会由衷地高兴。"①

1904 年 2 月,日俄战争爆发,虽然这是一场非正义的战争,但作为一个俄国人、作为一个爱国者,契诃夫希望俄国取胜,甚至还想以医生的身份参军……

通过上述一系列事件,契诃夫将自己的生命投入到广泛的社会实践中,从而完成自己知识分子身份的确认。Т. Л. 谢普金娜 - 库比尔尼克回忆道:"当时在莫斯科有'契诃夫不是社会活动家'这一说法,这可真是鼠目寸光。他不断提高的文学声誉有点儿掩盖他的社会活动,除此之外,契诃夫本人对此事很低调。但说他不是社会活动家,那就太不客观了。"②

四

真正的知识分子,不仅要亲身参加各种社会实践活动,更重要的是,要在自己的头脑中完成知识分子思想体系的构建。在社会实践的磨练中,契诃夫敏锐地洞察到诸多的社会问题,对托尔斯泰主义、民粹派思想、马克思主义等都进行了深刻的思考,指出"勿以暴力抗恶""到民间去""平民化""小事论"等思想中存在的问题。托物言志,契诃夫通过自己笔下的人物形象塑造,诠释自己的政治主张,托尔斯泰主义、民粹派思想、马克思主义等都成了他批驳的对象,任何阶级——无论是资产阶级、还是无产阶级,无论是农民,还是富农,在契诃夫看来,都无法担当起推动俄国社会向前发展的重任。最终,契诃夫得出结论,那就是俄国社会的进步依靠的是知识和劳动,这才是契诃夫深深认可的真理。

托尔斯泰主义曾是契诃夫信奉的思想之一,其主要的精神内核在于"勿以暴力抗恶""道德的自我完善""博爱",托尔斯泰所倡导的"平民化""拥有财产就等于盗窃"都曾是契诃夫深深认可的人道主义理论。1886—

---

① Чехов А. П. Собрание сочинений в 12 т. т. 12. М.: Государственное издательство "Художественной литературы", 1956;538.

② Чехов в воспоминаниях современников. Ред. Бродский Н. Л. и другие. М.: Государственное издательство "Художественной литературы", 1954;316.

1887 年间,契诃夫发表了《好人》(1886)、《乞丐》(1887)、《邂逅》(1887)、《哥萨克》(1887)、《信》(1887)、《鞋匠和魔鬼》(1888)等具有托尔斯泰主义倾向的小说。1900 年 1 月,托尔斯泰病重,契诃夫在给友人 M. O. 梅希科夫的信中深表痛心:"他的病情把我吓坏了,我真的很担忧。我害怕他会死去。如果他死了,在我的生活中会出现很大一块空白。首先,我没有比他更爱的人了;我是一个什么都不相信的人,但在所有的信仰当中,他的信仰我认为最适合我、离我最近……"①

托尔斯泰主义所谓"道德的自我完善",即是从我做起,不断进行灵魂的净化,从而达到完美的境地。

契诃夫的小说《好人》(1886)中,女医师薇拉·谢苗诺夫娜在同致力于文学创作的哥哥符拉基米尔·谢敏内奇之间进行了关于"勿抗恶"的辩论,她认定"由别人施之于我本人的恶,我没有任何理由反抗。有人要杀死我吗?那就请便。杀人者不会因为我自卫而变得好起来",后来,她又"开始拒绝仆人服侍她,亲自打扫自己的房间,把垃圾倒出去,亲自擦半高腰皮靴,刷衣服"②,薇拉离开使她厌倦的生活,改变自己的生活方式,并认为以此可以解决社会中存在的根本问题。在 19 世纪 80 年代的俄国,托尔斯泰主义十分盛行,有一些人拒绝使用仆人,亲自到田间劳动,甚至还拒绝肉食和性爱。

小说《乞丐》(1887)中的乞丐路希科夫曾行骗律师斯克沃尔佐夫,然而,律师的说教并没有改变乞丐,真正使乞丐弃恶从善的乃是律师家的厨娘奥尔迦,是奥尔迦高尚的行为潜移默化地影响了懒惰的、爱说谎话的他,使他的灵魂得到升华。

《邂逅》(1887)则讲述了一位为修缮大火焚烧的教堂出来募捐的农民叶甫列木·杰尼索夫与刚刚被拘留所释放的农民库兹玛相遇的故事:叶甫列木在库兹玛居住的村庄歇脚,募得的纸币被库兹玛偷走后买酒喝、买烟抽,即便开始他不承认钱是他偷的,叶甫列木也知道事实的真相,但他没有采取武力,也没有报案,没有以恶制恶。库兹玛在叶甫列木的沉默中

①　Чехов А. П. Собрание сочинений в 12 т. т. 12 . М.: Государственное издательство "Художественной литературы", 1956:396.

②　(俄)契诃夫. 契诃夫小说全集(第五卷). 汝龙,译. 上海:上海译文出版社,2000:294－296.

感到了自己的孤寂与无助,随即他承认了自己的偷窃行为,把剩余的卢布还给了叶甫列木。可见,"勿以暴力抗恶"能使人心向善,主动忏悔自己的罪行。

小说《哥萨克》(1887)所描述的故事发生在复活节。这是玛克辛·托尔恰科夫与新婚不久的妻子第一次共同度过这个节日。他们在教堂里得到一个受过复活节圣礼的圆柱形大面包。在回家的路上,他们遇见一个饥寒交迫的哥萨克,哥萨克请求分些面包吃,但玛克辛·托尔恰科夫的妻子不同意,她认为在路上切面包是罪过。在回家的路上,玛克辛·托尔恰科夫一直闷闷不乐,良心的谴责使他惴惴不安。于是,他偷偷地切了块面包,又拿了五个鸡蛋让手下的工人去找哥萨克。可是,谁也没再遇到过那个哥萨克,但他的形象却在玛克辛·托尔恰科夫的脑海中生了根,久久地挥之不去。从此以后,玛克辛家境败落,"……所有这些灾难,照玛克辛的说法,都是因为他妻子恶毒而愚蠢,因为上帝为那个有病的哥萨克生了他和妻子的气。……他越来越常喝醉。他喝醉了就在家里发脾气,每逢清醒着,就到草原上走来走去,盼望能见到那个哥萨克。……"①

在接下来的《信》(1887)中,契诃夫所表达的中心思想是一个人如果缺乏对上帝的信仰,那么他就会堕落,只有宽容的爱,才能使堕落的人迷途知返。

契诃夫的另一部小说《鞋匠和魔鬼》(1888)同样启迪人们对上帝的敬爱。故事发生在圣诞节前夕的一个夜晚。鞋匠费多尔·尼洛夫在给伊凡内奇老爷赶制靴子,他感到很不公平,思考起为什么他要干活,而财主们却吃喝玩乐、花天酒地,于是,他开始诅咒这些富人,梦想自己成为财主。当他得知他的顾客伊凡内奇老爷是一个魔鬼时,便请求他把自己变成富人。鞋匠把自己的灵魂交给魔鬼伊凡内奇,如愿以偿,变成老爷,虽然他过上了有钱人的生活,但却从此失去快乐,只有在教堂里"一切人,不论是富的还是穷的,都处在同等地位"②。后来,他不再抱怨、不再嫉妒,因为穷人、富人生命的终结之地都是坟墓,"生活里并没有什么东西可以使人甘

①　(俄)契诃夫. 契诃夫小说全集(第六卷). 汝龙,译. 上海:上海译文出版社,2000:140.
②　(俄)契诃夫. 契诃夫小说全集(第七卷). 汝龙,译. 上海:上海译文出版社,2000:293.

心把自己的灵魂,哪怕是一小部分灵魂,交给魔鬼"①。

　　然而,1890 年的萨哈林之行使契诃夫目睹了丑恶的社会现实,这使他坚定地抛弃了托尔斯泰主义,在给苏沃林的信中他写道:"直到旅行以前,《克莱采奏鸣曲》对我来说还是个大事情,现在我却觉得它可笑,它似乎没有条理。"②进而他又重申:"……托尔斯泰主义的教义不再使我激动,在心灵深处我排斥它,当然,这很不公平。在我身上流着农民的血,农民的高尚品德不会让我感到惊奇。……托尔斯泰的哲学曾强烈地触动过我,支配我六七年,对我产生影响的不是我早已熟知的基本原理,而是托尔斯泰式的表达方式,他的审慎,或许像一种催眠术。现在我的身体里却有某种东西在抗议,深思熟虑以及正义对我说:在电和蒸汽中对人的爱比在贞洁和素食中多。战争是灾难,法院是祸害,但不能就此说我应当穿草鞋,并跟佣人以及他的老婆一块儿睡在灶台上,等等。问题不在于此,不在赞成或反对什么,而是在于不管怎样托尔斯泰已离我远去,我的心中已没有他,他对我说了一句'我给你留下的房子是空的'便离开了。我的心变得自由了。所有的理论都让我厌烦……"③继而,契诃夫在自己的作品中开始批驳托尔斯泰主义。

　　契诃夫从萨哈林岛归来,最先发表的作品应该是小说《古塞夫》(1890),它写在从萨哈林岛归来的路上——锡兰的首都科伦坡。故事源于契诃夫旅途中的亲身经历,小说中对海葬的描写与他在 1890 年 12 月 9日给苏沃林的信中所讲的、他亲眼目睹的海葬情景十分吻合。在信中他写道:"在去新加坡的路上,有两具尸体被抛进大海里去了。当你看到一个死人,他用帆布裹着,翻滚着飞入大海,你再想一想,到海底还有几俄里深,你就会恐惧,莫名地开始觉得你自己也快死了,也要被抛到水里去了。"④这一情节在契诃夫的小说中是这样描写的:"人家用帆布把他包好,

---

①　(俄)契诃夫. 契诃夫小说全集(第七卷). 汝龙,译. 上海:上海译文出版社,2000:294.

②　Чехов А. П. Собрание сочинений в 12 т. т. 11. М.: Государственное издательство "Художественной литературы", 1956:489.

③　Чехов А. П. Собрание сочинений в 12 т. т. 12. М.: Государственное издательство "Художественной литературы", 1956:49 – 50.

④　Чехов А. П. Собрание сочинений в 12 т. т. 11. М.: Государственное издательство "Художественной литературы", 1956:483.

缝起来,为了要这个包沉一点,就把两根铁炉条塞进包里。……值班的水手抬起木板的一头,古塞夫就头朝下,从木板上滑下去,在空中翻了个身,扑通一声响!泡沫把他盖住,霎时间,他似乎穿上一件满是花边的衣服,不过这一刹那就过去,他立即消失在海浪里了。他很快地往海底沉下去。他会沉到海底吗? 据说,海面离海底有四俄里。"①

《古塞夫》(1890)这部小说吸引读者的不光是契诃夫对于"海葬"这一细节精湛的描写,作品的思想更是深远。可以说,在这部小说中,契诃夫开始怀疑托尔斯泰主义、怀疑托尔斯泰"勿以暴力抗恶"的教义。小说的主人公古塞夫在远东服役五年,期限已满,正坐船返回故乡。他身体不好,且在生病,承受不起旅途的劳顿,送他们上船不过是上级的幌子,实则是打算在途中甩掉他们这几个伤残的士兵。古塞夫忠诚地服役,没有犯过任何错误,竟然落得这般凄惨的结局,船上一个不明身份的人——巴威尔·伊凡内奇一语道破古塞夫悲剧产生的根源:"你们是些无知无识、瞎了眼睛、受尽压制的人,你们什么也看不见,就是看见了也不明白。……人家对你们说,风挣脱了链子,你们是畜生,是佩彻涅格人,你们就听信了。人家打你们的脖梗子,你们反倒吻她的手。一个穿着浣熊皮大衣的人抢去你们的钱,然后丢给你们一枚十五戈比的硬币算是赏钱,你们却说:'让我吻您的手,老爷'。你们都是贱民,可怜虫。"②对古塞夫的态度,巴威尔·伊凡内奇是"哀其不幸、怒其不争",他看出古塞夫是一个逆来顺受的不抵抗者。不过,巴威尔·伊凡内奇一样厄运难逃,他死在船上,被人装到布袋子里,然后丢进大海。

关于契诃夫的小说《决斗》(1891)有俄国文学评论家认为这是契诃夫对托尔斯泰的作品《克莱采奏鸣曲》的论战性答复,这大概是源于小说中的动物学家冯·柯连对助祭波别多夫的一段说教:"在所有的人文知识当中最稳定和最富于生命力的当然莫过于基督的教义;不过您注意看一下,就连对于这个教义,也有多么不同的理解啊! 有的人教导说:我们应该爱一切人,同时却又把士兵、罪犯、精神病人除外。他们允许兵士在战争中

---

① (俄)契诃夫. 契诃夫小说全集(第八卷). 汝龙,译. 上海:上海译文出版社,2000;81 - 82.
② (俄)契诃夫. 契诃夫小说全集(第八卷). 汝龙,译. 上海:上海译文出版社,2000;77.

被杀,允许罪犯被隔离,被处死,禁止精神病人结婚。另一些解释者又教导说:必须爱一切人,不分好坏,没有例外。按照他们的教导,那么,如果有一个结核病人,或者一个杀人犯,或者一个癫痫病患者到您这儿来,要求跟您女儿结婚,您就得把女儿嫁给他。如果白痴殴打身心健康的人,那您也得把脑袋送上去。这种为爱而爱的说教如同为艺术而艺术一样,要是得了势,就会使得人类最后完全绝种,从而犯下古往今来人间犯过的罪行中最大的罪行"①,尽管看起来契诃夫有些偏激,但不得不承认,人的本性与道德感本身就存在着冲突,许多问题的根源就在于此。在这部小说里,契诃夫同样批判了托尔斯泰的"禁欲"主义,"宗教学校的学监,他既信仰上帝,又不跟人决斗,守身如玉,然而那时候他却常把搀进沙土的面包拿给助祭吃,有一次几乎拧掉助祭的耳朵……学校里的人竟然都尊敬这个残忍而不正直的、盗窃国家面粉的学监,为他的健康和得救祷告上帝……"②

按照20世纪60、70年代苏联著名契诃夫学专家Г. П. 别尔德尼科夫的观点,契诃夫在《第六病室》(1892)中对拉京所持的批判态度,实际上昭示了契诃夫对托尔斯泰主义的弃绝。小说中的安德烈·叶菲梅奇·拉京年少时笃信宗教,立志读神学院,打算把教士当做自己的职业,后来,在父亲的逼迫下学医。他生性软弱、没有主见,对供职的医院里恶劣的环境表现得十分冷漠。拉京认为痛苦是必要的,"死亡是每个人正常而合理的结局……人类在宗教和哲学里不但找到了避免一切烦恼的保障,甚至找到了幸福。"③于是,拉京开始变得遁世无为。直到有一天,他被当做疯子关进第六病室,并遭到看守人尼基达的殴打,这时他才意识到"勿以暴力抗恶"是无用的。过去他一直对第六病室中存在的恶现象熟视无睹,认为那是合理的存在,更没有想过要反抗。最后的结局是凄惨的——拉京中风而死。

小说《在流放中》(1892)同样批判了托尔斯泰主义的"勿以暴力抗恶""博爱"的思想和"禁欲"主义。外号为"精明人"的老谢敏的口头禅是

---

① （俄)契诃夫. 契诃夫小说全集(第八卷). 汝龙,译. 上海:上海译文出版社,2000:166 – 167.
② （俄)契诃夫. 契诃夫小说全集(第八卷). 汝龙,译. 上海:上海译文出版社,2000:176.
③ （俄)契诃夫. 契诃夫小说全集(第八卷). 汝龙,译. 上海:上海译文出版社,2000:302.

"只求上帝叫大家都过到这样的生活就好。我什么也不要,什么人也不怕"①,他还把自由、女人比做魔鬼,在他眼里,幸福就是克制一切欲望、无所求。年轻的鞑靼人并没有听他的教唆,而是反驳道:"他好……好,你坏! 你坏! 老爷是好人,很好,你是畜生,你坏! 老爷是活人,你,死尸。……上帝创造人,是要人活,要人高兴,要人伤心,要人忧愁;可是你,什么也不要,所以你,不是活人,是石头,泥土! 石头才什么都不要,你也什么都不要。……你是石头,上帝不爱你,爱老爷!"②契诃夫的这篇小说批判了当时一些人对待生活的消极态度。

要想使道德达到托尔斯泰教义所称的自我完善的境地,主要是靠对肮脏欲望的弃绝,契诃夫的小说《无题》(1888)便极大地嘲讽了禁欲主义的无用性。修道院的修士们在老院长的带领下,过着单调乏味的生活,一个普通城里人的到访打破了修道院的宁静。这个人在打猎的途中喝醉后迷了路,他的一番言论触动了老修道院长:"你们什么事也不做,修士们。你们只知道吃喝。难道这样就能拯救自己的灵魂? 你们想一想,你们平心静气地坐在这儿,吃啊喝的,梦想着幸福,你们的邻人呢,却在灭亡,往地狱走去。你们应当看一看城里是什么情形才是! 有的人饿得要死,有的人却不知道该拿自己的金子怎么办才好,索性沉溺在放荡的生活里,毁掉自己,就跟粘在蜂蜜上的苍蝇一样。人们既没有信仰,也没有真理! 拯救他们,该是谁的工作? 向他们传道,该是谁的工作? 莫非该由我这个一天到晚喝醉酒的人来管? 上帝赐给你们温和的精神、热爱的心灵、信仰,难道就是要你们坐在这儿,关在四堵墙当中,什么事也不干?"③于是,老院长动身去城里云游,三个月后归来,他给修士们讲了他的所见所闻——城里人花天酒地的生活、放荡的女人……谁料老院长愤怒的讲述却带来十分滑稽的结果,"他第二天早晨走出修道室,修道院里却连一个修士也没有。他们统统跑进城里去了"④。

进而,在中篇小说《女人的王国》(1894)中,契诃夫对托尔斯泰所倡导

---

① (俄)契诃夫. 契诃夫小说全集(第八卷). 汝龙,译. 上海:上海译文出版社,2000:264.
② (俄)契诃夫. 契诃夫小说全集(第八卷). 汝龙,译. 上海:上海译文出版社,2000:269 – 270.
③ (俄)契诃夫. 契诃夫小说全集(第七卷). 汝龙,译. 上海:上海译文出版社,2000:94
④ (俄)契诃夫. 契诃夫小说全集(第七卷). 汝龙,译. 上海:上海译文出版社,2000:96.

的"平民化"又提出了质疑。女主人公安娜·阿基莫芙娜继承父业,年仅二十六岁,却是一个富有的商人,拥有一千八百多名工人。她心地善良,乐善好施,但同时她也很清楚,她施舍给手下工人的钱如医疗费等,几乎都不会被用到正地方,她也感叹过:"平日也好,节日也好,我们总在做善事,可是没有什么成效……"①她虽然健康、美丽、富有,可却常常寂寞难耐,觉得自己是个多余的人,倒不如还是小姑娘的时候快活。那时,她的父亲是个工人,在那样的环境中生活她觉得更加自如。家庭的出身使她从不藐视工人、农民。后来,她爱上自己厂里的工人彼梅诺夫,并打算和他结婚,但是一想到他吃饭时的样子,她就会觉得"他那胆怯而缺乏文化修养的模样又可怜又狼狈,惹得她厌恶"②。于是,她放弃了与他结婚的念头,继续过上层人的生活,"在她看来,最恼人、最愚蠢的是,今天她那些关于彼梅诺夫的幻想都是正直、高尚、可贵的,然而同时她却感到雷塞维奇,以至克雷林,对她来说却比彼梅诺夫以及所有的工人加在一起还要亲近些"③。最终,她还是没有越过阶级的鸿沟。

契诃夫在另一部小说《我的一生》(1896)中,则反映出托尔斯泰所谓"平民化"的结果是无用的。主人公出身贵族,但与鄙视体力劳动的父亲的分歧在于他认为只有体力劳动成为每一个人的义务,才能更好地消灭差别。于是,他当了一名油漆工。在他的影响下,他的妻子到农村开办学校,尽管他们做出很大的努力,但老百姓对他们依旧心存芥蒂。契诃夫对托尔斯泰主义所谓的"道德的自我完善"的否定态度,则表现在女主人玛霞的话语之中:"我们做了许多工作,思考了许多事,我们因此变得比过去好了,很荣幸,我们在自我完善方面很有成绩,可是我们这些成绩对四周的生活有什么显著的影响吗?对哪一个人带来了益处?没有。愚昧无知、肮脏、酗酒、高得惊人的儿童死亡率,一切照旧。你耕地,下种,我花钱,读书,可是谁也没有因此得益。显然,我们只在为自己工作,我们海阔天空地思索也只是为自己罢了。"④

①　(俄)契诃夫. 契诃夫小说全集(第九卷). 汝龙,译. 上海:上海译文出版社,2000:133.
②　(俄)契诃夫. 契诃夫小说全集(第九卷). 汝龙,译. 上海:上海译文出版社,2000:157
③　(俄)契诃夫. 契诃夫小说全集(第九卷). 汝龙,译. 上海:上海译文出版社,2000:158.
④　(俄)契诃夫. 契诃夫小说全集(第十卷). 汝龙,译. 上海:上海译文出版社,2000:58－59.

　　契诃夫不仅在自己的文学作品中驳斥托尔斯泰主义,在现实生活中也是如此,"当托尔斯泰在亚斯纳亚波利亚纳继普鲁东之后宣布'拥有财产就等于盗窃',并为自己拥有一块广阔的地产而感到极为痛苦的时候,契诃夫却在自己刚刚获得的土地上喜气洋洋,并且开玩笑说,如果能在辛劳一辈子之后,一觉醒来突然变成资本家,那将是一件快事"①。1892 年,契诃夫全家搬到莫斯科—库尔斯克铁路附近的谢尔普霍夫县的美里霍沃庄园,开始拥有属于自己的土地。契诃夫购置庄园,并非贪图奢华使然,家庭的责任感促使他必须努力这样做。

　　契诃夫的祖辈是农奴出身,祖父为全家赎得自由。父亲巴维尔·叶戈罗维奇经营杂货店,共育五个儿子、一个女儿,后因经营不善,杂货店倒闭,父亲在契诃夫十六岁的时候逃往莫斯科,投奔在那里的两个大儿子,只有安东·契诃夫独自留在故乡塔干罗格。安东的两个哥哥亚历山大和尼古拉本是才华横溢的青年,但终日沉迷酒色,才气殆尽,安东则从十六岁开始自食其力,当家教所得微薄的收入不仅要养活自己,还要往莫斯科寄一些,因为母亲时常向他求援。十九岁时,安东·契诃夫来到莫斯科大学读医学,从此,他成为家里的顶梁柱。全家在莫斯科落魄的生活使得契诃夫感到家庭的责任,正像他作品中主人公喊出的那样:"再也不能照这样生活下去了!"(《套中人》1898)契诃夫学习医学是听从母亲的建议,因为当时在莫斯科医生是最好的职业,可以赚很多钱。不过,契诃夫的主要经济来源是稿费,即使他曾经把医学比做"发妻",把文学比做"情妇"。

　　再有,契诃夫自身的成长经历使他深知贫困的可怕。在1889 年 1 月 7 日给苏沃林的信中他写道:"贵族作家不费吹灰之力从大自然中获取的东西,平民作家只能用青春做代价。您应该写这样一个故事,写一个年轻人,他是农奴的儿子,曾经做过小铺的会计,在教堂的唱诗班里做过歌手,读过中学、大学,受到的教育是下级要尊敬上级,吻牧师的手,对他人的思想要顶礼膜拜,对每一块面包都要感恩戴德,他总是挨打,上课的路上没有胶皮套鞋穿,他爱打架,虐待过小动物,喜欢在富有的亲戚家里吃饭,在上帝和所有人面前装腔作势。即使这样的做法根本没什么必要,他之所

---

①　(法)亨利·特罗亚. 契诃夫传. 侯贵信,等,译. 北京:世界知识出版社,1992:152.

以这么做,只是因为觉得自己卑微。您再写这个年轻人是如何一滴一滴
地挤压出自己身上的奴性,他又是如何在一个美妙的清晨醒来后,感觉到
在他的血管里流淌的已经不是奴隶的血,而是一个真正的人的血。"①关于
契诃夫的成长环境,鲁迅曾在 1935 年 8 月 24 日致萧军的信中写道:"我
看用我去比外国的谁,是很难的,因为彼此的环境先不相同。契诃夫的想
发财,是那时俄国的资本主义已发展了,而这时候,我正在封建社会里做
少爷。看不起钱,也是那时所谓'读书人家子弟'的通性。"②生活的磨难
使得契诃夫过早地成熟,也使他更加理智、冷静地看待人与事物。

五

　　的确,契诃夫曾一度迷恋过托尔斯泰主义,但最终还是否定了它。在
乡村医院多年的工作经历,使契诃夫看到农村的落后、野蛮与赤贫,认识
到现实中的农民与托尔斯泰心目中的农民的巨大反差。"他每天都要看
30 到 40 个病人,有的伤口化脓,有的拉肚子,有的患了肺炎或绦虫病。在
这些憔悴的病人身上,他看到了农民的粗俗、无知、酗酒成性,托尔斯泰所
歌颂的、心地善良、具有大地赋予的深邃洞察力的农民形象到哪里去
了?"③"这些庄稼人粗鲁、邋遢、疑心重重……"④契诃夫在《农民》
(1897)、《公差》(1899)、《在峡谷里》(1900)等小说中,描绘出农村的落
后、野蛮与赤贫,"他(叶赛宁)对待契诃夫就像对待他的一个最凶恶的敌
人一样……十分可能,他是因为中篇小说《农民》才恨契诃夫的……"⑤这
篇小说得罪了自称为人民的精粹、代表人民利益的民粹派,由此还引发了
民粹派与合法马克思主义者的论战,后者认为,小说中从莫斯科归来的尼
古拉夫妇是城市文明与进步的象征,进而说明资本主义制度高于村社制
度、城里人高于乡下人。

---

　　① Чехов А. П. *Собрание сочинений в 12 т. т. 11.* М.: Государственное издательство "Художественной литературы", 1956: 330 – 331.

　　② 鲁迅. 鲁迅书信集(下卷). 北京:人民文学出版社,1976:865.

　　③ (法)亨利·特罗亚. 契诃夫传. 侯贵信,等,译. 北京:世界知识出版社,1992:56.

　　④ Чехов А. П. *Собрание сочинений в 12 т. т. 11.* М.: Государственное издательство "Художественной литературы", 1956:585.

　　⑤ 转引自(苏)3·帕佩尔内. 契诃夫怎样创作. 朱逸森,译. 上海:上海译文出版社,1991:225.

在农村题材小说中,契诃夫客观地再现了当时俄国农村的真实面貌,他的许多素材源自1892—1899年间在美里霍沃的亲身经历。美里霍沃是离莫斯科不远的一个村庄,契诃夫在那里购置了庄园,契诃夫的弟弟米哈伊尔在回忆契诃夫时,谈到过契诃夫的创作与这一时期生活的关系:"这些岁月在他这个时期的作品里留下了特殊的印记,特殊的色调。他本人也承认梅里霍沃的这种影响。只要想一想他的《农民》和《在峡谷里》就清楚了。这两个作品的每一页上都浮现出梅里霍沃的画面和人物。"[①]在《农民》(1897)这部作品中,契诃夫把农民的野蛮与粗鲁以及农村的赤贫与落后刻画得淋漓尽致。

尼古拉·契基尔杰耶夫因病带家眷离开莫斯科,回到阔别已久的故乡茹科沃村。此时的村子已不是他童年时的模样,眼前的一切可以用"穷啊,穷啊!"来形容,村里赤贫的景象让人震惊:脏、乱、差的木房子几乎坍塌,苍蝇飞来飞去,屋里弥漫着煤烟,人们吃不饱、穿不暖,交谈的话题也只有贫困与疾病。

物质的匮乏导致精神的贫乏。农民常常酗酒,用以麻痹神经,逃避现实,"人们在伊利亚节喝酒,在圣母升天节也喝酒,在举荣圣架节又喝酒。圣母节是茹科沃教区的节日,逢到这个节期,农民们一连喝三天酒。他们喝光村社的五十卢布,然后还要挨家收钱拿来喝酒……那三天,基里亚克喝得酩酊大醉,他把所有的东西,连帽子和靴子也在内,统统换酒喝了……"[②]

尼古拉的哥哥基里亚克身材魁梧,但他过人的体力不是用在劳动上,而是喝醉了酒打老婆。他是个野蛮人,孩子们见了他,就像见到了魔鬼,老婆玛丽雅见了他,便难逃拳脚之灾。她经常被打得鼻青脸肿,昏死过去,对基里亚克的粗暴行为,家人已是司空见惯,弟媳对她的安慰最多是用《圣经》上的一句话:"有人打你的右脸,连左脸也转过来由他打",说到底还是忍耐。

贫困还导致村里的农民愚昧无知。尼古拉有病,无钱医治,家里人找

---

① 转引自李廉恕. 论契诃夫农村题材小说//外国文学研究集刊(第三辑). 北京:中国社会科学出版社,1981:193.

② (俄)契诃夫. 契诃夫小说全集(第十卷). 汝龙,译. 上海:上海译文出版社,2000:104.

来巫师给尼古拉放了二十四杯血,转天早晨,尼古拉便踏上了黄泉路。人们因贫穷而丧失了基本的亲情,家人早就盼着身患重病的尼古拉死去;玛丽雅幻想她的孩子死去,这不由地使她高兴。

贫穷导致农民心理上的麻木,人与人之间的关系也变得十分冷漠,例如,小说中有一处描写村子里一个人家着大火的情节:火势很严重,可是,"一群农民站在旁边,什么也不干,瞧着火发呆。谁也不知道该做什么,他们什么事也不会做",火熄,人散,"他们已经有意把这场火灾变成笑谈,甚至好像惋惜火熄得太快了"①。

后来,尼古拉死了,他的妻子奥尔迦带着女儿萨霞离开这里,此时,奥尔迦回想起"在夏天和冬天的一些日子里,这些人往往生活得仿佛比牲口还糟,跟他们在一块儿生活真可怕,他们粗野、不老实、肮脏、醺醉。他们生活得不和睦,老是吵嘴,因为他们不是互相尊重,而是互相害怕和怀疑。是谁开小酒馆,把大伙儿灌醉? 农民。是谁盗用村社、学校、教堂的公款,把钱换酒了? 农民。是谁偷邻居的东西,放火烧房子,为一瓶白酒到法庭上去做假见证? 是谁在地方自治会和别的会议上第一个出头跟农民们作对? 农民。确实,跟他们一块儿生活是可怕的。"②不过,这里借奥尔迦之口,说出农村存在诸多问题的症结所在:"繁重的劳动使他们一到夜晚就周身酸痛,再者,冬季严寒,收成稀少,住处狭窄,任何帮助也得不到,也没有一个地方可以去寻求帮助。比他们有钱有势的人是不可能帮助人的,因为他们自己就粗野、不老实、醺醉,骂起人来照样难听。任何起码的小官儿或者地主的管事都把农民当做叫花子,即使对村长和教堂主事讲话也称呼'你',自以为有权利这样做。再者,那些爱财的、贪心的、放荡的、懒惰的人到村子里来只是为了欺压农民,掠夺农民,吓唬农民罢了,哪儿还会帮助农民呢?"③

《农民》这部小说完成于 1897 年,其中还谈到农奴制时代农民们还算比较美好的生活:那时,农民在东家手下干活,倒可以吃得饱、穿得暖,人们也都本分。类似的对农民的赞美在小说《公差》(1899)中也可以找到,

---

① (俄)契诃夫. 契诃夫小说全集(第十卷). 汝龙,译. 上海:上海译文出版社,2000:94 – 95.
② (俄)契诃夫. 契诃夫小说全集(第十卷). 汝龙,译. 上海:上海译文出版社,2000:107.
③ (俄)契诃夫. 契诃夫小说全集(第十卷). 汝龙,译. 上海:上海译文出版社,2000:107.

乡村警察这样讲："庄稼汉倒大半都肯给我点什么,庄稼汉是厚道人,敬畏上帝:有的给一小块面包,有的给点白菜汤喝,有的请你喝一盅。"①可见,农民的本质是好的,造成时下农村赤贫、农民素质低下的主要社会原因乃是农奴制改革得不彻底。《农民》这部小说还从另一个侧面表现出农民与民粹派的隔阂,例如,小说中着火的场面:当一个大学生带人来救火的时候,人群里居然有人恶狠狠地喊"不准他们捣毁东西"之类的话。

关于农奴制改革的话题,契诃夫在剧本《樱桃园》(1903)中也有体现。八十七岁的老仆人费尔斯在谈到改革前的生活时,充满了留恋之情:"那个时候,农民顾念主人,主人也顾念农民;现在可好,颠三倒四的,全乱了,你简直什么也闹不清楚。"②其实,农民们早就已经习惯了一种固定的生活方式,害怕改变。

契诃夫在自己的农村题材小说中,并不像民粹派作家那样粉饰太平、刻意拔高农民形象和美化村社制度,也不像托尔斯泰那样,把农民讴歌成思想深邃、敬畏上帝的子民。在契诃夫的小说中,曾描写过农村隆重的宗教盛典:"可是祈祷做完,圣像抬走了,一切就又恢复老样子,从小饭铺里又传出粗鲁而酒醉的声音"③,为生计奔波劳累,也使得农民无暇顾及上帝的存在。一切都是贫穷惹的祸。

更加形象的是契诃夫直接把农民比做贝琴涅格人(《贝琴涅格人》1897),贝琴涅格人——"公元八至九世纪伏尔加河中下游的一个突厥部落,后被俄罗斯人征服。在此借喻'野蛮人'"④。小说讲述了一个律师在玖耶甫卡村的所见所闻:律师住在伊凡·阿勃拉梅奇·日穆兴的家里,房子给人的感觉就是极其的脏、乱、差,日穆兴的两个孩子都没有受过基本的教育,而且他也不把老婆当人看,即使他好心让律师留宿,并且热情款待,但临了换来的是律师愤怒的一句话:"我讨厌您!"这里的农民愚昧、顽固不化,这里的地主剥削农民、克扣工钱。农奴制改革只是停留在表面,地主对农民的压迫依旧存在,农民依旧受地主的奴役,没有自由。

---

① (俄)契诃夫. 契诃夫小说全集(第十卷). 汝龙,译. 上海:上海译文出版社,2000:243.
② (俄)契诃夫. 契诃夫戏剧集. 焦菊隐. 上海:上海译文出版社,1980:375.
③ (俄)契诃夫. 契诃夫小说全集(第十卷). 汝龙,译. 上海:上海译文出版社,2000:105.
④ (俄)契诃夫. 契诃夫小说全集(第十卷). 汝龙,译. 上海:上海译文出版社,2000:53.

契诃夫还把农民比做波洛韦茨人(《妻子》1892)——"十一世纪至十三世纪在南俄草原游牧的突厥语系民族,在此借喻'野蛮人'"①。

在小说《在故乡》(1897)中,女主人公薇拉也表示出心底对农村以及农民的厌恶之情:"对她来说,民众是生疏的,没有趣味的,她受不了农民木房里那种刺鼻的气味、酒馆里骂人的话、没洗脸的孩子们、农妇们唠叨疾病的话。"②虽然农奴制已经废除二十余年,但是薇拉的爷爷仍是一个封建的老地主,唯一的改变就是不再亲手打人,而是由管家代劳。薇拉是个受过教育的城里人,怀揣着和民粹派分子一样的梦想来到乡下,但很快她就传染上了爷爷的习气,对佣人呼来喝去,发泄自己的不满。农奴制改革并没有使得翻身的农奴得到真正的解放,他们依旧处在被奴役的境地。

中篇小说《公差》(1899)讲述了侦讯官雷仁和医师斯达尔情科去绥尔尼亚村验尸时的所见所闻。在这块穷乡僻壤,一个年轻人在地方自治局的小木屋里自杀了,农民们害怕闹鬼,通宵达旦地点灯。这里的生活很沉闷,雷仁觉得这里的生活只是"照规矩"存在着,不会在一个人的记忆中留存,只是一个偶然罢了,而真正的生活在俄罗斯、彼得堡,那里的一切才是合理的、必然的。

在契诃夫的作品中,对农民的描述几乎没有正面的。在剧本《凡尼亚舅舅》(1896)中,就连思想进步的医生阿斯特罗夫也是这样评价农民的:"农民们都是一模一样,没有教养,肮脏。"③

俄国农奴制改革后,农村的情况并未好转,相反,贫富分化日趋严重,契诃夫认为,倍受托尔斯泰以及民粹派推崇的村社制度是一切罪恶的根源,因为村社早已成为沙皇统治与富农掠夺贫农财富的保护伞。契诃夫在1899年1月17日给苏沃林的信中写道:"我本人是反对村社制度的。村社只有在必须抵御外部敌人经常的袭击以及同野兽作战时才有存在的必要,而目前这群村社里的农民假装地被联系到一起,就像一群囚犯。都说俄罗斯是个农业大国,的确,但村社并没有在此条件下存在,至少目前是这样。村社存在的条件是耕作,但是,既然耕作正在转向农业技术,那

---

① (俄)契诃夫. 契诃夫小说全集(第八卷). 汝龙,译. 上海:上海译文出版社,2000:226.
② (俄)契诃夫. 契诃夫小说全集(第十卷). 汝龙,译. 上海:上海译文出版社,2000:124.
③ (俄)契诃夫. 契诃夫戏剧集. 焦菊隐,译. 上海:上海译文出版社,1980:200.

么,村社就要全面瓦解,因为村社和技术是完全对立的概念。顺便说一下,我们国家那么多人酗酒且无知,这都是村社惹的祸。"①

契诃夫试图探索导致农村赤贫的社会根源,当然,除了农奴制改革进行得不彻底之外,资本主义入侵也是要素之一,导致农村资产阶级——富农的出现,此时的农村"一方面,刚刚废除的农奴制以其全部惨景像一个阴森的幽灵在威胁着愚昧的农民,因而他们本能地不相信任何的'老爷',任何不是出身农村的人,即使他是农民打扮也好;另一方面,就在旧制度崩溃后的第二天,在农村生活中一种新的人开始起着主导作用,这种人不是'为了思想'而穿着腰间带折的外衣和考究的长筒靴子,他们同这农村骨肉相连,心理上彼此相近,而主要的是他们工于钻营,很懂得这农村的心理。这种人就是富农。酒馆老板,小铺子掌柜等一类人,一般地说来手头有点资本,因此也有点威信,他们控制了整个农村公社和公社的经济,不仅对村政问题,就是对各个公社居民道德与行为方面的问题也起着主导作用。一切有钱的和精明的农民都因利害相通而倾向他们,整个乡公所在他们掌握之中,乡长是干亲家,司书是要好朋友等等"②。契诃夫有关农村题材的作品并不多,在小说《草原》(1888)、《在峡谷里》(1900)中,他描绘了富农生活的情景。在这几部作品中,契诃夫批驳自由主义民粹派的思想,因为他们代表富农的利益,目的是使俄国走上资本主义道路。

中篇小说《草原》(1888)的副标题为"游记",讲述了小男孩儿叶果鲁希卡同做羊毛生意的舅舅一次穿越草原的经历,刻画出城市商人、富农、农民等几类人物形象。

叶果鲁希卡的舅舅伊凡·伊凡内奇·库兹米巧夫是城里的商人,他"热衷于自己的生意,因此哪怕在睡梦中或是在教堂里做祷告,听人家唱'他们啊小天使'的时候,也总是想着自己的生意,一刻也忘不掉……"③他像机器一样数着赚来的钱,根本无暇顾及钞票上种种难闻的气味,无论货品卖到什么好价钱,他都不会满足。贪婪的欲望使得库兹米巧夫丧失

---

①　Чехов А. П. Собрание сочинений в 12 т. т. 12. М. : Государственное издательство "Художественной литературы", 1956:278.

②　(俄)沃罗夫斯基. 多余的人. //论文学. 程代熙,等,译. 北京:人民文学出版社,1981:85.

③　(俄)契诃夫. 契诃夫小说全集(第七卷). 汝龙,译. 上海:上海译文出版社,2000:112.

了人性和亲情,他把外甥叶果鲁希卡送到委托人那里,只给孩子留下一个十戈比的银币,便永久地消失了,这十戈比还是"他从衣袋里拿出钱夹来,扭过身去,背对着叶果鲁希卡,在零钱里摸索很久,找到……"①库兹米巧夫不仅对别人吝啬,对自己也从不放纵,没有什么极特殊的情况,或是过大节,他连马车都舍不得坐。

莫伊塞·莫伊塞维奇是乡村旅馆的小老板,他经营的旅店破烂不堪,家具上蝇屎遍布,每个房间都散发着臭气。但此人很会钻营,为了多得个小钱儿,左右逢源,很会巴结。叶果鲁希卡在旅途中接触到的店主大多都会为了一点蝇头小利和顾客讨价还价,他们出售的商品也是质量低劣,例如,叶果鲁希卡在一个店里喝茶,店主卖给他的一块糖居然是别人啃过的。

瓦尔拉莫夫——一个有钱的大财主,拥有十万只羊、几万公顷的土地,当然,也有很多钱。他冷酷无情,是草原的主宰者。德兰尼茨卡雅伯爵小姐是同瓦尔拉莫夫一样富有的人,每天过着养尊处优、奢华的生活。

货车队的车夫们则是一群庄稼汉,大多粗鲁、没文化。他们对财主、老爷俯首贴耳,而对自己人却常恶语相加。他们抱怨痛苦、沉闷、单调的生活,在小男孩儿叶果鲁希卡看来,这群庄稼汉十分可怕、让人生厌。

在小说里,还有一个情节揭露资本主义入侵农村以及工厂给农民雇工带来的灾难。货车队里的车夫瓦夏过去曾在火柴厂做工,工厂里的空气有毒性,致使瓦夏的下巴一直是肿肿的,更有不幸的工人下巴都溃烂掉了。可见,资本主义的实质就是追逐利益,资本家们草菅人命,根本不会考虑工人的死活。

在旅途中,车夫们还回忆起各自过去的生活,他们留恋的依旧是农奴制改革前的旧制度,他们觉得改革并没有使他们的生活质量得到改善,反而更糟。老车夫潘捷列感叹时下的人心不古:"想当初在没有铁路以前,他常押着货车队在莫斯科和下诺夫戈罗德中间来往,赚到那么多的钱,简直不知道该怎么花才好。而且那年月的商人是什么样的商人,那年月的鱼是什么样的鱼,一切东西多么便宜啊! 现在呢,道路短了,商人吝啬了,

---

① (俄)契诃夫. 契诃夫小说全集(第七卷). 汝龙,译. 上海:上海译文出版社,2000:184.

老百姓穷了,粮食贵了,样样东西都缩得极小了。"①总之,他们过去的生活肯定比现在美好得多。潘捷列还回忆起三十年前给一个商人赶车的经历:他与商人住进了黑店,情急之下,是村里的农民聚集在一起解救了他们,那时的农民忠厚、老实、有爱心,不像当下的农民麻木、冷漠(《农民》1897)。

中篇小说《在峡谷里》(1900)也是契诃夫关于农村题材小说中比较著名的一篇,主要反映出资本主义入侵给农村带来的灾难,并客观地描述了农奴制改革后农村里出现的新阶层——富农的生活面貌。这些富农与地主、资本家一样剥削农民,扮演着吸血鬼的角色。

乌克列耶沃村位于峡谷里,那里的生活贫乏、闭塞,村边的棉布印花厂和制革厂的污水、垃圾污染着村里的环境。除了乡公所和富农格利果里·彼得罗维奇·崔布金的家,村里再没有像样的房子了。

格利果里是个善于钻营的老头儿,他开了一家食杂店,其实什么都卖,白酒、原粮、牲口,等等。他还放高利贷,每到节日,"商店里总是把腐臭的腌牛肉卖给农民,那种肉冒出那么浓的臭气,就连站在肉桶旁边都会受不住。他们从醉汉手里收下镰刀、帽子、老婆的头巾,作为抵押品,工人们喝了低劣的白酒,昏昏沉沉倒在泥地里打滚……"②不仅如此,就连大儿媳结婚做礼服的工钱格利果里也不肯付现金,而是给店里的货物——几包蜡烛和沙丁鱼。可见,富农是何等冷酷、何等狡猾。

格利果里的续弦妻子瓦尔瓦拉·尼古拉耶夫娜是个貌似亲切的人,自从她嫁过来,乞丐、香客就开始到他们家来。瓦尔瓦拉周济穷人,对布施充满了乐趣,这些善事起着极大的安全阀的作用,每当人们看到格利果里的恶,就会用瓦尔瓦拉的善找到一些心理平衡,这也致使格利果里的罪恶一点点地积聚。其实,瓦尔瓦拉本性并不坏,也知道自己家的买卖都是欺诈行为,而且她还担心作恶太多,死后会遭到上帝的惩罚,但她与崔布金家一起生活,耳濡目染,渐渐地也变得麻木与冷酷,她自己吃得白白胖胖,不再为家事、家人发愁。她依旧乐善好施,却不关心自己丈夫的死活,

---

① (俄)契诃夫. 契诃夫小说全集(第七卷). 汝龙,译. 上海:上海译文出版社,2000:148.
② (俄)契诃夫. 契诃夫小说全集(第十卷). 汝龙,译. 上海:上海译文出版社,2000:278.

果酱吃不完倒让她心疼得落泪。

格利果里的大儿子阿尼西木在警察局里做侦探,他的座右铭是"各人有各人的行业",而且他不相信上帝的存在和上帝的惩罚,铤而走险,后因伪造、使用假钱蹲了监狱。他的妻子丽巴是个年轻美貌、心地善良、家境贫寒的姑娘,在婆家,她忍受着孤独,任劳任怨,像个短工。有了孩子以后,她一心扑在孩子身上。后来,她的孩子被害死了,她才开始思考人生,使她不解的是:"大人,男的也好,女的也好,受过了苦,犯的罪就得到了宽恕,可是一个小孩子,没犯过什么罪,为什么也要受苦呢?"①

格利果里一家人从早到晚为了金钱、利益奔忙着。只有格利果里的小儿子体弱多病。他是个聋子,可他的媳妇阿克辛尼雅却精明强干、冷酷自私,控制家里的财政大权。她欺辱丽巴,因为遗产纠纷,她竟然狠毒地用开水烫死了丽巴的孩子。在孩子下葬的时候,她居然花枝招展、涂脂抹粉地庆祝,对于她这种灭绝人性的行为,无人指责,人们大多是劝丽巴说人终归是要死的。客人们和神甫们也并没有显得忧伤,反倒胃口大增,吃得狼吞虎咽,贫穷与无知造成人们情感的麻木。最后,阿克辛尼雅如愿以偿,成为比格利果里还要狡诈贪婪的吸血鬼。

除了格利果里·彼得罗维奇·崔布金一家外,过着同样富裕生活的还有三家棉布印花厂的厂主赫雷明一家。每到节日,这两家都会驾车出游,炫耀他们的财富,有时还横行霸道,压死农民家的小牛。

峡谷里,乌克列耶沃村的农民的生活是极其贫乏的、枯燥的,一个年老的教堂执事在一个丧宴上吃光一罐鱼子酱的事都能成为这个村子的历史性事件,无人不知、无人不晓。棉布印花厂的厂主赫雷明一家的内讧也能使他们高兴。只有节日里崔布金一家和赫雷明一家的狂欢才能使村子充满生气。富农们是看不起这些庄稼汉的,似乎对他们充满了憎恨。格利果里落魄以后,仍然讨厌农民。

富农排斥农民,但事实上,他们并不比农民好到哪儿去,在小说《我的一生》(1896)中是这样描述富农的:他们"也跟猪差不多。粗野无礼,扯开嗓门哇哇地叫,蠢头蠢脑,腰身横宽,一脸的肥肉,脸膛通红,你恨不得抢

----

① (俄)契诃夫. 契诃夫小说全集(第十卷). 汝龙,译. 上海:上海译文出版社,2000:304-305.

起胳膊给他这个混蛋一记耳光才好"①。

在契诃夫的剧本《樱桃园》(1903)中,也有一个典型的富农形象——农村新兴资产阶级的代表罗巴辛。他的父辈是农民出身,自己也像农民一样粗鲁、目不识丁。不过,他头脑灵活、善于钻营,通过竞拍得到梦寐以求的樱桃园。过去,他的祖父和他的父亲都曾是这块领地上的农奴。在砍伐樱桃树的声音伴奏下,他狂笑着,炫耀着……自私、卑劣的嘴脸一览无余。富农——农村中新的剥削阶级的出现,使得农民苦难的生活更是雪上加霜。

除了农奴制改革的不彻底和资本主义的入侵,导致农民赤贫还有一个原因,那就是管理机构的官僚作风和腐败行为。小说《冷血》(1887)展现了一个富农的生活缩影:玛拉兴是贩卖牲口的,经常跟铁路打交道,看惯了铁路上的人浮于事、贪污腐败。他是一个富农,虽然已步入老年,但为人处世却十分圆滑。在一次运输奶牛的途中,他给列车长、站长好处,甚至请他们喝酒,于是,运载他的货物的列车被改为军用列车,如期抵达,他的牛卖上了好价钱,否则,牛就会大批死掉。玛拉兴甚至总结出一条规律,"要是不动脑筋……那就什么事也办不成……"②

贪污受贿遍及每个行业、每个角落。《在峡谷里》(1900)的农村遭受皮革厂废水、垃圾的污染,但这些厂子之所以还能秘密开工是因为县警察局长和县医师收取了工厂主的贿赂,他们对百姓的生死置之不理;这里的乡公所同样人浮于事,形同虚设;格利果里的大儿子阿尼西木坐牢后,他还去监狱行贿,富农都会受到当权者的盘剥,农民更是在劫难逃。例如,在小说《农民》(1897)中,契基尔杰耶夫家交不起税款,作为帮凶的村长拿走了他们家的茶炊。

六

与托尔斯泰主义一样,其他各种政治派别与理论主张在契诃夫这里

① (俄)契诃夫. 契诃夫小说全集(第十卷). 汝龙,译. 上海:上海译文出版社,2000:55.
② (俄)契诃夫. 契诃夫小说全集(第七卷). 汝龙,译. 上海:上海译文出版社,2000:25.

都遭到了冷遇:"他排斥一切尖锐的、绝对的和强求的东西——反对暴动。"①前面我们谈了契诃夫对民粹派思想的反思以及他对农民问题的理解,下面我们看他对民粹运动中的暴力行为的复杂态度。

1876年,民粹派组织土地与自由社成立,该社与1879年分裂为土地平分派与民意党,后者热衷于搞个人恐怖活动,并于1881年3月1日暗杀沙皇亚历山大二世,此举招致的结果却是继位的沙皇亚历山大三世更加残暴的统治。

1881年,契诃夫还是一名大学生,他对这种暴力行为很不理解,也不支持。时隔十多年之久,1893年的中篇小说《匿名氏故事》便反映出作家对这一运动的态度。故事中的男主人公企图报复他的事业大敌——"一个声名显赫的政府要员"而假扮当差,在他爱上政府要员儿子的情妇济娜伊达后,渐渐放弃报复的念头,并写信给当事人说明了真相。托尔斯泰式的结局与"勿以暴力抗恶"相呼应,无疑是对暴力行为、"个人恐怖"主义的否定,为此,契诃夫得罪了当时与政府对立的自由派。20世纪70年代,苏联文学界曾有人把契诃夫作品中的人物形象同现实人物进行对比,并认为《匿名氏故事》中的主人公原型是名为И.尤瓦切夫的民意党人。

契诃夫的思想总是充满矛盾,一方面,他厌恶暴力,他曾说:"革命在俄罗斯是永远不会发生的……"②可是,有时他又觉得革命有抛头颅洒热血的必要,"就拿人类历史来说,难道您没看见,全部历史都染满了鲜血,那么多战争,那么多骚乱,人类正是通过这些血迹走向美好的未来,这是在所难免的"③。

1873—1874年,由民粹派发动的声势浩大的"到民间去"运动最终以失败告终,契诃夫的小说《新别墅》(1899)即反映出一个事实,那就是要想得到农民兄弟的理解与支持是何等困难,消除二者之间的隔阂并非轻而易举。小说的主人公库切罗夫工程师在奥勃鲁恰诺沃村附近盖了一栋新

---

① Чехов в воспоминаниях современников. Ред. Бродский Н. Л. и другие. М.: Государственное издательство "Художественной литературы", 1954:538.

② Чехов А. П. Собрание сочинений в 12 т. т. 11. М.: Государственное издательство "Художественной литературы", 1956:198.

③ (法)亨利·特罗亚. 契诃夫传. 侯贵信,等,译. 北京:世界知识出版社,1992:253.

别墅,他在此地负责施工一座大桥,他的妻子叶连娜·伊凡诺芙娜心地善良、乐善好施,但村里的农民却常常与他们作对,因为一点儿小事就讹他们的钱换酒喝,破坏他们的田产,偷他们的东西,尽管夫妇二人想为农民办学校、修大桥……最后,他们卖掉别墅,回莫斯科去了。一个城里来的文官成了新别墅的主人,他对村子里的农民傲慢无礼,这样的态度农民倒是适应得很。后来,农民回忆起别墅昔日的主人,"他们想:他们村子里的人都善良,安分,通情达理,敬畏上帝,叶连娜·伊凡诺芙娜也安分,心好,温和,谁看见她那模样都会觉得可怜,然而为什么他们处不来,分手的时候像仇人似的? 到底是一种什么样的雾遮住了他们的眼睛,使他们看不见最重要的事情,而只看见踏坏的草地、笼头、钳子以及现在回想起来显得那么微不足道的种种小事呢? 为什么他们跟新的房主人倒能相处得和睦,跟工程师却合不来呢?"①

　　总的说来,契诃夫对民粹派思想基本上是持否定态度的,民粹派分子的形象经常出现在他的作品里。小说《邻居》(1892)中的彼得·米海洛维奇·伊瓦欣的妹妹齐娜还是个小姑娘,却不听家人的劝阻,与已婚男人符拉西奇同居,这在保守派看来是极其大逆不道的事情。符拉西奇算得上是自由派,在他身上可以看出一个民粹者的诸多特点:他自诩为英雄,但"所有这些都是打着个人的友谊、高尚的思想、不惜受苦的旗号干出来的""音乐不能打动他的心。他在务农方面能力很差""他的自由思想缺乏独创精神和热情""他忙这忙那,追求英雄事业,过问别人的事。一有适当的机会,他照旧写长信,抄副本,发表使人厌烦的陈词滥调,讲村社,讲加强家庭手工业,讲创办干酪制造业,这些话千篇一律,仿佛不是活的脑筋里想出来,而是用机械方法制造出来的",从他的身上"根本就看不见最近期的或者遥远的崇高目标,却只看见烦闷无聊和缺乏生活能力"②,契诃夫借助符拉西奇的种种表现揭露出俄国民粹派分子身上存在的理论脱离实际、僵化教条、自高自大等特点。关于民粹派的种种表现,乌斯宾斯基曾经形象地写道:"我只记得那些致命的疯狂的年头。有时候,你老是看到:

---

① （俄）契诃夫. 契诃夫小说全集(第十卷). 汝龙,译. 上海:上海译文出版社,2000:238.

② （俄）契诃夫. 契诃夫小说全集(第八卷). 汝龙,译. 上海:上海译文出版社,2000:279－285.

一个人眼看就要发疯了,他在做着什么,不安地折腾,用一种吓人的眼光张望着;果然,过了一两天——人们说——他被送进疯人院去了! 要不就有某某人来说,他坐了十个月的牢,刚从远地回来。而同时,在这种既无工作又无休息、被这种难以忍受的精神状态折磨得疲惫不堪的人们中间,流传着某种害人的伪善的说教,它鼓吹心灵的温顺与单纯,几乎要人们对那十足无聊的东西表示感动,它根本不要人承担什么责任,不管是善的也好,恶的也好。"①契诃夫的小说《邻居》(1892)中的符拉西奇正是这种民粹派的典型,他整天干着费力不讨好的事情,农民根本不理解、不相信他的说教。

"啊,为民众服务,减轻他们的痛苦,教育他们,那该是多么高尚、神圣、美妙啊!"②这是小说《在故乡》(1897)中的女主人公薇拉发自内心的呼喊,可实际情况又是怎样的呢? 薇拉根本不熟悉民众的生活,不知道该怎样接近他们。在薇拉的身上同样有民粹派分子理论脱离实际的特点,"要她在雪地上走一大段路,冻得浑身发僵,然后在密不通风的小木房里坐着,教那些她不喜欢的孩子们读书,不,那还不如死了的好!"③至于说医师涅沙波夫,太太们"总是说他心善,为工厂开办了一所学校。不错,他用工厂的旧砖头造学校,花了大约八百卢布,在学校的落成典礼上人们为他唱《长命百岁》歌,可是要他把股票献出来,他就未必肯,他脑子里也未必想到过农民跟他一样是人,也需要在大学里受教育,而不仅仅是在工厂这种简陋的学校里读书"④。在医师涅沙波夫身上,不仅体现出民粹派分子理论脱离实际的特点,也体现出他们伪善的一面。

1884年底,俄国民粹主义运动基本结束。后来,民粹派主张同沙皇制度妥协,成为自由主义民粹派,代表农村资产阶级——富农的利益。

自由主义者的"小事论"在19世纪80～90年代的俄国盛行一时,这是民粹派"到民间去"运动失败后兴起的又一个社会思潮,主要代表人物有雅科夫·瓦西里耶维奇·阿勃拉莫夫和尤左夫-卡布利茨,其主要观

---

① 转引自(俄)沃罗夫斯基. 多余的人. //论文学. 程代熙,等,译. 北京:人民文学出版社,1981:95-96.
② (俄)契诃夫. 契诃夫小说全集(第十卷). 汝龙,译. 上海:上海译文出版社,2000:124.
③ (俄)契诃夫. 契诃夫小说全集(第十卷). 汝龙,译. 上海:上海译文出版社,2000:124.
④ (俄)契诃夫. 契诃夫小说全集(第十卷). 汝龙,译. 上海:上海译文出版社,2000:124.

点在于鼓励知识分子从我做起、从小事做起,逐步消除知识阶层与人民之间的鸿沟,循序渐进地改造社会。

1895 年,在小说《带阁楼的房子》中,契诃夫又一次否定了 19 世纪末盛行的民粹派的"小事论":上流人家出身的姑娘莉季娅热衷于农村医院与学校的事务,并为自食其力感到欣慰,而风景画家则认为做这些小事是无用的,"必须把人从繁重的体力劳动中解放出来"①。

契诃夫认为民粹派的活动是缺乏社会基础的空中楼阁,他们的理想不过是美好的愿望而已。小说《姚尼奇》(1898)中的人物薇拉·姚西佛芙娜喜欢写小说,她的作品有一段内容涉及"小事论":"薇拉·姚西佛芙娜念到一个年轻美丽的伯爵小姐怎样在自己的村子里办学校,开医院,设立图书馆,怎样爱上一个流浪的画家。她念着现实生活里绝不会有的故事,不过听起来还是很受用,很舒服,使人心里生出美好宁静的思想,简直不想站起来……"②在剧本《凡尼亚舅舅》(1896)中,无所事事的教授妻子叶列娜也认为"只有小说里的人物,才去给老百姓教书、服侍病人呢"③。契诃夫对"小事论"是持怀疑态度的,用小说《我的一生》(1896)中的女主人公的话来讲,"这不过是汪洋大海中的一滴水罢了! 这儿需要另外的斗争方式,强大、勇敢、迅速的斗争方式!"④契诃夫认为,"小事论"在现实中并不可行,它只是民粹派分子虚无缥缈的空想罢了。

但不容置疑的是,"小事论"确实对社会的改造起到一定的积极意义,"到 1881 年,以地方自治会为首的知识分子已办起了将近一万所小学,到 20 世纪初,这个数字达到了一万八千所""60 年代俄国乡村人口受过教育的人占 5% ~6% ,到了 1897 年这个数字上升到 17.4%"⑤。

契诃夫在小说《带阁楼的房子》(1895)中否定了"小事论"。"契诃夫深深地相信进步,他曾以为,再过许多年,'文化派'的日常工作总有一天能够产生良好的结果。但是他抛弃了这种'小事'论。他的小说《带阁楼

---

① (俄)契诃夫. 契诃夫小说全集(第九卷). 汝龙,译. 上海:上海译文出版社,2000:362.
② (俄)契诃夫. 契诃夫小说全集(第十卷). 汝龙,译. 上海:上海译文出版社,2000:187.
③ (俄)契诃夫. 契诃夫戏剧集. 焦菊隐,译. 上海:上海译文出版社,1980:209.
④ (俄)契诃夫. 契诃夫小说全集(第十卷). 汝龙,译. 上海:上海译文出版社,2000:59.
⑤ 转引自朱建刚. 俄国文学中的"小事论". 俄罗斯文艺,2007,3:24.

的房子》(1896)的男主角,一个画家,经常同'文化派'分子莉达争论,彻底否定了一切'小事'论的用处,因为,照他的看法,这是把许多力量耗费在一件有害的事情—— 为整个说来是残破无用的专制俄罗斯国家制度修修补补。"①但这似乎与契诃夫的一些实际做法存在着矛盾之处,И. 爱伦堡在文章《读契诃夫随想》中的一段话大体可以概括出契诃夫所参与过的社会公益事业,其中不乏一些"小事情","他总是有许多事要张罗。要……要什么呢? 要为塔冈罗格市图书馆购置图书,要在梅利霍沃村修建一所学校和医疗站,要为萨马拉儿童募捐和开办公共食堂,要赈济尼热哥罗德省饥民,要在雅尔塔办一所肺病疗养院,要诊治一个女病人——她的双手患丹毒,要去弄药——因为病人来得太多,药房没有药了,要挽救一份很好的杂志《外科年鉴》,要去弄石灰和硫酸盐做消毒用,要走访各家,给统计员讲解如何进行人口登记,要在谢尔普霍夫搞一次演出,要为一位邻居接生,要把患病的大学生康斯坦丁送到克里米亚去,要看沙费罗娃的短篇小说并提出意见,要开始修建第二所学校,要帮助教士涅克拉索夫返回故乡,要把安托克里斯基塑的铜像发往塔冈罗格博物馆,要接济诗人叶皮凡诺夫——他在贫病交加之中,要开始修建第三所学校,要给哥斯拉夫写信,而且要写得详细些,告诉他为什么他不会写作,要为穆哈拉特的学校筹集一千卢布现款,要争取在莫斯科建一所皮肤病医院,要修改格鲁津斯基的通俗喜剧——这个可怜的人自己改不了,要找个地方发表一个初学写作者的短篇小说,要给邮政局长开药,帮助犹太人取得居住权,为一个倒了霉的人谋个职位。他时时刻刻都在做事,但却逢人便说,他是世界上最懒的人……"②

不仅如此,契诃夫也曾记录过农民对他的尊敬与爱戴。在他行医过程中,虽然见惯了农民的赤贫与粗鲁,但大多人并不对他心存芥蒂,因为"他不像贵族地主那样倨傲地对农民给予恩赐,也不像资产阶级自由主义者那样为博得民众的好感而搞虚伪的慈善活动,而是作为一个血管里流

---

① (俄)布罗茨基主编. 俄国文学史(下). 蒋路,刘辽逸,译. 北京:作家出版社,1962:1 165 – 1 166.
② (俄)И·爱伦堡. 读契诃夫随想. 流钟,译. 苏联文艺,1980,2:210 – 211.

着农奴血液的劳动者把为农民做事看做自己的职责"①。契诃夫在美里霍沃时期接触农民最多,关于乡村生活的题材大多来源于此。他为农民免费看病、拿药。"有一次,契诃夫为一个鞋匠和他的老伴看好了病,却怎么也不肯收钱。鞋匠为了感激他,就请契诃夫家的厨娘悄悄把契诃夫穿坏了的靴子拿去,非常精心地修理好了。当契诃夫发现后,高兴地对鞋匠说:'我治好了你和你老伴的病,你治好了我靴子的病'……契诃夫这样描写他的一次出诊经历:'我去给一个患肺炎的黑胡子老人看病,回来的时候从村里走过。我不常到村子里去,村里的女人对我很礼貌,很呵护,就像对待一个疯僧一样。每个女人都争着给我带路,提醒我注意水沟,抱怨这里太脏,或是把狗赶开。田野里云雀在歌唱,树林里鸫鸟在鸣叫,天气暖和,春光明媚'。"②虽然契诃夫在为数不多的几部农村题材小说中把农民批判得体无完肤,但他并不是否认农民身上存在的一些优点,只有让农民掌握文化知识,提高他们的素养,他们才能成为社会进步的中间力量。契诃夫反对托尔斯泰"平民化"的思想,认为这种把知识分子泯为众人的方法是不可取的。

1895 年 8 月 8 日,在亚斯纳亚·波利亚纳契诃夫与托尔斯泰第一次见面,契诃夫给托尔斯泰留下的印象是:"这个人才华横溢,心地善良。但是,他至今似乎还没有一个明确的人生观。"③那么,契诃夫到底信奉什么呢?"他同那些讲农村'一团漆黑'和城市'一片光明'的合法马克思主义者们也有分歧。"④在自己的札记中契诃夫曾经写道:"你看一下位于偏僻地方的工厂,那么安静、温和,可是如果你往内部看一眼,那些老板是十足的愚昧,他们都是多么麻木不仁的利己主义者,工人的处境是多么没有希望:不断的争吵、酗酒、虱子。"⑤契诃夫将这一思想流于笔端。小说《出诊》(1898)中的工厂主李亚里科娃太太的女儿病了,医师柯罗辽夫前去应诊。工人们在这位医师面前显得卑微怯懦。工厂表面上的安静掩盖不住

① 李廉恕. 论契诃夫农村题材小说//外国文学研究集刊(第三辑). 北京:中国社会科学出版社,1981: 211.

② 路雪莹. 契诃夫与美里霍沃庄园. 济南:山东友谊出版社,2007:119 - 120.

③ 转引自(法)亨利·特罗亚. 契诃夫传. 侯贵信,等,译. 北京:世界知识出版社,1992:185.

④ (苏)3·帕佩尔内. 契诃夫怎样创作. 朱逸森,译. 上海:上海译文出版社,1991:226.

⑤ (俄)契诃夫. 契诃夫小说全集(第十卷). 汝龙,译. 上海:上海译文出版社,2000:389.

真实的罪恶,工人的工作及居住条件是恶劣的、不健康的,他们饥寒交迫。工厂主和监工们却不劳而获。为此也进行过一些改良,诸如请保健医生、安排文体活动等,但没有取得明显的效果,工人同农民一样愚昧、懒散。不过,小说中的主人公相信,五十年以后生活会变好的。同样的情景也出现在小说《女人的王国》(1894)中:"那幢主要的厂房,她在父亲去世以后只去过一次。……在她心上留下了地狱般的印象……至于工人的宿舍,她一次也没去过。听说那边很潮湿,有臭虫,人们生活放荡,乱七八糟。"[1]

七

合法马克思主义是俄国19世纪末的一种资产阶级思潮,其代表人物为司徒卢威,因此又称"司徒卢威主义"。虽然他们反对民粹派,但同时夸大、美化资本主义制度,契诃夫在作品中也提出了质疑。

在小说《神经错乱》(1888)中,契诃夫揭露了资本主义社会中存在的一种丑恶现象——"卖淫"。小说中的主人公、法律系学生瓦西里耶夫和两个同性朋友一起出没几家低档的、高档的妓院,结果它们一样的糟糕,他在所有妓女的脸上看到的只是"那种日常的庸俗的烦闷和满足""一点也看不到惭愧的笑容""她们不是正在毁灭,而是已经毁灭了"[2]。目睹这罪恶的社会现实,心地纯洁、善良的瓦西里耶夫精神错乱了,他为那些妓女鸣不平。"她们是活人啊!"[3]瓦西里耶夫整天想着拯救她们,结果把自己逼上了死胡同。

中篇小说《三年》(1895)则暴露出城乡资产阶级生活的腐朽与没落。男主人公拉普捷夫是个有钱人,是莫斯科"费多尔·拉普捷夫父子商行"的代表,做服饰用品批发生意。他强调:"必须把自己的生活安排在非劳动不可的环境里。没有劳动就不可能有纯洁快乐的生活。"医师的女儿尤丽雅·谢尔盖耶夫娜是他的妻子,但她不爱他,或许是为了钱才嫁给他。商行的买卖兴隆,不过,职工们称老板为"剥削者",因为他们的生活条件很差,"最糟糕的是老人费多尔·斯捷潘内奇在对待他们的态度上保持着

①　(俄)契诃夫. 契诃夫小说全集(第九卷). 汝龙,译. 上海:上海译文出版社,2000:126 - 127.
②　(俄)契诃夫. 契诃夫小说全集(第七卷). 汝龙,译. 上海:上海译文出版社,2000:277 - 279.
③　(俄)契诃夫. 契诃夫小说全集(第七卷). 汝龙,译. 上海:上海译文出版社,2000:282.

野蛮专横的作风。"父亲年事已高,眼花耳聋,哥哥又得了精神病,所以商行只好由拉普捷夫接管。拉普捷夫讨厌哥哥,因为哥哥常幻想家里的商行满一百年可以换得贵族身份。拉普捷夫还讨厌钱,讨厌商行,把它比做"监牢"。对于父辈的生活,他的话一针见血:"了不起,价值百万的事业!一个没有特殊聪明才智和没有能力的人偶然变成一个生意人,后来成了阔佬,成天价做生意,既没有什么计划,也没有什么目的,甚至没有贪财的欲望。他机械地做他的生意,钱自动来了,并不是他去找来的。他一辈子守着这个生意,喜爱它,只是因为他可以支使伙计们,耍弄买主罢了。他参加教堂的管理工作,是因为可以在那儿支使歌手们,压制他们。他当学校的董事,是因为他喜欢感到教师是他的部下,他可以在他们面前摆威风。商人喜欢的不是做生意,而是作威作福,你们的仓库也不是一个商业机构,而是个监狱!是啊,你们这样的生意就需要那些失去个性、备受压迫的伙计,你们自己训练出这样的人来,逼得他们从小为了混口饭吃而对你们跪着,你们教他们从小就养成习惯,认为你们是他们的恩人","如果我不属于你们这个有名望的家族,如果我有哪怕一丁点儿的毅力和胆量,那我早就丢开这些收入,出外谋生去了。可是你们在你们那个仓库里把我折磨得从小就失去了个性!我成了你们的人!"拉普捷夫最终还是接管了商行,其原因在他看来"就是他们习惯于不自由,习惯于奴隶的状态了。……"①

"契诃夫是绝不相信资产阶级文明的。他看到了在我们这个时代的人们看来是极其清楚的一个情况:资产阶级世界里正在滋长一些成为任何一种人道主义和进步的死敌的思想和现象。契诃夫懂得,在资本主义社会的条件下希望'人人安居乐业',那是毫不现实的"②,苏联著名文学批评家叶尔米洛夫如是写道。契诃夫之所以质疑资产阶级文明,那是因为资产阶级社会中的一切都是以剥削为基础的,人与人之间的关系并不平等,资产阶级文明的实质就是富人对穷人的剥削与奴役。

---

① (俄)契诃夫. 契诃夫小说全集(第九卷). 汝龙,译. 上海:上海译文出版社,2000:218－281.

② (俄)叶尔米洛夫. 契诃夫传. 张守慎,译. 北京:人民文学出版社,1960:345.

八

契诃夫不仅反对自由主义民粹派、反对合法马克思主义者,对真正的马克思主义理论也提出质疑,尽管他并没有过多地接触过马克思主义。1892—1893 年间,图拉省霍乱流行,"契诃夫大概听信了当时俄国反动派散布的谣言。行政当局和警察当局的机关报认为把工人们由于经济的和政治的因素所进行的罢工描写成为'霍乱的骚动'是有利的。当时在伏尔加河流域以及其他地方确实有霍乱的骚动,然而那是富农分子挑起来的"①。契诃夫在 1892 年 8 月 1 日给苏沃林的信中写道:"如果我们的社会主义者事实上将为了自己的目的而利用霍乱的话,那么,我将鄙视他们。用极其恶劣的手段达到自己的目的,那样,目的本身也就变得恶劣了。让他们趴在医生和医师们的后背上好了,可是为什么对人民撒谎?为什么要使人民相信他们的无知是很正常的,他们粗鲁的规矩是神圣的真理? 难道美好的未来可以与这卑鄙的谎言相提并论? 如果我是一个政治家,我不会为了未来而侮辱现在,哪怕用一百普特的幸福换取我一个佐洛特尼克的卑鄙谎言。"②契诃夫并不相信社会主义,认为那是一种冲动的形式。

一切思想、理论都是知识分子作家契诃夫质疑的对象,那么,在契诃夫的眼中,俄罗斯人到底是怎样的呢? "俄罗斯人真是怪物! 他们的身体就像是筛子,什么东西也装不住。年轻的时候,他贪婪地把手头有的东西都往头脑里塞,可过了三十岁,身体里也只剩下一些灰色的垃圾了。为了好好地生活,像人一样生活,应当工作! 带着爱与信仰工作。但我们缺少的正是这个。一个建筑师建了两三栋不错的房子后,就坐下来玩牌,玩上一辈子,或是流连于剧院的后台。一个医生,如果他开始行医,他就不再探究科学,除了《治疗新消息》外,什么都不读了,四十岁时,便认真地断言,一切疾病的诱因是感冒。我没有遇到过任何一个官员,哪怕他稍稍懂点儿自己工作的意义:他们一般待在首都或省城里,起草些文件,并把它

---

① (俄)契诃夫. 契诃夫文集(第十五卷). 汝龙,译. 上海:上海译文出版社,1999:279.

② Чехов А. П. Собрание сочинений в 12 т. т. 11. М.: Государственное издательство"Художественной литературы", 1956:585 - 586.

们下发到兹米耶夫和斯莫尔贡去执行,但这些文件影响了什么人的活动自由,官员们很少去想,就像一个无神论者不会去想地狱的痛苦一样。一个律师,因一次成功的辩护为自己谋到名声后,就不再关心维护正义,而只是为财产权辩护,他看赛马,吃牡蛎,表现出一副对所有艺术都很在行的样子。一个演员,他演了两三个平平的角色后,就不再研究他的角色,而是戴着大礼帽,并且想自己就是天才。这个俄罗斯就是一个贪婪的、懒惰的人民的国家:他们贪婪地暴饮暴食,酗酒,喜欢白天睡觉,梦里打呼噜。他们结婚是为了家里需要有人打扫,而包养情妇是为了出人头地。他们的心理跟狗的心理一样:有人打它,它就轻轻地叫上几声,然后躲到自己的窝里去;如果有人爱抚它,它就仰面朝天躺下,爪子向上,摇晃起尾巴来……"①契诃夫在论及俄国人时,这样对高尔基说。在这段话里,契诃夫剖析了俄国人普遍存在的劣根性,他谈到的医生、律师等都来自知识阶层,知识阶层尚且如此,俄罗斯未来的希望何在? 契诃夫刻画过形形色色的知识分子形象,尤其对那些庸俗、"异化"的知识分子进行过无情的鞭挞,他深知"民族的力量和生路放在它的知识分子身上,放在那些肯忠实地思想、感受而且善于工作的知识分子身上"②,但是,当时俄国知识分子普遍存在的问题令契诃夫感到担忧。在札记中契诃夫写道:"知识分子是些无用的废物,他们不停地喝茶,信口开河,香烟抽得满屋子都是烟雾,空酒瓶就像树林。"③这就是当时大多数俄国知识分子的生活状况。

绝望之余,契诃夫把希望寄托于个别的人:"我相信一些个别的人,在他们身上我看到了出路,他们分散在俄国各地——知识分子或是庄稼汉——他们是有力量的,尽管为数不多。在自己的祖国他们没有权威,我所说的这些个别人在社会上的作用不引人注目,也不占主导地位,但他们的工作是显而易见的。无论如何,科学一直向前发展,社会意识在提高,道德问题开始变得令人担忧,等等——所有这一切似乎与检察官、工程

① Чехов в воспоминаниях современников. Ред. Бродский Н. Л. и другие. М.: Государственное издательство "Художественной литературы", 1954:463 - 464.
② (俄)契诃夫. 契诃夫手记. 贾植芳,译. 杭州:浙江人民出版社,1982:19.
③ (俄)契诃夫. 契诃夫手记. 贾植芳,译. 杭州:浙江人民出版社,1982:83.

师、省长以及整个知识阶层都毫不相干。"①那么，作为一个已经有所察觉的知识分子作家，契诃夫是怎样履行自己的职责的呢？他一直言称艺术家不应该介入公共事件，应当回避社会问题，在 1899 年 4 月 27 日给 Л. А. 阿维洛娃的信中他写道："要知道这是宪兵、警察、官员们的事……我们的任务就是写作，仅此而已。如果需要战斗、愤慨、评判，那也只能动动笔。"②

契诃夫 1904 年逝世，在他的作品及言论中找不到任何结论，即哪个阶级能够担当起建设未来社会的历史使命，只是在小说《醋栗》（1898）中，契诃夫借兽医伊凡·伊凡内奇之口号召人们做好事："不要心平气和，不要让自己昏睡！趁年轻，强壮，血气方刚，要永不疲倦地做好事！幸福是没有的，也不应当有。如果生活有意义和目标，那么，这个意义和目标就断然不是我们的幸福，而是比这更合理、更伟大的东西。做好事吧!"③

不过，契诃夫已经感觉到时代的脉搏，并期待新生活的到来。他的小说《三年》（1895）中的主人公拉普捷夫一语道破他的心声："这三年起了多么大的变化……不过我也许还得再活十三年，三十年呢。……不知道将来会有什么事等着我们！不过活下去总会看见的。"④契诃夫笔下的人物经常发出感慨，对未来充满期盼，小说《出诊》（1898）中的柯罗辽夫也曾慨叹道："再过上五十年光景，生活一定会好过了，只是可惜我们活不到那个时候。要是能够看一眼那时候的生活才有意思呢。"⑤《三姐妹》（1900）中的威尔什宁也曾憧憬过："我总觉得，世上的一切，都应当一点一点地改变，而且这种改变已经正在我们眼前进行着呢。再过两百年，三百年，即或是一千年——年数是没有什么关系的——就会有一种新的、幸福的生活。"⑥卡尔波夫曾回忆 1902 年他与契诃夫会面时的情景，当时，契诃夫情绪很激动，他对卡尔波夫说："我们经历了灰色的、单调的、无聊的日

---

①　Литературное наследство—т. 68: Чехов. Анисимов И. И. и другие. М.: Издательство Академии наук СССР, 1960:454 – 455.

②　Чехов А. П. Собрание сочинений в 12 т. т. 12. М.: Государственное издательство "Художественной литературы", 1956:324 – 325.

③　（俄）契诃夫. 契诃夫小说全集（第十卷）. 汝龙，译. 上海:上海译文出版社,2000:175.

④　（俄）契诃夫. 契诃夫小说全集（第九卷）. 汝龙，译. 上海:上海译文出版社,2000:282.

⑤　（俄）契诃夫. 契诃夫小说全集（第十卷）. 汝龙，译. 上海:上海译文出版社,2000:211.

⑥　（俄）契诃夫. 契诃夫戏剧集. 焦菊隐，译. 上海:上海译文出版社,1980:281.

子……正处在转折时期……急剧的变化……在这里,在莫斯科,在一些大都市,还感觉不那么明显……在我们南方,革命的浪潮已经汹涌澎湃……人民骚动起来……在俄罗斯,就像有一群群蜜蜂嗡嗡叫……您一定会看到两三年后会是什么样子……您一定不会认出俄罗斯来……我想捕捉这令人振奋的情绪……写一个剧本……人民充满了无穷的力量,他们精力充沛,信心十足……简直是令人惊奇!"①契诃夫谈到的剧本指的就是《樱桃园》,作品中的人物——平民知识分子说出了契诃夫的心声,他们期待着新生活的到来:"永别了,旧生活!""欢迎你,新生活!"这是一个美好的、善良的愿望,是否真的如此,作家也不得而知。

不可否认,1905 年革命前夕的契诃夫变化很大,"契诃夫对社会和政治问题十分感兴趣,这让我始料未及。人们常说,通过他的作品可以感觉到他是一个完全不问政治的人,对社会问题完全不感兴趣,谈到有关社会的话题,他就会打哈欠。他与《新时报》的出版人 A. C. 苏沃林这种人的友谊也说明了这个问题。现在,他完全变了个人,可见,当时空气中弥漫的革命电流震撼了契诃夫的灵魂。当他谈到普列威的暴行、谈到尼古拉二世的残酷及愚蠢的时候,他的眼神充满愤怒。"②魏烈萨耶夫在回忆录中写道。

契诃夫一生都没有追随过任何社会思潮,也没有对哪一理论奉若神明,他唯一坚信的就是知识和劳动可以推动社会不断进步:《新娘》(1903)中的娜嘉出走到彼得堡求学,剧本《樱桃园》(1903)的结尾是特罗菲莫夫与安娜将通过自己的劳动开始新生活。知识和劳动是包含在契诃夫思想体系中的两大精髓。

契诃夫的一生都在以自己的方式探索着,他与那些有明确政治立场、分属不同党派的俄国知识分子走着殊途同归的道路——那就是对祖国命运的思考。"前苏联作家楚科夫斯基在评论帕斯捷尔纳克的文章中讲了这样一件事,《日瓦戈医生》的作者在晚年时曾因'发现'了契诃夫而热泪

① Чехов в воспоминаниях современников. Ред. Бродский Н. Л. и другие. М.: Государственное издательство"Художественной литературы", 1954:571 – 572.

② Чехов в воспоминаниях современников. Ред. Бродский Н. Л. и другие. М.: Государственное издательство"Художественной литературы", 1954:527.

纵横"①，原因在于帕斯捷尔纳克笔下的人物日瓦戈与契诃夫极为相似：他们都身兼双职——医生与艺术家，都极赋人道主义精神，都想"以旁观者的身份保持自由人的地位"。纵观契诃夫的一生，他就像一只翱翔的海鸥，在一望无垠的俄罗斯上空保持着诗性的自由与独立思考的姿态。正如他所说的："我们未知的生活值得我们去苦苦思索，而俄罗斯人过早地才思枯竭，但问题依旧。"②

第二节　契诃夫的文学创作原则

对一切思想、理论都持怀疑态度的契诃夫，不仅在自己的言论和实践中持批判立场，而且将这一原则渗透到自己的艺术创作中，逐步形成"非倾向性"的艺术创作原则，拉扎列夫－格鲁津斯基在评论契诃夫的艺术特点时说："他反对创作的倾向性……是倾向性可怕的敌人……"③"在19世纪末20世纪初的俄罗斯文坛上，在思潮迭起流派林立的白银时代，契诃夫的艺术姿态可以说是独具一格。他既没有列夫·托尔斯泰那样的对道德说教的迷恋，也没有高尔基那样的对革命风暴的神往，更与象征派那样的洗心革面的哲学纲领相距甚远，而是一位全身心地沉潜于文学园地耕耘的'纯粹的'作家。"④契诃夫一贯坚持现实主义的创作原则，避免任何个人主观意念的介入，对具有政治倾向的作品更是嗤之以鼻。然而，契诃夫的"非倾向性"并不是没有倾向，而是保持清醒与冷静，避免受到不良意识形态的影响，从而坚守其知识分子的独立立场。

一

契诃夫于1880年开始发表作品，初涉文坛的他"只是抓紧时间写作，想到什么就写什么，从不提出当代任何道德、宗教或社会问题，也从不向

---

①　朱也旷. 先脱掉这件现实主义的外套. 南风窗,2004,7月16日,下83.

②　Чехов А. П. Собрание сочинений в 12 т. т. 12 . М.: Государственное издательство "Художественной литературы", 1956:580.

③　Чехов в воспоминаниях современников. Ред. Бродский Н. Л. и другие. М: Государственное издательство "Художественной литературы", 1954:123.

④　(俄)安·别雷. 安·帕·契诃夫. 赵桂莲,译. 世界文学,1998,5: 256.

读者提出任何忠告。他唯一关注的是使读者开心,促使他们去遐想"①。在创作《在理发店里》(1883)、《外科手术》(1884)、《变色龙》(1884)、《胖子和瘦子》(1883)、《在钉子上》(1883)等作品时,契诃夫始终坚持客观的态度,尽量避免主观因素的介入。一次在谈到哥哥亚历山大的作品时,他说:"只要诚实一些:抛开自己,别把自己强加到自己小说的主人公身上,抛开自己,哪怕只有半个小时……主观性是很可怕的……"②契诃夫坚持"非倾向性"创作原则的举动遭到文学界一些人的巨大非议。1890 年,契诃夫的小说《贼》发表之后,苏沃林发出了异议,他说这部小说里没有思想、没有道德,缺乏善与恶的彰显。面对同行的质疑,契诃夫回应道:"您指责我的客观态度,说这是对善与恶的无动于衷,说这是缺乏理想人物和中心思想,等等。您希望我在描写盗马贼的时候最好说:盗马是坏事。要知道,不用我说这也是尽人皆知的道理。让陪审员们审判去吧,我的任务只是在于表明他们是怎样的人。我写:您和盗马贼打交道,您要知道,他们不是叫花子,而是酒足饭饱的人,他们信教,偷马不只是盗窃行为,而是一种嗜好。当然,把艺术同说教结合起来是不错,但对我个人来说相当困难,并且由于技术条件几乎是不可能做到的。要知道,为了用七百行文字描写盗马贼,我时时刻刻要用他们的口吻说话和思考,用他们的心理去感觉,否则,如果我加主观态度进去,人物形象就会变得模糊不清,这篇小说也不会像其他那些短小精悍的小说一样简洁。我写小说的时候,完全把希望寄托在读者身上,我认为,小说里欠缺的主观要素读者自己会补充进去的……"③

　　小说《贼》(1890)叙述了一个县里的医士叶尔古诺夫骑马去镇上为医院买东西而丢马的遭遇。医士在回家的路上遇到了暴风雪,他迷路了,只好留宿一家客栈。这时,住店的还有一个农民,医士认识他,也知道他是个盗马贼,这个农民居住的包加略甫卡村的村民以盗马闻名。医士和盗

　　① (法)亨利·特罗亚. 契诃夫传. 侯贵信,等,译. 北京:世界知识出版社,1992:58.

　　② Чехов А. П. Собрание сочинений в 12 т. т. 11. М. : Государственное издательство "Художественной литературы", 1956:15.

　　③ Чехов А. П. Собрание сочинений в 12 т. т. 11. М. : Государственное издательство "Художественной литературы", 1956:428 – 429.

马贼聊着关于"鬼"的话题。在小说里,契诃夫没有让自己的主人公——医士对贼进行说教,而是描写了客栈的几个客人闲聊、吃晚饭、祷告等再平常不过的生活琐事,就在不经意间,医士的马被偷了。懊恼之余,他开始思考人生,甚至羡慕起盗马贼来,毕竟他们的生活是自由自在的,可以通过盗马给自己找乐子,而自己做不了贼或是强盗,那是因为自己没本事、没机遇。他被医院开除了。一年半后,回首这段往事,他居然想:"要是夜间能摸进一个比较富裕的人的家里,那该多好啊!"①这里,契诃夫揭示的是人心都可能存在的阴暗面,可批评家们却就此说契诃夫没有善与恶的分辨,小说缺乏除恶扬善的中心思想,但是,客观的描写、拒绝说教恰恰是契诃夫创作的独特之处。

为了进一步明确自己的创作原则,在 1888 年给友人的信中契诃夫写道:"我害怕那些在字里行间寻找作品倾向的人,害怕那些把我看成一定是自由主义者或保守分子的人。我不是自由主义者,不是保守分子,也不是渐进论者,不是僧侣,更不是冷淡主义者。我只想做一个自由的艺术家——仅此而已……我憎恨虚伪和暴力,不管它们以何种形式出现……对我来说最神圣的是人的身体、健康、智慧、天分、灵感、爱情和最绝对的自由,没有暴力和虚伪的自由,不管它们以何种方式表现出来。这就是我要遵循的纲领,当然,如果我是一个大艺术家的话。"②"如果一个艺术家着手去做自己不懂的事情那是极其愚蠢的。专门的问题由专家负责。他们的任务是评论村社、资本主义者的前途、酗酒的害处、靴子、妇女病……艺术家应当探讨的只是他理解的东西。"③直到晚期戏剧作品《海鸥》(1896)、《万尼亚舅舅》(1897)、《三姐妹》(1901)、《樱桃园》(1904)中,契诃夫始终坚持"非倾向性"的创作原则,保持着文学创作的客观性。"永别了,旧生活!""欢迎你,新生活!"但哪个阶级能担当起这个伟大的历史使命,人们在契诃夫的作品中依旧找不到答案。

---

① (俄)契诃夫. 契诃夫小说全集(第八卷). 汝龙,译. 上海:上海译文出版社,2000:70

② Чехов А. П. Собрание сочинений в 12 т. т. 11. М. : Государственное издательство "Художественной литературы", 1956:263.

③ Чехов А. П. Собрание сочинений в 12 т. т. 11. М. :Государственное издательство "Художественной литературы", 1956:287.

　　事实上,契诃夫不止一次反驳过舆论界对自己的非议。例如,1890年,《俄罗斯思想》曾有一篇评论,谈到"还在昨天,甚至像亚辛斯基和契诃夫先生这样的专门写毫无原则的作品的作家,他们的名字……"对此,契诃夫给《俄罗斯思想》杂志的主编伏·米·拉甫罗夫写信,表明自己的态度:"我从来没做过没有原则的作家,也没当过坏蛋,这两者其实都是一样的。"①高尔基也曾在评论契诃夫的文章中写道:"有人责难他缺乏世界观。真是荒唐的责难! 契诃夫有一种比世界观更重大的东西。他自有他的对生活的概念,因而站得比生活更高。他以极高的见地阐明生活的苦闷,它的荒谬,它的趋向,它的混乱。虽然这种见地不易捉摸,不受定义的约束(也许就因为它高),可是它在他的小说里总能使人感觉到,在小说里越益清楚地流露出来。"②

二

　　事实上,契诃夫声称的"非倾向性"并非使创作像法国的自然主义那样完全丧失作者的道德立场,恰恰相反,他的"非倾向性"本身就是一种倾向。

　　首先,契诃夫从人道主义出发,对下层民众寄予同情与关怀。

　　1892 年,契诃夫在下诺夫哥罗德省和沃罗涅什省赈济灾荒,小说《妻子》(1892)即是以契诃夫这段生活经历为素材的:彼斯特罗沃村斑疹伤寒病流行,有人给巴维尔·安德烈耶维奇写匿名信,劝其周济这些穷人,当时村里的情况很糟糕,"农舍里满是臭气,没有水供人喝,也没有人给他们水喝,食物只有坏土豆"③。巴维尔·安德烈耶维奇知道写信人就是地方自治局的医师,也知道他们在谴责自己的同时,还依旧靠这些贫穷的农民领到薪水,况且自家的黑麦被偷走了二十大袋子。他很想捐款,但对行政机关缺乏信任,担心赈灾款项被挪用。他的妻子娜达丽雅·加甫利洛芙娜是个慈善家,巴维尔·安德烈耶维奇为了维护名存实亡的婚姻,任凭妻子

---

①　Чехов А. П. Собрание сочинений в 12 т. т. 11. М.: Государственное издательство "Художественной литературы", 1956:429.

②　转引自(俄)契诃夫. 契诃夫小说全集(第十卷). 汝龙,译. 上海:上海译文出版社,2000:402.

③　(俄)契诃夫. 契诃夫小说全集(第八卷). 汝龙,译. 上海:上海译文出版社,2000:193.

倾尽家产去救济穷人。对于赈灾这一慈善之举,小说中的医师索包尔自有他自己的看法,他的态度并不乐观:"只要我们对待老百姓的态度仍旧带有普通的慈善工作的性质,如同孤儿院或者残废院那样,那么,我们就只是在耍花招,蒙蔽人,欺骗自己而已。我们的态度应当实实在在,建立在计算、知识和公正上。"①《妻子》(1892)这篇小说还从另一个侧面反映社会问题——知识分子与农民之间的隔阂问题,尽管巴维尔·安德烈耶维奇给农民捐款、替他们募捐、想与他们融为一体……可惜没有人理解他、接近他,他与邻居的关系也很紧张。

1898年,契诃夫为萨马拉省遭受饥荒的儿童募捐……契诃夫一生没有子女,但他一向对儿童问题十分关注。《万卡》(1886)、《困》(1888)等,都是契诃夫描写儿童题材的小说。尽管篇目不多,但思想极其深刻。

小说《万卡》(1886)中的故事发生在圣诞节前夜。九岁的孤儿万卡在莫斯科的鞋匠阿里亚兴的铺子里当学徒。在这里他受尽虐待,过着猪狗不如的生活。他写信给乡下的爷爷求救。在写信的时候,万卡的脑海中不时地浮现出从前在乡下快乐生活的情景,还有圣诞节和爷爷一起度过的快乐时光。他满怀信心地憧憬着爷爷来接他的那一时刻。在信封上没有地址,只写了"乡下爷爷收"。小说写于1886年,这时,农奴制已经瓦解,资本主义迅猛发展,并入侵到农村,使农村经济发生分化,贫富差距越来越严重,破产的农民不堪生活的重负,开始进城谋生,其中不乏未成年的童工,契诃夫揭露这一丑恶的社会现象,笔调凄婉动人。

接下来的小说《困》(1888)中的小保姆瓦尔卡才十三岁,是个可爱又可怜的小姑娘。她白天干活,晚上要哄老板家的孩子睡觉。她很累、很困。后来,她找到了让她不能睡觉、不能休息的原因,就是那个不停啼哭的娃娃。于是,她掐死了那个娃娃,然后美美地睡着了。瓦尔卡也是孤儿,契诃夫以同情、关爱的笔调写出了这一悲剧,悲剧的小主人公是无助的、孤独的,她过早地被抛到这个冰冷的世界。

契诃夫不仅在作品中,而且在实际行动中也表现出对贫苦儿童的关爱。他在村里建学校、捐款、寄图书……就连萨哈林岛上儿童的境遇也让

---

① (俄)契诃夫. 契诃夫小说全集(第八卷). 汝龙,译. 上海:上海译文出版社,2000:193-229.

他忧心忡忡。在那里，有的小女孩儿为了养家糊口，甚至当起了妓女，而妓院的老板娘很可能就是她的亲生母亲。

幼小的孩童是需要关爱的弱者，劳苦大众同样是契诃夫同情的对象。在一些诸如《哀伤》(1885)、《苦恼》(1886)等作品中，也表现出作家对劳苦大众的同情与关切。

什么东西失去了，什么才是最宝贵的，人们往往在后悔的时候已经于事无补。小说《哀伤》(1885)即反映了这一主题。格利果利·彼得罗夫是个老旋工，在大雪天赶着雪橇送老伴儿去地方自治医院看病。平日里他爱喝酒，整天半梦半醒的，可当老伴儿对他的拳脚毫无反应的时候，他开始哀伤了，他后悔，发誓不再打她。在去医院的路上，落在她脸上的雪花不再融化，她死了，他哭了。"这世界上，一切事情都进行得多么快啊！他的哀伤还刚刚开始，不料结局就到了。他没有来得及跟老太婆一块儿好好生活，向她表明心迹，怜惜她，她就已经死了。他跟她共同生活了四十年，可是真的，这四十年就像在大雾里那样过去了。只有酗酒、打人、贫困，根本没有感觉到是在生活。事与愿违，恰恰在他觉得他怜惜老太婆，缺了她就没法生活，觉得他在她面前有很多不是的时候，她偏偏死了。"①老旋工多么希望生活可以重来，可是，没有机会了。他在雪地里睡着了，冻掉了胳膊，死了。

在这篇小说里，契诃夫不仅慨叹老夫妇俩个不能称为真正生活的四十年，最重要的是揭示出深藏背后的原因，那就是贫穷，贫穷使人烦躁、使人冷漠，然而资本主义制度更是使人与人之间的隔阂加深、扩大，无论穷人、富人，都是事不关己高高挂起，小说《苦恼》(1886)就表现出资本主义制度下人与人之间关系的冷漠与麻木。

老车夫姚纳·波达波夫的儿子死了，他的心里很痛苦，想对别人诉说他的苦恼。他拉了一个军人、三个年轻人，他们对姚纳的诉说不理不睬，就连扫院子的仆人、大车店的车夫也懒得理他。最后，他只有对他的马倾诉自己的不幸。是啊，"在这成千上万的人当中有没有一个人愿意听他倾诉衷曲呢？然而人群奔走不停，谁也没有注意到他，更没有注意到他的苦

---

① (俄)契诃夫. 契诃夫小说全集(第四卷). 汝龙，译. 上海：上海译文出版社，2000：125.

恼。……那种苦恼是广大无垠的"①。姚纳也想到了自己苦恼的原因:"一个人要是会料理自己的事……让自己吃得饱饱的,自己的马也吃得饱饱的,那他就会永远心平气和。"②可见,贫困是一切罪恶的根源,如果自己的生活朝不保夕,哪里还有什么闲心去关心别人的痛苦。

其次,契诃夫还十分关注"小人物"的命运。在俄国文学史上,普希金开辟了描写"小人物"的先河,随后,一些作家,如果戈理、陀思妥耶夫斯基等都曾以同情的笔调对这些被凌辱与被损害的人物有过描写。契诃夫也写过关于"小人物"题材的小说,但在他的笔下,"小人物"不再那么可怜,而是十分可气,契诃夫对他们的指责也胜于同情。

契诃夫出生在一个破落的商人家庭,贫寒的生活和低下的社会地位并没有摧毁他的人格,相反,他自尊、自爱,从不趋炎附势,从不卑躬屈膝。1879 年 4 月 8 日契诃夫在给弟弟米哈伊尔的信中写道:"我不喜欢你的一点是,为什么你把自己戏称为'卑微的、平庸的小弟弟'。你认为自己卑微吗?弟弟,并不是所有的米沙都应当是一个样子的。你知道在什么场合下才应当视自己为渺小吗?在上帝面前,在智慧面前,在大自然与美的面前,但不应当是在人的面前。在人群之中,要意识到自己的尊严。要知道你不是痞子,而是一个诚实的人,不是吗?你要自尊,要知道,一个诚实的人不能是微不足道的。不要把'谦虚'和'自卑'混淆在一起。"③

契诃夫的小说《在钉子上》(1883)即刻画出自卑、自贱的"小人物"形象,很有代表性。一群十二品文官和十四品文官下班后去同事斯特鲁奇科夫家参加命名日宴会。可一进家门,他们发现家里墙上的钉子上挂着上司的制帽,他们吓坏了,赶忙从家里出来,到对面的小饭铺去等候。过了一个半小时,他们再次走进家门,可钉子上又挂了顶貂皮帽子,帽子的主人是个很有势力的大人物,此刻,这位大人物正在为斯特鲁奇科夫能娶到如此美貌的老婆而愤愤不平,他的老婆也随声附和着。这几个可怜的文官又去小饭铺等候,这群可怜的家伙们居然安慰斯特鲁奇科夫,说这是

①　(俄)契诃夫. 契诃夫小说全集(第四卷). 汝龙,译. 上海:上海译文出版社,2000:214.

②　(俄)契诃夫. 契诃夫小说全集(第四卷). 汝龙,译. 上海:上海译文出版社,2000:215

③　Чехов А. П. Собрание сочинений в 12 т. т. 11. М. : Государственное издательство "Художественной литературы", 1956:9.

他的运气来了。又过了一个半钟头，貂皮帽子依旧挂在钉子上。直到晚上，帽子不见了，这群可怜虫才吃上大人物剩下的残羹冷炙，但他们吃得很满足。

比上述几位更可悲的是怯懦居然导致一个官员的死。小说《一个官员的死》(1883)中"小人物"的遭遇真是可笑又可悲。庶务官伊凡·德米特利奇·切尔维亚科夫在看戏的时候打了个喷嚏，吐沫星子溅到交通部文职将军勃利兹查洛夫身上，这引起了他的恐慌，他的三次道歉引起部长的反感，最后，部长让他滚出去。"小人物"对自己的行为不能释怀，回家后便死了。看似可笑的故事却值得深思，"小人物"恐惧的原因不仅是性格所致，更主要的是社会制度、是上对下的压迫，这使得"小人物"们惶惶不可终日。

不过，契诃夫笔下的"小人物"也有被压抑后奋起反抗的例子。小说《小人物》(1885)中的文官涅维拉齐莫夫向往能过上好日子，十年来有着同样的梦想、做着同样的努力，那就是把自己的薪金从十六卢布增加到十八卢布，一直未能如愿，所以他的积怨爆发了。情急之下，他拍死一只蟑螂以解心头之恨。尽管发泄的手段滑稽可笑，但毕竟能让这样的"小人物"紧张的心情有所缓解、心中的怨恨得以释放。在小说的结尾，在蟑螂被烧成灰烬的那一刻，"小人物"的心中掠过一丝快意，由此轻松多了……

第三，契诃夫对"小人物"们的态度是"哀其不幸、怒其不争"，但他一生最大的敌人乃是"庸俗"。"契诃夫的世界的基础已经崩溃，可是这个世界本身还残存着。我们国内布满着旧事物的废墟；新事物的建设还远远没有完成。我们周围还有不少旧的尘土、霉块、旧的毒菌。必须经过一番极大的复杂的社会消毒，才能从我们周围和我们自己身上，将那些使契诃夫发笑和悲伤的萧索时期的痕迹、失败和柔弱的痕迹、渺小的庸俗生活和各种畸形现象的痕迹消灭掉。"[1]契诃夫对庸俗及市侩习气深恶痛绝，并给予无情的批判。关于"庸俗"的可怕性，高尔基在《安·巴·契诃夫》一文中写道："在年轻的时候，'庸俗'似乎只是滑稽的、无所谓的事情，但它渐

① (俄)卢那察尔斯基. 安·巴·契诃夫在我们今天//论文学. 蒋路，译. 北京：人民文学出版社，1978：239.

渐地用自己灰蒙蒙的雾气将一个人包围起来,浸染那个人的大脑和血液,就像是毒药和煤气,而这个人就像是一块旧招牌,锈迹斑斑:似乎上边写着什么,可究竟是什么呢? 你也搞不清楚。"①这就是"庸俗"的力量。

什么是"庸俗"呢? "庸俗的实质就是心智的麻木和感情的冷漠。就社会而言,庸俗表现在它如一潭死水,停滞,缺乏生气和活力,对身处的衰落、丑恶的现实而不正视,并以专制和自足的方式对之加以维护,惧怕并扼杀新思想、新事物。它使人变得鼠目寸光,贪图私利,对政治及其他社会事物、他人的痛苦、灾难等熟视无睹,丧失责任感、正义感和辨别是非的能力,变得猥琐、麻木、平庸、卑劣,见风使舵,趋炎附势,缺乏对社会现实的批判意识以及改变现实的思想和行动。"②在契诃夫早期作品中不乏一些庸俗的、市侩的人物形象,描写这一形象,契诃夫可谓信手拈来,这些作品虽然篇幅短小,但却使人忍俊不禁。

小说《胜利者的胜利》(1883)是以第一人称"我"的形式写成的,副标题为"退休的十四品文官的故事"。"我"和父亲谢肉节那天去阿历克塞·伊凡内奇·柯祖林家吃油饼,虽然柯祖林官职不高,却爱卖弄,我和爸爸这样的"小人物"在其面前要毕恭毕敬。柯祖林是个极其庸俗的人,为自己已有的"政绩"沾沾自喜:"现在我们有油饼吃,有最新鲜的鱼子品尝,又有细皮白肉的老婆相亲相爱。而且我那些女儿也出落得一个个美人儿似的,慢说是你们这班小人物,就是公爵和伯爵见了也会看得出神,赞叹不止。还有住宅呢? 嘻嘻嘻。……你们瞧瞧我这个住处! ……"③不仅柯祖林是个骄傲自满、庸俗无比的人,其他来客也一样俗不可耐:柯祖林曾经的上司库里岑被耍笑,他吃掉柯祖林命令他吃的洒了胡椒的面包,而"我"和爸爸学鸡叫,爸爸之所以讨好柯祖林,为的是我能当上个助理文书。

在《胜利者的胜利》(1883)中,下级对上级趋炎附势、巴结奉承,这种庸俗的习气就连朋友之间也存在着。小说《胖子和瘦子》(1883)中的胖子

---

① Чехов в воспоминаниях современников. Ред. Бродский Н. Л. и другие. М.: Государственное издательство"Художественной литературы", 1954:464 – 465.

② 郝清菊. 敲击庸俗、召唤新生——重读契诃夫的小说. 殷都学刊,2001,9:86.

③ (俄)契诃夫. 契诃夫小说全集(第二卷). 汝龙,译. 上海:上海译文出版社,2000:61 – 62.

米沙和瘦子波尔菲利在一个火车站相遇,他们曾是儿时的玩伴。瘦子首先热情地介绍自己的近况,甚至回忆起他们一同上中学时的趣事,可当他得知胖子已经做到三品文官,而自己只是八品文官的时候,他"突然脸色变白,呆若木鸡,然而他的脸很快就往四下里扯开,做出顶畅快的笑容,仿佛他脸上和眼睛里不住迸出火星来似的。他把身体缩起来,哈着腰,显得矮了半截。……他的皮箱、包裹和硬纸盒也都收缩起来,好像现出皱纹来了……"①瘦子还称胖子为"大人",然而这一切使得胖子很反感,"瘦子脸上露出那么一副尊崇敬畏、阿谀谄媚、低首下心的丑相,弄得三品文官恶心得要呕"②。

　　瘦子得知胖子比自己的官职高,就变得奴颜媚骨,而《变色龙》(1884)中的警官奥楚美洛夫曾几次"变脸"。广场上,一只狗咬了首饰匠赫留金的手指头,奥楚美洛夫说要惩治狗的主人,可当人群中有人说这是将军家的狗时,他便开始替狗辩护。一会儿又有人说这不是将军家的狗……这是将军哥哥的狗……奥楚美洛夫的态度随之而变。"变色龙"堪称契诃夫作品中的经典形象,他把趋炎附势的市侩嘴脸表现得淋漓尽致,而作品中的看客一样麻木无知,当奥楚美洛夫扬言要惩治首饰匠赫留金的时候,看客们居然哈哈大笑……

　　在庸俗的时代、庸俗的社会里,不仅随处可见庸俗的人,还有一些庸俗的现象值得关注。契诃夫的小说《有将军做客的婚礼》(1884)即描写了一个俗不可耐的社会现象:如果有人结婚,一定要请个有头有脸的人物出席,为的是争面子,"成千的卢布他们倒不要,只希望有个将军在他们宴席上坐着! ……这是无聊的好胜心,是偏见……"③契诃夫善于挖掘生活中的丑恶现象,"该小说以当时流行的小市民和商人的生活习俗为基础。契诃夫在一篇小品文《莫斯科生活花絮》中说:'如果新郎不乘坐镀金的婚车穿过大街,如果唱歌的不是最好的歌手,教堂助祭的男低音不够低,新郎就会不自在。你得给他雇个将军来参加婚礼,而且这个将军一定得戴着星形勋章,你得让音乐为他轰鸣。……'(一八八四年《花絮》杂志第四十

①　(俄)契诃夫. 契诃夫小说全集(第二卷). 汝龙,译. 上海:上海译文出版社,2000:188.
②　(俄)契诃夫. 契诃夫小说全集(第二卷). 汝龙,译. 上海:上海译文出版社,2000:188.
③　(俄)契诃夫. 契诃夫小说全集(第二卷). 汝龙,译. 上海:上海译文出版社,2000:429.

一期)契诃夫在另一篇随笔中说:'商人需要将军和五品文官。不管是商人的婚礼,还是他们的宴会,还是商人的议会,缺了这两种人就不成。……'(一八八四年《花絮》杂志第五十一期)。"①

更有甚者,他们不仅为了面子,而且为了升迁,不惜拿自己的老婆作筹码,真可谓利益熏心。小说《挂在脖子上的安娜》(1895)中的官吏莫杰斯特·阿列克塞伊奇已经五十二岁了,身居要职,但他还有向上爬的欲望,觊觎着圣安娜勋章。在娶了刚满十八岁的姑娘安娜后,每天都给她灌输一个思想,那就是打入上流社会,他把安娜作为自己升迁的阶梯。他让安娜接近大人的太太、接近大人。借助安娜的力量,他终于如愿以偿,平步青云。过去,他对安娜吆五喝六、极其吝啬,可现在他要依附于她,于是,"现在他站在她面前,也现出巴结的、谄笑的、奴才般的低声下气神情了,这样的神情在他遇见权贵和名人的时候她常在他脸上看到"②。

"庸俗"的霉毒同样侵袭着安娜的灵魂。她没有母亲,父亲酗酒,两个弟弟还在读中学,家境贫寒,为了养家糊口,她才嫁给了五十二岁的老头儿。在丈夫的熏陶下,她开始迷恋上流社会奢华、放荡的生活,她自以为"她生下来是专为过这种热闹、灿烂、有音乐和舞蹈、获得许多崇拜者的欢笑生活的"③,她不再像从前那样纯朴,也不再记挂穷困的家庭,甚至为有那样潦倒的父亲感到羞耻。"庸俗"夺去安娜的纯真,扯断她与家人的亲情。

契诃夫是个具有敏锐观察力的作家,关于契诃夫高尔基在《安·巴·契诃夫》一文中写道:"'庸俗'是他的敌人;他整个一生都在同它做斗争,他嘲笑它,用冷静、尖锐的笔触描写它,他善于找到'庸俗'的霉层,甚至能发现,哪怕咋一看那里的一切都安排得很好、很舒适,甚至是带着奢华……'庸俗'也为此以肮脏下流的举动报复了他,把他的尸体———一个诗人的尸体装到了运输'牡蛎'的车厢里。"④

---

①　(俄)契诃夫. 契诃夫小说全集(第二卷). 汝龙,译. 上海:上海译文出版社,2000:498.
②　(俄)契诃夫. 契诃夫小说全集(第九卷). 汝龙,译. 上海:上海译文出版社,2000:298.
③　(俄)契诃夫. 契诃夫小说全集(第九卷). 汝龙,译. 上海:上海译文出版社,2000:297.
④　Чехов в воспоминаниях современников. Ред. Бродский Н. Л. и другие. М.: Государственное издательство "Художественной литературы", 1954:465.

三

19 世纪 70、80 年代,俄国知识分子阵营内部不断分化,当时知识界笼罩着悲观和颓废的情绪,契诃夫对此感到忧虑,因为他发觉"萎靡不振的、无精打采的知识界,懒洋洋地空发议论,冷漠无情……他们没有爱国精神、沉闷且平淡无奇,喝一小杯酒就能醉倒,经常光顾只须五十戈比的妓院;他们爱抱怨,乐此不疲地否定一切,因为对于懒惰的大脑来说,否定比肯定更加容易;他们不结婚,拒绝培养孩子,等等。枯萎的灵魂,萎缩的肌肉,缺乏行动,思想摇摆,所有这一切都缘于生活没有意义……"①契诃夫塑造出一系列的知识分子形象,这些形象大多都是反面的,他们的生活是灰色的、沉闷的,他们厌倦一切。例如,被誉为 19 世纪末最后一个"多余人"的伊万诺夫就因丧失生活目标饮弹自尽(剧本《伊万诺夫》1887),小说《没有意思的故事》(1889)中的老教授尼古拉·斯捷潘诺维奇因缺乏世界观而苦恼……

整个知识界的颓废让契诃夫深感灵魂历练的必要和作为一个文学家的职责,正如他所说的:"文学家不是做糖果点心的,不是美容师,不是逗人取乐的;他肩负着责任,受责任和良心的约束,套上这个鉅索,就不该说自己不强健……"②契诃夫一直坚持辩证地反思、深刻地思索人类、世界与未来:一方面他感到"理智的生活如果没有明确的世界观,那就不叫生活,而是负担、是悲惨的事情……"③,另一方面,他发现"有关政治、宗教、哲学的世界观我还没有,每个月我都在更换世界观"④,这种寻找世界观与缺乏世界观之间的悖谬,最终使契诃夫离开家园,将自己放逐到地狱般的萨哈林岛。

据说,1889 年契诃夫偶然读了弟弟刑法课的笔记,犯人的现状引起了

---

①　Чехов А. П. Собрание сочинений в 12 т. т. 11. М. :Государственное издательство"Художественной литературы", 1956:404.

②　Чехов А. П. Собрание сочинений в 12 т. т. 11. М. :Государственное издательство"Художественной литературы", 1956:113.

③　Чехов А. П. Собрание сочинений в 12 т. т. 11. М. :Государственное издательство"Художественной литературы", 1956:308.

④　Чехов А. П. Собрание сочинений в 12 т. т. 11. М. :Государственное издательство"Художественной литературы", 1956:269.

他的兴趣。1890年3月9日,也就是契诃夫赴萨哈林岛的前夕,他写道:"萨哈林——一个让人难以忍受的痛苦之地,自由人和被奴役的人才能承受这样的煎熬……我很遗憾,我不是一个爱感伤的人,否则我会说,萨哈林这样的地方我们应该去朝圣,就像土耳其人去麦加……现在整个文明的欧洲都清楚,有罪的不是看守,而是我们所有人;但这似乎与我们无关,没人对此感兴趣。…… 只有一点很遗憾:那就是去那里的人是我,而不是其他比我更有权威、更能唤起整个社会对它关注的人……"[1] 从这封信的字里行间,我们可以感觉到契诃夫为了真理而自我牺牲的精神以及作家身上永不退却的探索精神。在自我放逐归来之后,契诃夫的世界观发生了激变,莫斯科的生活在他的眼中变得那么渺小。

以这次旅行的见闻为素材,契诃夫撰写了专著《萨哈林旅行记》(1891)、小说《古塞夫》(1890)、《第六病室》(1892)、《在流放中》(1892)等作品,把俄国真实的生活画面展现给读者。

《萨哈林旅行记》(1891)被契诃夫称做"粗硬的囚衣",记录了他在萨哈林岛三个月零三天的生活经历以及所见所闻。契诃夫以作家的身份得到许可,可以任意走动或会见任何人,只有政治犯除外。7月10日契诃夫到达萨哈林岛,7月19日阿穆尔督军考尔夫男爵视察萨哈林岛,当时,亚历山大罗夫斯克监狱造假,在男爵视察的那几天给囚犯们吃鲜肉、吃鹿肉,形势似乎一片大好,男爵的"褒扬之词,同人们看到的饥饿、女流放犯普遍卖淫、残酷的肉刑等现象无法调和"[2]。

在萨哈林岛,契诃夫为当地居民做了详细的人口登记,这项工作使契诃夫更加深入地了解罪犯的情况;契诃夫还详实地记述了这里的自然环境、气候条件、少数民族的特点……为后人留下了宝贵的历史资料。

萨哈林岛监狱的条件十分恶劣,"大牢房里,避免不了像拨弄是非、告密谗害、私立刑堂、投机倒把等丑恶现象"[3]。这里的每一位官员都可以奴役犯人,让苦役犯做仆人,没有报酬。囚犯的伙食很差,每天吃的是掺假

---

① Чехов А. П. Собрание сочинений в 12 т. т. 11. М. : Государственное издательство "Художественной литературы", 1956:417.

② (俄)契诃夫. 萨哈林旅行记. 刁绍华,姜长斌,译. 哈尔滨:黑龙江人民出版社,1980:25-26.

③ (俄)契诃夫. 萨哈林旅行记. 刁绍华,姜长斌,译. 哈尔滨:黑龙江人民出版社,1980:55.

的面包、腐败的鱼汤、掺了水的菜粥。至于肉,他们几乎没有吃过,犯人们的囚服跟面包一样质量低劣,囚犯们的精神生活十分贫乏,这里没有专门从事矫正罪犯的机构和人员。萨哈林有四座教堂,大斋期间,犯人可以有三个早晨去教堂,但祈祷时他们依旧戴着镣铐,而且有岗哨监视。在这里,用树条鞭打犯人是最常使用的惩罚手段,犯人有时因为一件小事就被打得惨不忍睹。他们的健康状况也很糟,百分之十的犯人丧失劳动能力,传染病、流行病经常威胁他们的生命⋯⋯

　　妇女的情况更糟,当地医生在一次体检中发现,所有妇女都患有妇科病,备受歧视,"地方上形成了对女流放犯的一种特殊看法,这种看法遍及各流放殖民区:她们既是人、理家的主妇,又是比家畜地位还要低的奴隶。⋯⋯有的老母亲和成年女儿一起来到苦役地。二人同时成了移民的同居女人,竞赛似地开始生孩子"①。有的女人和男人同居十几年,竟不知道彼此的姓名、年龄⋯⋯自由妇女的日子也不好过,她们有的被丈夫在喝酒、赌博时输掉,有的和未成年的女儿同时沦为妓女,同时沦为赚钱的工具,甚至有自由妇女开设妓院,接客的却是自己的亲生女儿。

　　萨哈林的儿童生长在这种环境,身心备受恶劣的影响:他们穿得破烂,食不果腹,营养不良,生活没有保障。更可怕的是他们染上一些恶习,就连游戏的内容都跟监狱、囚徒有关;岛上有五所学校,破烂不堪,没有老师,所以不开课,整个岛上的居民文盲约占百分之六十。

　　监狱的看守很多,"有的因为行为乖张,违抗命令,有的品行不端,玩忽职守,有的盗窃负责保管的粮食,有的窝藏赃物。有的奉派到驳船上工作,不仅不监督秩序,反而领头偷盗船上的核桃。有的盗卖官家的斧头和钉子。有的屡次侵吞官马饲料。还有的和苦役犯同流合污,沆瀣一气⋯⋯有的看守长还深更半夜放一个普通看守钻进女犯囚房。⋯⋯看守们在狱中当值时,纵容犯人赌牌,自己也跟着赌。他们倒卖酒精,和流放犯一块儿酗酒。⋯⋯毫无纪律观念,怠惰异常,因此毫无威望可谈⋯⋯"②不仅是看守,整个萨哈林岛的知识界也是道德低下、品格不高尚。

---

　①　(俄)契诃夫. 萨哈林旅行记. 刁绍华,姜长斌,译. 哈尔滨:黑龙江人民出版社,1980:205－206.
　②　(俄)契诃夫. 萨哈林旅行记. 刁绍华,姜长斌,译. 哈尔滨:黑龙江人民出版社,1980:257－258.

契诃夫曾把萨哈林岛比做"地狱",那里每年都有近百分之二十的犯人越狱逃跑,有的是向往自由、有的是向往爱情、有的是不堪痛苦的折磨……

萨哈林之行是契诃夫全新的生活经历,他开始深刻地思考社会问题,在给苏沃林的信中他这样写道:"如果我是一名医生,那我就需要病人和医院;如果我是一名文学家,我就需要生活在人民中间……我需要哪怕一点儿社会和政治生活—— 哪怕只有一点点;我现在的生活只有这四面墙,与世隔绝,没有大自然,没有人,没有祖国,没有健康和胃口——这不是生活……"[1]由此,契诃夫进一步明确和深化了自己的现实主义创作原则。

① Чехов А. П. Собрание сочинений в 12 т. т. 11. М. :Государственное издательство "Художественной литературы" , 1956 :527.

第二章　知识分子传统的背弃者

"在上个世纪 90 年代,俄罗斯对知识分子的定义就已经超过 300 个。"①的确,知识分子这一概念十分复杂,很难界定,而俄国知识分子阶层更是一个比较特殊的群体,不能简单地以脑力劳动与体力劳动、受教育程度以及职业等来划分。"俄国的知识分子并不是一个经济的或职业上的群体,它更多的是基于思想,尤其是社会思想的共同爱好而构成的一个特殊的文化阶层。它的成分十分复杂,有贵族,有神父,有小官吏,有平民,也有解放了的农奴,'不管他们原初的社会或经济地位如何,都感到他们自己属于俄国的一个特殊文化团体,因为就其真正本性而言,他们是和社会其他成员相异的。……知识分子之所以强烈意识到他们自己属于一个阶层,乃是因为在他们的国家里,这颗头颅同社会躯体移离得太远了'。"②

作为一个群体、一个阶层,俄国知识分子有其共同的群体特征,国内一些学者都对此做过总结。例如,张建华在《恋女与情郎的永恒对话——俄国近代知识分子的觉醒与群体特征》一文中指出,俄国知识分子的群体特征在于"强烈的普世主义情结""强烈的反叛精神和极端主义情绪""强烈的自省和自责意识""强烈的爱国主义精神和民族忧患意识"③等。以色列的孔斐诺也总结过近代俄国知识分子的群体特征,他的概括也比较全面:"一、深切地关怀一切有关公共利益之事;二、对于国家及一切公益之事,知识分子都视之为他们个人的责任;三、倾向于把政治、社会问题视为道德问题;四、有一种义务感,要不顾一切代价追求终极的逻辑结论;五、深信事务不合理,须努力加以改正。"④契诃夫在俄国知识分子形象的

---

① 李小桃. 俄罗斯知识分子问题研究. 哈尔滨:黑龙江人民出版社,2009:5.
② 汪剑钊. 中俄文字之交——俄苏文学与二十世纪中国文学. 桂林:漓江出版社,1999:19.
③ 张建华. 恋女与情郎的永恒对话——俄国近代知识分子的觉醒与群体特征. 俄罗斯文艺,2002,2:58－60.
④ 转引自余英时. 士与中国文化. 上海:上海人民出版社,1987:3.

塑造中,知识分子的自责感、自省感以及民族忧患意识成为重中之重。

高尔基曾说:"俄国文学大部分是俄国知识分子的思想体系。在这里,在俄国文学里,知识分子追求较好生活地位的历史,他们对人民的态度的历史,乃至他们的心灵、他们的内心生活的全部历史,是特别详尽、深刻,而且忠实地被描划出来。"①文学是文化的载体,契诃夫在他的作品中,刻画出形形色色的知识分子形象。在这些形象身上,反映出俄国 19 世纪下半叶直至 20 世纪初整整一个时代的知识分子的精神探索之路。

1930 年,茅盾在《西洋文学通论》第八章"自然主义"中写道:"一八八一年俄皇亚历山大第二被刺以后,接着是一个极反动的时代。大批的革命党人被杀、被流配到西伯利亚去了,言论自由完全被钳制了,知识阶级看不到将来的希望,一天一天颓唐消沉了。可不是,俄国的知识分子是什么方法都用过了。他们和统治阶级的顽固凶暴斗争,他们又和一般民众的愚蒙无识斗争,他们却都得了失败。完了,躲在小阁子里喝'伏特加',醉生梦死着过了罢! 这是八十年代的青年知识分子,小资产阶级的心理和生活,而契诃夫恰巧做了这样的一个表白者。"②契诃夫对这种传统的失落进行了无情的揭露与批判。

1886 年,契诃夫创作了小说《好人》和《在路上》,从此告别"契洪特"时期,发表作品开始署名安东·契诃夫。小说首次涉及知识分子精神探索这一主题,正像他自己所说的那样,"幽默也是很难的! 有时为了追求幽默,就会胡诌一气,自己都觉得恶心。这时就不知不觉地钻入严肃的领域。"③1888 年,契诃夫发表中篇小说《灯光》,作品反映出当时社会上流行的悲观主义情绪,作家觉得"这个世界上的事谁也弄不明白"④。

小说中的大学生冯·希千堡是一位悲观厌世的人,他觉得一切都无所谓,他总是想,"在这个世界上,从前有非利士人和亚玛力人生活过,打过仗,起过作用,可是他们现在连影子也不见了。我们日后也会这样。现

---

① (俄)高尔基. 俄国文学史. 缪灵珠,译. 上海:上海译文出版社,1979:108 – 109.

② 茅盾. 西洋文学通论. 北京:书目文献出版社,1985:127.

③ Чехов А. П. Собрание сочинений в 12 т. т. 11. М.: Государственное издательство "Художественной литературы", 1956:23.

④ (俄)契诃夫. 契诃夫小说全集(第七卷). 汝龙,译. 上海:上海译文出版社,2000:231.

在我们在修铁路,站在这儿高谈阔论,可是过上两千年,这条路堤也好,那些在繁重的劳动后眼前正在酣睡的人也好,连一点痕迹也没有了。这实在可怕!"①与自己一起工作的工程师阿纳尼耶夫以自己的亲身经历劝说冯·希千堡,让他丢掉这种悲观的思想,他说:"我年轻的时候就受过这种思想的害,现在也还没完全摆脱。我对您说吧,也许因为我笨,这些思想才不能为我领会,所以它们除了祸害以外没有给我带来什么别的。这是很容易明白的!关于生活没有目标、尘世毫无意义而且短暂、所罗门的'一切皆空'这类想法过去是而且直到现在还是人类思想领域中最高、最后的阶段。思想家达到这个阶段就停住了!往前没有路可走了。正常的脑筋的活动总是到这儿就结束,这是顺乎自然,合乎常规的。可是我们的不幸就在于我们恰恰从终点开始思索。我们是从正常人结束的地方开始的。我们的脑筋刚刚开始独立活动,我们就一步登天,爬到最高最后的一级,却不肯了解下面的那些级。"②

　　然而,工程师的现身说法并没有改变冯·希千堡的观点。只是在小说的结尾,作者表达了解决他思想危机的愿望和决心:"太阳升上来了。"③一个人的悲观绝望、厌世的情绪是不容忽视的,它可以传播、扩散、甚至影响到其他人,一些知识分子由此变得庸俗、堕落。在契诃夫的笔下,就有一些知识分子,他们被时代"同化",变得庸俗不堪,无所作为,背离知识分子传统,不再忧患国家及民族的命运,有如迷途的羔羊;也有的知识分子蜕变到极限,被时代"异化"成非人的面目,灵魂扭曲。

第一节　迷途的羔羊

　　这是一些被时代"同化"的、也就是"庸俗"化的知识分子形象,他们丧失了生活的目标,缺乏同恶势力以及丑恶现象斗争的勇气,自私自利,看破红尘,随波逐流。

①　(俄)契诃夫. 契诃夫小说全集(第七卷). 汝龙,译. 上海:上海译文出版社,2000:203.
②　(俄)契诃夫. 契诃夫小说全集(第七卷). 汝龙,译. 上海:上海译文出版社,2000:205-206.
③　(俄)契诃夫. 契诃夫小说全集(第七卷). 汝龙,译. 上海:上海译文出版社,2000:231.

一

契诃夫初涉文坛是在 19 世纪 80 年代,这是俄国历史上最反动、最黑暗的年代。1881 年 3 月 1 日民意党人暗杀沙皇亚历山大二世,即位的沙皇亚历山大三世的统治更加残暴,大多数知识分子在政府的高压控制下苦闷彷徨,民粹派理想的破产使得许多知识分子的思想出现了危机。鲁迅的诗文《自嘲》可以反映出当时俄国知识分子的境遇:"运交华盖欲何求,未敢翻身已碰头;破帽遮颜过闹市,漏船载酒泛中流;横眉冷对千夫指,俯首甘为孺子牛;躲进小楼成一统,管它春夏与冬秋。"一些知识分子软弱无能,虽然他们已经觉醒,却不知何去何从,有如迷途的羔羊,最后,索性逃避现实,浑浑噩噩地度日,苟且偷生。

小说《没意思的故事》(1889)的副标题为"摘自一个老人的札记"。主人公是一位德高望重的老教授尼古拉・斯捷潘诺维奇,他在六十二岁时突然开始厌倦生活:曾经美貌的妻子已变得苍老且庸俗不堪,一双儿女不近人意,工作中的助理眼界狭隘、崇拜权威,养女卡嘉也不再信任他……一切的一切都是那么地让人提不起兴趣,"人会无聊到这种程度!"[1]面对卡嘉的精神困惑,老教授只是说:"我是无能为力的。"[2]在小说的结尾,老教授剖析自己厌倦生活的根源在于缺乏中心思想。他十分清楚,他的心灵所经受的苦难并不是因为斗争,而是因为软弱。即便如此,他也没去想办法度过精神危机,而是龟缩在自我狭小的天地中不能自拔。

小说《没意思的故事》(1889)是契诃夫关于知识分子题材的早期作品,在谈到主人公的性格时,契诃夫说:"我的男主人公对周围人们的内心生活漠不关心,而这正是他的一个主要特征。每逢有人在他身旁哭泣,犯错误,撒谎,他总是心平气和,大谈戏剧、文学。如果他是另一种气质的人,丽扎和卡嘉也许就不会堕落了。"[3]契诃夫认定,知识分子要以整个社会的发展为己任。

19 世纪末俄国知识分子的精神危机还明显地体现在契诃夫的小品文

---

① (俄)契诃夫. 契诃夫小说全集(第八卷). 汝龙,译. 上海:上海译文出版社,2000:41.
② (俄)契诃夫. 契诃夫小说全集(第八卷). 汝龙,译. 上海:上海译文出版社,2000:51.
③ 转引自(俄)契诃夫. 契诃夫小说全集(第八卷). 汝龙,译. 上海:上海译文出版社,2000:341.

《在莫斯科》(1891)中。小品文的篇幅不长,作者借主人公"我"之口,道出当时的社会状况。小品文的开篇之句"我是莫斯科的哈姆雷特"使读者对主人公的性格特征一目了然。"我"很无聊,对现有生活的感觉就是"乏味",这也是当时社会的通病。"我"无所事事、牢骚满腹、游手好闲、装腔作势、弄虚作假、谎话连篇……"我"觉得乏味的原因主要有三:首先,"……我简直什么也不懂……以前我念过书,可是鬼才知道是怎么回事,要就是我已经忘光了,要就是我的学识一点用处也没有,可是,结果呢,我却随时都在发现美洲。……由于我什么也不懂,我就完全不文明。……"第二,"我觉得我很聪明,而且异常高傲。不管我走进什么地方,说话也好,沉默也好,在文学晚会上朗诵也好,在斯托夫饭店里吃喝也好,我总是十分自信。没有一次争论我不参加。虽然我不善于说话,可是我善于冷笑,耸肩膀,叫喊。"第三,"我的强烈的、异乎寻常的嫉妒……"① 这是一个典型的"多余人"形象,定会被时代淘汰。在小品文的结尾,契诃夫用一句极其幽默的话,也就是一位陌生人曾给"我"的忠告结束了"我"的乏味感:"哎,那您就找一根电线来,碰见头一根电线杆子就上吊! 此外您一无办法。"②这也是伊凡诺夫的归宿。这类知识分子找不到生活的方向,只好一死了之。

然而,"我"不是没有优点,"我"意识到自己的传染性就像流感一样,对社会有极大的危害,可小说《第六病室》(1892)中的主要人物之一——安德烈·叶菲梅奇·拉京却不这么想,他从不认为自己处世为人的冷漠态度、遁世无为的生活观念对他人和社会能有什么影响,直到自己也被投入第六病室,他才如梦方醒,但为时已晚。

安德烈·叶菲梅奇·拉京是一名医生,在疯人院工作。此人生性胆小,没有主见,就连学习医学也是听从了父亲的安排。到医院工作后,他对那里的恶劣环境熟视无睹,其实他"非常喜爱智慧和正直,然而他缺乏坚强的性格,不相信他有权利在自己周围建立合理而正直的生活。下命令、禁止、坚持,在他是根本办不到的。看上去,仿佛他起过誓,永远也不

----

① (俄)契诃夫. 契诃夫文集(第十三卷). 汝龙,译. 上海:上海译文出版社,1999:430 - 436.
② (俄)契诃夫. 契诃夫文集(第十三卷). 汝龙,译. 上海:上海译文出版社,1999:439.

提高嗓门，不发号施令似的"①。一开始，他工作得很认真，可慢慢就厌倦了，他认为一切存在都是合理的，比如死亡，所以没有必要抗争。无论做什么或者不做什么，他都能找到一个冠冕堂皇的理由。直到被关进疯人病室，拉京才正视自己的思想和行为存在的弊端："不行，干什么都不行。我们软弱啊……以前我全不在乎，活泼而清醒地思考着，可是生活刚刚粗暴地碰到我，我的精神就支持不住……泄气了……我们软弱啊，我们不中用……"②拉京的转变仅限于叹息、惆怅，况且，他也没有机会抗争，因为他很快中风死去。

乍一看，拉京的处世哲学似乎没有妨碍到他人的生活，他也没有恶意去伤害别人，但第六病室之所以存在、病人之所以受到非人的折磨，这跟拉京的冷漠不无关系。推而广之，在俄国，人剥削人、人压迫人的社会制度赖以存在的根基乃是社会上有成千上万个明哲保身的拉京，这种冷漠与忍耐使得统治阶级更加有恃无恐，难怪俄国作家列斯科夫曾这样评价契诃夫的作品："《第六病室》是描写我们的总秩序和典型人物的缩图。到处都是第六病室。这就是俄罗斯。……契诃夫自己并没想到他写了些什么（这是他自己对我说的），可是事情就是这样。他的病室就是俄国！"③小说《第六病室》具有深远的社会意义，它反映出当时俄国真实的社会状况。这部小说曾给列宁留下了深刻的印象："昨天晚上我读完了这篇小说，觉得简直可怕极了，没法再待在我的房间里了，我就站起来，走了出去。我有这样一种感觉，仿佛我自己也被关在了第六病室里似的。"④

二

如果说尼古拉·斯捷潘诺维奇消极遁世、以自我为中心，如果说拉京医生漠视一切、缺乏社会责任感，如果说他们还有一些良知、一些恻隐之心的话，那么，契诃夫笔下还有一些知识分子，他们被罪恶的、腐朽的生活腐蚀成庸俗的人，他们与俄国知识分子传统的距离更远。

---

① （俄）契诃夫. 契诃夫小说全集（第八卷）. 汝龙，译. 上海：上海译文出版社，2000：301－302.
② （俄）契诃夫. 契诃夫小说全集（第八卷）. 汝龙，译. 上海：上海译文出版社，2000：335.
③ 转引自（俄）契诃夫. 契诃夫小说全集（第八卷）. 汝龙，译. 上海：上海译文出版社，2000：361.
④ 转引自（俄）契诃夫. 契诃夫小说全集（第八卷）. 汝龙，译. 上海：上海译文出版社，2000：360.

1885 年,契诃夫写了一篇小说《谈鱼》,作品短小且简洁,但寓意十分深刻。契诃夫把莫斯科人大体分为十一类,用各种不同的鱼来指代他们,其中,第二类便是描写知识分子的:"(二)大头鱥。它是鱼当中的知识分子。彬彬有礼,灵活敏捷,相貌英俊,生着很大的额头。它身为许多慈善团体的成员,感情丰富地朗诵涅克拉索夫的诗,痛骂狗鱼,不过它吃起小鱼来,那胃口倒也不下于狗鱼。同时它又认为消灭鮰鱼和似鲌鱼乃是一种令人痛心的必要,一种时代的要求。……每逢人家在私下的谈话当中责备它言行不一致,它总是叹口气说:'这是没有办法的事啊,老兄!鮰鱼还没有成熟到可以过毫无危险的生活的地步。再者,您也会同意,要是我们不吃它们,那我们反过来能给它们什么呢?'"①

这种鱼代表着伪善的知识分子形象——漂亮的外表、不凡的谈吐、虚伪的善心,这一切都掩盖不住它们本来的面目,它们从骨子里像狗鱼——契诃夫把统治阶级、还有吃人的恶势力比做狗鱼,其实,大头鱥和恶势力是一丘之貉,而被它吃掉的鮰鱼和似鲌鱼分别代表"小人物"和乞丐。

贵族知识分子虚伪自私的本性还体现在契诃夫的小说《仇敌》(1887)中。贵族知识分子阿包金的外表极像《谈鱼》(1885)中的大头鱥:"他是个丰满、结实的金发男子,脑袋很大,脸庞又大又温和,装束优雅,穿着最时新的衣服。他的风度、扣紧纽扣的上衣、长头发、面容都使人感到一种高贵的、狮子般的气概。他走路昂起头,挺起胸脯,说话用的是好听的男中音。他拿掉围巾或者抚平头发的姿态流露出细腻的、几乎可以说是女性的秀气。就连他一面脱衣服、一面朝楼上张望的时候那种苍白的脸色和孩子气的恐惧,也没有破坏他的风度,冲淡他周身洋溢着的饱足、健康、自信的神态。"②然而,就是这个表面温文尔雅的人却虚伪自私到了极点。他的妻子病了,找医生基利洛夫出诊,恰巧当天医生六岁的儿子患白喉症死了,他心情悲痛,拒绝出诊。阿包金先是拿他的丈人、一个大人物来压制基利洛夫,后来又讲到"博爱",并装出要痛失妻子的可怜相……基利洛夫犹豫了一下,还是随他去了。可是,阿包金的妻子不在家,她只是装病,

---

①　(俄)契诃夫. 契诃夫小说全集(第三卷). 汝龙,译. 上海:上海译文出版社,2000:267.

②　(俄)契诃夫. 契诃夫小说全集(第六卷). 汝龙,译. 上海:上海译文出版社,2000:32.

目的是把丈夫打发走后和情人私奔。他向医生抱怨着,完全无视别人的痛苦,因为此刻在医生的家里停着儿子的尸体、还有悲痛欲绝的妻子。虽然阿包金自视清高,但骨子里不过是个虚伪自私的寄生虫而已。

不仅贵族知识分子有着自私、冷酷、伪善的一面,一些出身贫寒的平民知识分子也向往上流社会的生活,践踏同他们有着相同命运的"小人物"的人格,无视他们的痛苦,卑鄙下流,甚至利用"小人物"达到自己的目的,虚伪冷酷。契诃夫的小说《安纽达》(1886)中就有这样一位知识分子。

二十几岁的安纽达是医学系大学生斯捷潘·克洛奇科夫的同居女友,她辛辛苦苦挣钱,帮助这位穷大学生完成学业。可是,克洛奇科夫缺少一颗感恩的心,无视她的感受和存在。她还是他学习医学时的活标本。不仅如此,他还将她借给画家做模特。这位贫困卑贱的姑娘安纽达总共辅佐过五个这样的大学生,"现在他们都已经在大学毕业,在社会上有了地位,而且当然,跟上流人一样,早已把她忘记了。其中有一个如今在巴黎住着,两个做了医师,还有一个成了画家,最后一个据说甚至当教授了。克洛奇科夫是第六个。"①克洛奇科夫在与画家简短地交谈后思想起了变化,"他不由得想起画家所说的有教养的人必然是美学家的那句话,而他的环境,现在依他看来,也确实讨厌,令人憎恶。他仿佛借助于心灵的眼睛看到了他的未来,那时候他会在书房里接待病人,在宽敞的饭厅里喝茶,由他的妻子陪着,而她是个上流女人。于是现在那个装着污水而且漂浮着烟蒂的盆,就显得格外不像样子。安纽达也显得相貌丑陋,样子邋遢、寒伧了。……他就下定决心,不管怎样马上就得跟她分手。"②

像克洛奇科夫这样的人,虽自私冷酷、欺压弱小,但到了所谓上流人面前定会卑躬屈膝、奴颜媚骨,对待不同的人他们会使用不同的面具。小说《假面》(1884)中的几个知识分子参加旨在慈善性募捐的假面舞会。他们个个自视清高,煞有介事,装模作样,在阅览室里"思考"着什么。后来,他们与偶闯阅览室的假面男子起了冲突,因为这位戴假面的男人要和两个女人在这里喝酒。在相互的指责与谩骂中,那个男人摘下了自己的面

①　(俄)契诃夫. 契诃夫小说全集(第四卷). 汝龙,译. 上海:上海译文出版社,2000;248.
②　(俄)契诃夫. 契诃夫小说全集(第四卷). 汝龙,译. 上海:上海译文出版社,2000;249.

具。原来,他是有名的财主、对教育事业充满热爱的慈善家,再看看"所有的知识分子都张皇失措地面面相觑,脸色煞白,有的人搔后脑壳""那些知识分子在俱乐部里走来走去,垂头丧气,心慌意乱,自觉有罪,喁喁私语,仿佛预感到大难临头似的。……""别的知识分子也跑到他跟前,愉快地微笑,把世袭荣誉公民扶起来,小心地送到马车那边去""把皮亚契果罗夫送走以后,那些知识分子兴高采烈,放心了。"①他们的丑态使人想起了《胖子和瘦子》(1883)里的瘦子以及《变色龙》(1884)中的奥楚美洛夫,他们是一丘之貉,都是趋炎附势的"变色龙"。

当然,也有一些贫苦的知识分子,虽然他们生活拮据、社会地位低下,但却不畏权贵,敢于痛斥不公正的社会现象。小说《仇敌》(1887)中的医生基利洛夫在得知阿包金的妻子没病,而是以生病为借口跟情人私奔的时候,他愤怒了,他斥责阿包金:"如果您吃饱喝足了而要结婚,吃饱喝足了而要闹点花样,演这种悲欢离合的戏,那么叫我来夹在当中算是怎么回事? 我跟你们的男女私情有什么相干? 躲开我! 您自管去过您那种高尚的剥削生活,卖弄那些人道主义思想,玩那些乐器……您自管去拉低音琴,吹长号,长得跟阉鸡那么肥,可是不准您嘲弄人的尊严! 如果您不善于尊重人的尊严,至少也别去碰它!"②这番话骂得透彻,骂得酣畅淋漓,但是,能够这样捍卫自己尊严的平民知识分子在现实中并不多。

在契诃夫的笔下还有一些庸俗化的知识分子形象,他们道德沦丧,没有追求,空虚无聊,寂寞难耐,终日沉迷于酒色。契诃夫的小说《精神错乱》(1888)中的主人公、法律系学生瓦西里耶夫的两个朋友——医学学生玛尔耶尔和莫斯科绘画雕塑建筑专科学校的学生雷勃尼科夫玩世不恭,经常逛妓院,跟妓女们打情骂俏。他们的观点是:"白酒是给我们喝的,鲟鱼是给我们吃的,女人是给我们玩的,雪是给我们踩的……"③面对瓦西里耶夫的痛苦,他们觉得可笑,认为瓦西里耶夫是蠢材、傻瓜、不会享受人生,最后,他们还把瓦西里耶夫当做疯子送到医生那里去,"瓦西里耶夫听到他的朋友们和那位医师讲到那些女人和那条悲惨的巷子的时候用那么

①　(俄)契诃夫. 契诃夫小说全集(第二卷). 汝龙,译. 上海:上海译文出版社,2000:400 – 401.
②　(俄)契诃夫. 契诃夫小说全集(第六卷). 汝龙,译. 上海:上海译文出版社,2000:35.
③　(俄)契诃夫. 契诃夫小说全集(第七卷). 汝龙,译. 上海:上海译文出版社,2000:269.

淡漠的、镇静的、冷冰冰的口吻,觉得奇怪极了。……"①这两位朋友可不像他那样有良知、有道德感。在当时的俄国,软弱、无能、背离传统的知识分子要比瓦西里耶夫式的人物多上千倍、万倍。

在契诃夫笔下有一些庸俗化的知识分子形象,他们不仅没有社会责任感,对女人、对爱情同样没有认真过。他们生活得很迷茫,总是想办法逃避,于是,男欢女爱、风流浪荡便成了生活的主旋律。小说《带小狗的女人》(1899)中的德米特利·德米特利奇·古罗夫就是典型的一位。

古罗夫年近四十岁,上过大学,现在银行工作。他已经是三个孩子的父亲,却还是不安分。他嫌弃妻子无知、低俗,所以不止一次跟别的女人私通,在他身上有点"多余人"的味道:"他跟男人相处觉得乏味,不称心,跟他们没有多少话好谈,冷冷淡淡,可是到了女人中间,他就觉得自由自在,知道该跟她们谈什么,该采取什么态度;甚至跟她们不讲话的时候也觉得很轻松。他的相貌、他的性格、他的全身心有一种迷人的、不可捉摸的东西,使得女人对他发生好感,吸引她们;这一点他是知道的,同时也有一种什么力量在把他推到她们那边去。"②古罗夫一生中没有真正爱过一个女人,他自己以为爱上了他乡偶遇的"带小狗的女人",可是,当她提出要和他长相厮守的时候,他退却了,不知道该怎么办。像古罗夫这样的男人,连基本的生活与情感问题都处理不好,又缺乏家庭责任感,又怎能指望他肩负起社会的责任,并对社会有所作为呢?

契诃夫的剧本《海鸥》(1896)中的作家特里果林也同小说《带小狗的女人》(1899)中的古罗夫一样地朝三暮四,对爱情不专一。特里果林是个有名的作家,是女演员阿尔卡基娜的情夫。他才华横溢、高谈阔论,用漂亮的言语夺得了妮娜的芳心,他对妮娜这样描述自己的职业:"我不只是一个风景描写者呀;我还是一个公民,我爱我的国家,爱我的人民;我觉得,作为一个作家,我就有责任谈谈我的人民,谈谈他们的痛苦,谈谈他们的将来,谈谈科学,谈谈人权和其他等等问题。"③特里果林很快就厌倦了妮娜,并且抛弃了她,"其实呢,那些旧情,他从来也没有断绝过;像他这样

---

①　(俄)契诃夫. 契诃夫小说全集(第七卷). 汝龙,译. 上海:上海译文出版社,2000:287.

②　(俄)契诃夫. 契诃夫小说全集(第十卷). 汝龙,译. 上海:上海译文出版社,2000:253－254.

③　(俄)契诃夫. 契诃夫戏剧集. 焦菊隐,译. 上海:上海译文出版社,1980:129－130.

没有骨气的人,他是安排好了要到处兼顾的。"①特里果林懒散、缺乏意志,更缺乏责任感,只不过是一位夸夸其谈的花花公子而已。

不管怎样,剧本《海鸥》(1896)中的特里果林在文学创作上有很高的造诣,而《凡尼亚舅舅》(1896)中退休的老教授亚历山大·弗拉基米罗维奇·谢列勃里雅科夫则是一位虚伪的、庸俗的、不学无术的骗子、寄生虫。他在女人方面很成功,唐璜也会望洋兴叹、自愧不如。凡尼亚是这样评价他的姐夫、谢列勃里雅科夫教授的:"二十五年以来,一直在教授艺术,一直在写艺术论文,可是艺术是什么,他却连一点一滴也不懂。二十五年来,他一直都是摭拾别人的见解,在高谈现实主义、自然主义和其他类似的谬论。这么些年里,他所写的和所教的,整个都是读过书的人老早就知道了的,而没知识的人却又一点也不感兴趣。这就等于说,他整整讲了二十五年的废话。可是你看他又多么自以为了不起呀!多么装腔作势呀!现在,他这一退休,连一个鬼也不知道他的名字啦。这是一个著名的无名之辈啊……他就这样把一个不应该得到的位置,占据了二十五年,可是,你看看他扬着头走路的样子,至少像个半仙呢……"②对他的盲目的崇拜毁了凡尼亚舅舅和亲生女儿的美好青春。

"庸俗"的毒性是不容忽视的、是巨大的,它能使一个人丧失进取心、安于现状、局限在家庭的安乐窝,这些人过着安稳的、没有激情的生活。

剧本《海鸥》(1896)中的小学教员谢苗·谢苗诺维奇·麦德维坚科不明白,玛莎为什么老是感到自己不幸。他的生活很困难,但他从不发愁。和玛莎结婚后,他也不能真正了解玛莎的内心世界。玛莎对他的庸俗难以忍受,实在厌烦了就指责他:"你真叫讨厌哪!从前呢,你没事至少还发发议论。可是现在呀,你只知道讲——孩子,家,孩子,家。你满嘴全是这个。"③的确,曾经的麦德维坚科经常谈谈剧本,谈谈教师的待遇问题,但他很快满足于家庭生活,不再有别的追求。

曾经豪情万丈、充满理想,可结婚后就变得庸俗、并满足于小家幸福的知识分子形象,还有剧本《三姐妹》(1900)中的安德烈。他是三姐妹的

---

① （俄）契诃夫.契诃夫戏剧集.焦菊隐,译.上海:上海译文出版社,1980:154.
② （俄）契诃夫.契诃夫戏剧集.焦菊隐,译.上海:上海译文出版社,1980:177.
③ （俄）契诃夫.契诃夫戏剧集.焦菊隐,译.上海:上海译文出版社,1980:149.

哥哥,一直以来都是家里的希望、三姐妹崇拜的偶像。在她们眼里,他是未来的教授、研究学问的人,他自己也梦想有朝一日成为莫斯科大学的教授。安德烈也曾感到孤独,也曾感到怀才不遇,但与庸俗的娜达里雅结婚以后,他慢慢变得庸俗了,人也长胖了,妻子与别人偷情,他也无动于衷,还声称娜达里雅是个规矩的、出色的女人,安德烈甚至被这个庸俗的女人牵着鼻子走,被她玩弄于股掌之中。安德烈的妹妹伊里娜一语道破他的状况:"安德烈自从跟那个女人一起生活,变得浑身都庸俗了;人也憔悴了,也老下来了! 还说他想当教授呢,可是,结果呀,昨天一当了自治会议的委员,他不是已经觉得了不起了吗? ……就说现在吧,什么人都跑去救火,他一个人坐在自己的屋子里,什么也没上心里去。他成天拉小提琴。这真可怕,啊,这真可怕,可怕!"①更可怕的是,安德烈把家里的房子抵押出去还了赌债,他完全丧失了家庭责任感。

　　安德烈的堕落在他自己看来根源在于周围的环境,是庸俗的环境污染了他的心灵,他曾自我剖析道:"过去的一切都到哪儿去了呢? 我从前的那种年轻、快活和聪明,我从前的那些形象完美的梦想和思想,和我从前那种照亮了现在和未来的希望,都到哪儿去了呢? 为什么生活才刚刚开始,我们就变得厌倦、疲惫、没有兴趣、懒惰、漠不关心、无用、不幸……了呢? ……我们这个城市,存在了有两百年了,里边住着十万居民,可是从来就没见过一个人和其余的人有什么不同,无论在过去或者在现在,从来没有出过一个圣徒,一个学者,一个画家,或者一个稍微不平凡一点的、能够引人羡慕或者想去效仿的热望的人……这些人只懂得吃、喝、睡,然后,就是死……再生出来的人,照样也是吃、喝、睡,并且,为了不至于闷呆了,他们就用最卑鄙的诽谤、伏特加、纸牌、诉讼,来叫他们单调的生活变化一些花样;太太们欺骗丈夫,丈夫们自己撒谎,同时也装做什么都没看见,什么都没听见;这种恶劣的样子,不可避免地影响了孩子们,于是,孩子们心里那一点点神圣的火花也就慢慢熄灭,他们渐渐变成了可怜的彼此相似的死尸,和他们的父母一模一样……"②

---

① (俄)契诃夫. 契诃夫戏剧集. 焦菊隐,译. 上海:上海译文出版社,1980:309.
② (俄)契诃夫. 契诃夫戏剧集. 焦菊隐,译. 上海:上海译文出版社,1980:329.

　　安德烈意识到自己的变化,但他强调的是外因的作用,没有内心的自我反省,更没有意识到自己应负的责任,也没有想一想到底应该怎么办。他只是把希望寄托给未来,他说:"我觉得现在是可恨的,但是当我想到未来,又多么痛快啊! 我心里就觉得那么轻松,那么自在。远处降临了一道光明,我看见自由了,我看见我和我的孩子们,将要从懒散、克瓦斯、鹅肉加白菜、饭后的午睡、卑贱的寄生虫式的生活里解救出来了……"[1]安德烈最终把希望寄托在别人身上,自己没有行动。

三

　　庸俗的生活有如一潭死水,但却有人留恋它,继续庸俗地生活着,他们为渐渐逝去的"美好"唱挽歌,追寻"美好"的过去,苟延残喘。剧本《樱桃园》(1903)中的郎涅夫斯卡雅兄妹空虚、无聊,面对垂死的生活做最后的挣扎。

　　郎涅夫斯卡雅是个坐吃山空的人,花钱如流水,不懂得生活的难处,挥霍到最后,囊中空空如也。她的女儿已经十七岁了,可她依旧像个小姑娘似地谈情说爱。她怀念过去的生活,幼儿室、小桌子这些旧物件能让她激动得掉眼泪,她的哥哥加耶夫跟她一样怀旧,觉得一百年历史的老橱柜可爱又可敬。他们的樱桃园被抵押了,即将拍卖,可兄妹两人却无动于衷,难怪罗巴辛这样说他们:"我一辈子可没有遇见过像你们两位这么琐碎、这么古里古怪、这么不务实际的人呢。我告诉过你们,说你们的地产不久可就要扣押拍卖了,我说的全是清清楚楚的俄国话呀,可是你们仿佛一句也不懂。"[2]其实,兄妹两人很无奈,不知道怎么办才好,他们十分清楚,自己没有能力承担如此之大的责任,索性采取逃避的方式,通过追忆"美好"的旧日时光,假装清高,聊以慰藉。樱桃园被拍卖,他们不难过,反而窃喜,因为难题终于解决了……

----

① (俄)契诃夫. 契诃夫戏剧集. 焦菊隐,译. 上海:上海译文出版社,1980:329 – 330.
② (俄)契诃夫. 契诃夫戏剧集. 焦菊隐,译. 上海:上海译文出版社,1980:371.

第二节 扭曲的灵魂

无论是在契诃夫的小说里,还是剧本里,庸俗化的知识分子形象很多很多,可谓信手拈来。在这些知识分子当中,有的堕落到了极限,便"异化"成与人不同的怪物。随着生活阅历的增长,契诃夫看待社会现象的目光越来越敏锐,对庸俗的霉层挖掘得越来越深刻。在 1898 年的几个名篇如小说《姚尼奇》《醋栗》和《套中人》中,契诃夫就刻画出几个被时代"异化"成怪物的小资产阶级知识分子形象,这些形象成为那个时代的标本和象征。

一

小说《姚尼奇》(1898)中的德米特里·姚尼奇·斯达尔采夫是地方自治局的医师,他本是一个有才华的年轻人,结识了离自己住所不远的屠尔金一家。屠尔金是当地的名流,有知识的人都要和他结交。最初去屠尔金家是让人愉快又新奇的:屠尔金的女儿叶卡捷丽娜·伊凡诺芙娜弹钢琴,妻子薇拉·姚西佛芙娜朗读她自己写的长篇小说,而屠尔金本人则说些俏皮话,就连他家的仆人也会做出滑稽的动作取悦客人。后来,姚尼奇爱上屠尔金的女儿叶卡捷丽娜,求婚遭到拒绝。叶卡捷丽娜去莫斯科音乐学院学习,姚尼奇则继续着从前的生活。

转眼间四年过去了,姚尼奇得了哮喘病。他不爱走路,所以越发肥胖。他看不起这些庸俗的、毫无思想的、无所事事的城里人,渐渐地迷恋起一种娱乐:"每到傍晚,他总要从衣袋里拿出看病赚来的钞票细细地清点,那是些黄的和绿的票子,有的带香水味,有的带香醋味,有的带神香味,有的带鱼油味,有时候所有的衣袋里都塞得满满的,约莫有七十卢布,等到凑满几百卢布,他就拿到信用合作社去存活期存款。"①

与叶卡捷丽娜的重逢使姚尼奇的心头燃起了火花,他开始抱怨自己老了、胖了、泄气了,对自己过去没有光彩、没有印象、没有思想的生活做

---

① （俄）契诃夫. 契诃夫小说全集（第十卷）. 汝龙,译. 上海:上海译文出版社,2000:196.

了否定,不过,"斯达尔采夫想起每天晚上从衣袋里拿出钞票来,津津有味地清点,他心里那点火星就熄灭了"①。他没有反省自己,反而把一切罪过归结为外因,他认为,像屠尔金一家这样有学问的人都如此浅薄、庸俗、无聊,整个城里的人会是什么样就可想而知了。他继续庸俗、堕落下去。

又过了几年的光景,姚尼奇胖得连呼吸都困难,他对一切不再有新鲜感,只是继续积累财富,终于"异化"成一部赚钱的机器。"他贪得无厌,凡是可以赚钱的机会都抓住不放"②,除了赚钱,他再也没有别的兴趣。契诃夫通过姚尼奇这一人物形象的塑造,暴露出庸俗对一个人的毁灭力量,这是贵族知识分子最后的疯狂。

二

姚尼奇感兴趣的是大把大把的钞票,更有甚者,居然能为吃上几颗醋栗而流下幸福的眼泪。姚尼奇至少会赚钱,也会享受,他玩儿牌、去俱乐部……小说《醋栗》(1898)中的尼古拉·伊凡内奇赚了许多钱,但他很吝啬,把钱存入银行,过着乞丐般的生活。

尼古拉·伊凡内奇十九岁的时候就开始在城里的税务局工作,但他向往自由美好的"田园"生活。"光阴一年年地过去,他老是坐在一个地方不动,老是写同样的公文,心里所想的老是一件事:怎样能到乡间去。他的这种苦恼渐渐成为一种明确的愿望,一种梦想,但求在河边或者湖畔买下一个小小的庄园……他坐在他的办公室里,幻想将来怎样吃自己家里的白菜汤,那种令人馋涎欲滴的香气弥漫在整个院子里,怎样在碧绿的草地上吃饭,在阳光下睡觉,一连几个钟头坐在大门外的长凳上,眺望田野和树林。"③

转眼间,尼古拉·伊凡内奇四十多岁了,为了梦想、为了买下一个带有醋栗的庄园,他聚敛财富,甚至娶一个有钱的、又老又丑的寡妇,不出三年,老寡妇就被他折磨死了。金钱把尼古拉变成了怪物——尼古拉"老了,胖了,皮肉松弛,他的脸颊、鼻子和嘴唇往前突出,眼看就要像猪那样

①　(俄)契诃夫. 契诃夫小说全集(第十卷). 汝龙,译. 上海:上海译文出版社,2000:199.
②　(俄)契诃夫. 契诃夫小说全集(第十卷). 汝龙,译. 上海:上海译文出版社,2000:200.
③　(俄)契诃夫. 契诃夫小说全集(第十卷). 汝龙,译. 上海:上海译文出版社,2000:170－171.

呼噜呼噜地叫着,钻进被子里去了"①。契诃夫在刻画庸俗堕落的知识分子形象时,常以"发胖"作为外形的主要特征,例如,剧本《三姐妹》(1900)中的安德烈、小说《邻居》(1892)中的彼得,他们都是年纪轻轻的时候就开始发胖,如果继续庸俗下去,他们也会同尼古拉一样"异化"成猪。

关于猪的习气,契诃夫在1889年5月14日给普列谢耶夫的信中写道:"萨尔蒂科夫的逝世让我感到惋惜。这是一位强健有力的人物。那些浅薄的、大干骗人勾当的、庸庸碌碌的俄国知识分子身上有一种卑劣的习气,因为萨尔蒂科夫的离去,这种习气失去了最执着、最令他们厌恶的敌人。"②契诃夫接过萨尔蒂科夫手中的笔,继续同庸俗做斗争,批判尼古拉身上猪的习气。

尼古拉·伊凡内奇胸无大志,目光短浅,沾沾自喜于个人的幸福,根本谈不上社会责任感。事实上,在俄国这样庸俗地、满足地、幸福地生活着的人还有许许多多。这种个人的幸福是渺小的,而且"生活好转、饱足、闲散,往往在俄国人身上培养出最为骄横的自大心理"③,尼古拉发达后,便常常以贵族身份自居。在这里,契诃夫还深刻地揭露了俄国人的劣根性。

在《醋栗》(1898)这部小说中,契诃夫刻画了尼古拉这个心满意足的、梦想成真的、自认为十分幸福的人物形象,庸俗已经把像尼古拉这样的人们变得麻木不仁,的确,"实际上有多少满足而幸福的人啊! 这是一种多么令人压抑的力量! 你们来看一看这种生活吧:强者骄横而懒惰,弱者愚昧,像牲畜一般生活着,周围是难以忍受的贫困、憋闷、退化、酗酒、伪善、撒谎……然而,所有的房屋里和街道上却安安静静,心平气和……"④看来,庸俗无处不在,所有的人都司空见惯,即使是被压迫在底层的、不幸的人们,也没想着要去同庸俗斗争,他们已经习惯了这种生活。

在契诃夫的笔下,不止尼古拉一个人由知识分子发展为地主,正如

---

① (俄)契诃夫. 契诃夫小说全集(第十卷). 汝龙,译. 上海:上海译文出版社,2000:172.
② Чехов А. П. Собрание сочинений в 12 т. т. 11. М.:Государственное издательство"Художественной литературы",1956:362.
③ (俄)契诃夫. 契诃夫小说全集(第十卷). 汝龙,译. 上海:上海译文出版社,2000:173.
④ (俄)契诃夫. 契诃夫小说全集(第十卷). 汝龙,译. 上海:上海译文出版社,2000:174.

《醋栗》(1898)中的伊凡·伊凡内奇所说:"如果我们的知识分子向往土地,盼望有个庄园,那是好事。……离开城市,离开斗争,离开生活的闹声,走得远远的,躲进自己的庄园里,这不是生活,这是利己主义,懒惰,这也算是一种修道生活,然而是毫无成绩的修道生活。"①小说《关于爱情》(1898)中故事的讲述者阿烈兴也是由知识分子发展成地主的典型。

　　阿烈兴"是个四十岁上下的男子,身材高而丰满,头发很长,与其说像地主,不如说像教授或画家。他穿一件很久没有洗过的白衬衫,拦腰系一根绳子算是腰带,下身没穿外裤而只穿一条长衬裤,靴子上也沾满了泥浆和麦秸。他的鼻子和眼睛扑满灰尘,变得乌黑"②,长期从事农业经营,把阿列兴变成如此这般模样。其实,阿列兴也是大学毕业,由于父亲的借债大部分用来供他上学,所以,他觉得自己有义务留在庄园里工作,直到还清债务。一开始,他并不喜欢田庄的生活:为了省钱,自己和家人也要加入劳动者的队伍。他本以为劳动生活和他的文明习惯互不干扰,殊不知在乡下就连神甫也同老百姓一样的庸俗不堪。不过,几年以后,阿烈兴当选为荣誉调节法官,他的生活起了极大的变化:"平时在雪橇上睡觉,在仆人的厨房里吃饭,这时候却坐在圈椅里,身穿干净的衬衣,脚登轻便的靴子,胸前挂着表链,那是多么惬意啊!"③阿烈兴被庸俗击垮了,他屈服了,顺从了,不再有追求。当《醋栗》(1898)中的伊凡·伊凡内奇讲完弟弟尼古拉的故事,情绪激昂地号召人们"做好事",这时,阿烈兴的反应很漠然,此刻,他只想睡觉,因为他感兴趣的话题是麦粒、干草和焦油……这才是跟他生活有直接关系的事情。

　　在小说《关于爱情》(1898)的结尾,伊凡·伊凡内奇"惋惜这个生着善良聪明的眼睛、坦诚地对他们叙述往事的人真地在这儿,在这个大庄园里转来转去,像松鼠踩着轮子那样忙碌着,却不去干科学工作或者别的什么工作,使他的生活变得愉快些……"④其实,从某种程度上说,契诃夫的生活经历与阿列兴有些相似之处:契诃夫的父亲因经营不善,导致自家的

---

①　(俄)契诃夫. 契诃夫小说全集(第十卷). 汝龙,译. 上海:上海译文出版社,2000:171.

②　(俄)契诃夫. 契诃夫小说全集(第十卷). 汝龙,译. 上海:上海译文出版社,2000:169.

③　(俄)契诃夫. 契诃夫小说全集(第十卷). 汝龙,译. 上海:上海译文出版社,2000:179.

④　(俄)契诃夫. 契诃夫小说全集(第十卷). 汝龙,译. 上海:上海译文出版社,2000:184.

杂货店破产,为了躲债,他逃往莫斯科,当时契诃夫才十六岁,便承担起家庭的重担,当家教挣钱替父还债,"一屋不扫,何以扫天下",契诃夫首先做到的是让自己的家人过上好日子。1892 年 3 月 4 日,契诃夫全家迁入美里霍沃庄园。与小说《关于爱情》(1898)中的阿烈兴本质上不同的是,契诃夫并没有因为经济条件的改善而引发道德感的缺失。在长达八年的美里霍沃时期,契诃夫免费诊治无数的病人,救治图拉省的霍乱病人,参加人口普查工作,建造学校,为遭受饥荒的儿童募捐,等等。而且,在这一时期,契诃夫还创作出《萨哈林岛》《海鸥》《套中人》《醋栗》《关于爱情》等名篇……这一切足以证明,契诃夫时时刻刻没有忘记自己作为一个有良知的知识分子身上所担负的历史使命。

三

契诃夫笔下另一个被时代"异化"了的典型的知识分子形象便是尽人皆知的"套中人"别里科夫。无论是在俄罗斯,还是在国内的文学批评中,对别里科夫这一人物形象的分析主要有以下两个观点。

大多数学者认为别里科夫是反动保守的知识分子、封建旧制度的卫道士、沙皇的走狗。例如,许茵在《试论契诃夫小说中的知识分子形象》一文中,把别里科夫说成是"普里希别叶夫的同胞兄弟———一个自觉维护沙皇统治的有文化的'额外警察'";沈永赋的《努力探索的艺术结晶——关于〈套中人〉中的知识分子形象》谈到这部作品"暴露了他那统治阶级走狗与卫道士的嘴脸";杨小岩的文章《契诃夫小说中的知识分子形象》则把别里科夫比做"有文化的普里希别叶夫";刘劲予在《论契诃夫的知识分子形象塑造》一文中也指出"小说的主人公别里科夫是一个旧制度的卫道者、新事物的反对者",等等。

也有一部分学者认为,别里科夫是可怜的、卑微的、挣扎在社会底层的"小人物"。19 世纪末俄国的"沃伦斯基在一八九八年十月至十二月《北方通报》第十至第十二期上也发表过类似的看法,极力把契诃夫说成温和的风俗派作家,在他的小说里看到的不是契诃夫对俄国现实的激烈抗议,而是漠不关心,为"小人物"辩护,似乎契诃夫把别里科夫的形象写成可怜的小人物了"①。国内持此观点的人并不多,他们都把别里科夫归为"小人物",认为他和小公务员才是一对难兄难弟。本人的观点倾向于后者。

有一些批评文章把别里科夫与普利希别耶夫军士同日而语,的确,把小说《套中人》(1898)与《普利希别耶夫军士》(1885)对照阅读,可以找到一些明显的相似之处,例如:

"我们受他的气有十五年了! 自从他脱离军队回家以后,大家就恨不得逃出村子去才好。他骑在大家的脖子上!"(《普利希别耶夫军士》)

"然而这个永远穿着套鞋和带着雨伞的人,却把整个中学控制在他的手中,足足有十五年之久!"(《套中人》)

"前几天他跑遍全村各户人家,吩咐大家不许唱歌,不许点灯。他说,根本就没有一条法律准许唱歌。"(《普利希别耶夫军士》)

"如果教师骑自行车,那么学生还会做出什么好事来? 他们只能头朝下,用脑袋走路了! 既然政府的告示里没写着准许做这种事,那就不能做。"(《套中人》)

通过简单的对比,我们不难发现,别里科夫与普利希别耶夫军士的相似之处在于他们都尊崇旧的法律制度、因循守旧、庸俗市侩,不仅如此,周围的环境、人们的软弱与麻木也给他们的行为提供了丰厚的生存土壤。但是,这些相似之处只是表象,事实上,二者有着本质的区别。

首先,不同的是二者的职业出身:普利希别耶夫军士是退伍的军人,而别里科夫是希腊语教师,属于知识分子阶层。

其次,二者的外形也有很大的差异。普利希别耶夫军士满脸皱纹,脸上好像有刺,神情古板,嗓音沙哑,一看便是统治阶级的鹰犬、打手,他蛮横、霸道。而别里科夫则像个小蜗牛,蜷缩在自制的"套子"中,避开现实生活,他之所以把自己扮成"套中人",是因为恐惧、多疑,"他在被子里心

---

① (俄)契诃夫. 契诃夫小说全集(第十卷). 汝龙,译. 上海:上海译文出版社,2000:383.

惊肉跳。他生怕会出什么乱子,生怕阿法纳西来杀他,生怕小偷溜进来,后来通宵做惊慌不安的梦"①,在这一点上,别里科夫更接近小说《第六病室》(1892)中的格罗莫夫,他就是因为患上恐惧多疑的心理疾病而发疯。其实不难理解别里科夫的行为,在当时的俄国,中学教师的处境十分悲惨,他们贫寒、没有社会地位,长期处在被压抑的状态,难免造成人格的分裂。

再有,二者的口头禅也极不相同。普利希别耶夫军士总是带着教训的、恐吓的、命令的口吻:"老百姓,散开! 不许成群结伙! 回家去!"②而别里科夫说话的口气则是有些胆怯,常常带着劝告的意味:"当然,行是行的,这固然很好,可就是千万别闹出什么乱子来啊。"③别里科夫害怕出乱子,因为后果很难收拾,而普利希别耶夫军士则是主动管事、收拾别人;别里科夫一心想着别惹"乱子",而普利希别耶夫军士则是收拾"乱子",因此,后者才是真正的帮凶、走狗。

普利希别耶夫军士不仅言语激烈,他还动手打人,这是别里科夫从来没有过的行为,因此,普利希别耶夫军士与别里科夫是截然不同的两种人,前者与小说《第六病室》(1892)中的看守人尼基达倒像是同胞兄弟。契诃夫在小说中对尼基达着墨不多,三言两语即刻画出他的丑恶嘴脸:"看守人尼基达,牙齿中间衔着烟斗,老是躺在这堆破烂上。他是一个退役的老兵,衣服上的领章已经褪成红褐色。他的脸严厉而枯瘦,眉毛下垂,这给他的脸添上了草原看羊狗的神情。他鼻子通红,身量不高,外貌干瘦,青筋嶙嶙,然而气度威严,拳头粗大。他是那种头脑简单、讲求实际、肯卖力气、愚钝呆板的人,这种人在人间万物当中喜爱的莫过于秩序,因而相信,对他们是非打不可的。他打他们的脸,打他们的胸,打他们的背,碰到哪儿就打哪儿,相信缺了这一点,这儿的秩序就不能维持。"④普利希别耶夫军士也当过两年看门人,有时拧别人的耳朵,有时也打人,他打了人还振振有词:"我看见如今的人又放肆又犯上,心里就有气,我就抡起

---

① (俄)契诃夫. 契诃夫小说全集(第十卷). 汝龙,译. 上海:上海译文出版社,2000:158-159.
② (俄)契诃夫. 契诃夫小说全集(第四卷). 汝龙,译. 上海:上海译文出版社,2000:52.
③ (俄)契诃夫. 契诃夫小说全集(第十卷). 汝龙,译. 上海:上海译文出版社,2000:157.
④ (俄)契诃夫. 契诃夫小说全集(第八卷). 汝龙,译. 上海:上海译文出版社,2000:292.

胳膊来给了他一下子……不过,当然,不是打得很使劲,而是正正经经而又轻轻地随手给了一下,让他不敢再用那样的话说老爷……县里的警察却给乡长撑腰。……于是我也打县里的警察。……这一下子就乱打起来了。……我是一时性起,老爷,嗯,不过话说回来,不打人也不行。如果你见了蠢人不打,你的灵魂就背上了罪过。何况这是为了正事……出了乱子。……"①

别里科夫与普利希别耶夫军士所处的时代也不相同,相距十几年的光景。普利希别耶夫军士处在沙皇统治最黑暗的年代——19世纪80年代,所以他狗仗人势,耀武扬威;而别里科夫处在19世纪末,那个时代旧的事物还未消失殆尽,新的事物刚刚崭露头角,马克思主义思想广泛传播,民主主义运动空前高涨,所以,那个时代的大多数知识分子茫然不知所错,因此出现了像里科夫这样胆小怕事的"套中人",他几乎武装到牙齿,目的是防御新事物的进攻。

难怪有批评家认为,契诃夫是以同情的笔触描写别里科夫的。在小说《套中人》(1898)中出现了别里科夫恋爱、甚至几乎结婚的情节,这是别里科夫人性的一个闪光点,也是他自然本性的回归,同时说明在这个古板的、没落的人身上,还有一丝人性的存在,他是渴望生活的,只是环境压抑他,使他"异化"成非人的面目。

在小说《套中人》(1898)的结尾,未婚妻瓦连卡的哈哈大笑结束了别里科夫的生命,"如今他躺在棺材里,他的神情温和、愉快,甚至高兴,仿佛他在庆幸他终于装进一个套子里,从此再不必出来了。是啊,他实现了他的理想!"②可见,别里科夫确实是一个胆小怕事的"小人物"。葬礼上,瓦连卡哭了一阵,或许她是在同情这位可怜卑微的人吧!

其实,在小说《套中人》(1898)中,契诃夫不仅仅是刻画别里科夫这样一个"套中人"的形象,作品的更大意义在于揭露俄国当时大多数知识分子在道德上的软弱、怯懦与忍让。小说的讲述者布尔金对别里科夫之死的态度是高兴的,他向往自由,感慨道:"啊,自由呀,自由! 哪怕有享受自

① (俄)契诃夫. 契诃夫小说全集(第四卷). 汝龙,译. 上海:上海译文出版社,2000:51.
② (俄)契诃夫. 契诃夫小说全集(第十卷). 汝龙,译. 上海:上海译文出版社,2000:165.

由的一点点影子,哪怕有那么一线希望,就使得人的灵魂生出翅膀来"①,他也知道还有成千上万个别里科夫未被埋葬,但是,当伊凡·伊凡内奇喊出"再也不能照这样生活下去了!"的时候,布尔金却说他跑题了。后来,在小说《醋栗》(1898)中,当伊凡·伊凡内奇讲完弟弟尼古拉"异化"成猪的故事后,布尔金也没有什么反应,此刻,他和地主阿列兴一样,只想睡觉。再看看小说中其他知识分子的表现吧:"我们这些教师都怕他。甚至校长也怕他。您看怪不怪,我们这些教师都是有思想的、极其正派的人,受过屠格涅夫和谢德林的教育,然而这个永远穿着套鞋和带着雨伞的人,却把整个中学控制在他的手中,足足有十五年之久!"②别里科夫死了,两个中学和宗教学校的人都去给他送葬,大家都像别里科夫一样阴沉着脸、打雨伞、穿套鞋……一个死人居然能把教师吓成这样,这足以说明大多数知识分子是怯懦的,倒不如农民表现得勇敢,《普利希别耶夫军士》(1885)中的农民居然敢在法庭上历数普利希别耶夫军士的罪行。

　　一个别里科夫死了,"可是这类套中人还不知道有多少活着,而且将来还不知会有多少呢!"③契诃夫的剧本《凡尼亚舅舅》(1896)中的老教授谢列勃里雅科夫身上就有明显的"套中人"特征:"天气这么热,这么闷,可是我们亲爱的大师,既不想脱大衣,又不想脱胶皮套靴;甚至连手套和雨伞都还离不开。"④三言两语,一位老朽的形象便跃然纸上。"套中人"不是个别现象,而是社会上普遍存在的毒瘤。

---

①　(俄)契诃夫. 契诃夫小说全集(第十卷). 汝龙,译. 上海:上海译文出版社,2000:165 - 166.

②　(俄)契诃夫. 契诃夫小说全集(第十卷). 汝龙,译. 上海:上海译文出版社,2000:158.

③　(俄)契诃夫. 契诃夫小说全集(第十卷). 汝龙,译. 上海:上海译文出版社,2000:166.

④　(俄)契诃夫. 契诃夫戏剧集. 焦菊隐,译. 上海:上海译文出版社,1980:175.

第三章　精神上的抗争者

在契诃夫的笔下,除了思想陷入危机、庸俗堕落、"异化"成非人的知识分子形象外,还有一些知识分子,他们没有背离传统,始终没有忘记自己的社会责任与历史使命,不断地同庸俗做斗争,同黑暗的社会现实做斗争,同丑恶的人做斗争。他们是既未被"同化"、也未被"异化"的一类知识分子形象,经历了从彷徨到觉醒、从呐喊到抗争的苦难历程。在这个艰难的旅途中,大多数人惨遭失败,有的人又回到原先的生活中去,还有的人被送进疯人院,痛苦之后也不乏自杀者。

第一节　无望的逃离

这是一些头脑清醒的知识分子,他们不肯与现实妥协,不肯向庸俗低头,奋力抗争,但他们大多由于生性懦弱、惰性十足、缺乏意志,在同庸俗的斗争中,要么浅尝辄止、要么败下阵来、要么苦闷自杀……他们想逃,但怎么也逃不掉!

一

精神抗争的第一步先是觉醒。

在小说《大学生》(1894)中,契诃夫塑造了一个瞬间觉醒的知识分子形象。

伊凡·韦里波尔斯基是神学院的大学生,在一个初冬的日子里,他去打猎,在回家的途中,刺骨的寒风使他产生了悲观悒郁的心情:"不论在留里克的时代也好,在伊凡雷帝的时代也好,在彼得的时代也好,都刮过这样的风,在那些时代也有这种严酷的贫穷和饥饿,也有这种破了窟窿的草房顶,也有愚昧、苦恼,也有这种满目荒凉、黑暗、抑郁的心情,这一切可怕的现象从前有过,现在还有,以后也会有,因此再过一千年,生活也不会变好。想到这些,他都不想回家了。"①他继续走路,碰见了寡妇菜园的两个寡妇———一对母女。伊凡和她们闲聊。他给她们讲起了十二节福音:使徒彼得三次否认自己是耶稣的门徒,后来他幡然悔悟,痛哭流涕。这个故事触动了两位妇人的心灵,她们啜泣着,此时,大学生伊凡明白了,遥远的过去发生的事情跟现在、跟这两个女人、跟自己都有着千丝万缕的联系,一连串的事件把过去和现在联系起来,就像是一条链子。突然,伊凡快乐起来,他想:"真理和美过去在花园里和大祭司的院子里指导过人的生活,而且至今一直连续不断地指导着生活,看来会永远成为人类生活中以及整个人世间的主要东西。于是青春、健康、力量的感觉(他刚二十二岁),对于幸福,对于奥妙而神秘的幸福那种难于形容的甜蜜的向往,渐渐抓住他的心,于是生活依他看来,显得美妙、神奇、充满高尚的意义了。"②伊凡对未来的憧憬是朦胧的、抽象的,他感动于自己的只言片语居然能够触动别人的神经,这或许是他思想发生骤变的根本原因。

不过,因为《大学生》(1894)这部小说,有人评价契诃夫是悲观主义者,契诃夫却认为这部小说是他作品中最出色的一部,"例如,俄国作家布宁在回忆录中说,契诃夫的这个作品曾受到过不公正的评价,契诃夫知道后反驳道:'我哪里是悲观主义者呢?要知道,在我的作品中我最爱的一个短篇就是《大学生》'。又如,有人询问作家的弟弟伊凡·契诃夫:契诃夫在自己的作品中最看重的是哪一篇,后者回答说:'是《大学生》,他认为写得最出色'。"③的确,这篇篇幅短小的作品给读者一种十分清新质朴的感觉,作品中的大学生形象也是单纯的、可爱的,有着水晶般晶莹剔透的心灵。

在短时间内发生思想骤变、猛然觉醒的知识分子还有小说《出诊》(1898)中的医师柯罗辽夫。工厂主李亚里科娃太太的女儿病了,柯罗辽夫前去应诊。他对工厂里工人的处境早已是司空见惯、麻木不堪。工厂在他眼里是一种非正常的现象,他对这里的一切不感兴趣。原本他以为工厂主或是她们的家庭教师才是这里真正享福的人,但他在出诊的当晚

① (俄)契诃夫. 契诃夫小说全集(第九卷). 汝龙,译. 上海:上海译文出版社,2000:168.
② (俄)契诃夫. 契诃夫小说全集(第九卷). 汝龙,译. 上海:上海译文出版社,2000:170.
③ (俄)契诃夫. 契诃夫小说全集(第九卷). 汝龙,译. 上海:上海译文出版社,2000:378.

才恍然大悟,"这儿主要的角色是魔鬼,一切事都是为他做的。……那魔鬼就是建立强者和弱者之间相互关系的不可知的力量,造成了这个现在无法纠正的大错误。强者一定要妨碍弱者生活下去,这是大自然的法则,可是这种话只有在报纸的论文里或者教科书上才容易使人了解,容易被人接受;而在纷扰混乱的日常生活中,在编织着人类关系的种种错综复杂的琐事细节中,那条法则却算不得一条法则,却成了逻辑上的荒谬,因为强者也好,弱者也好,同样为了他们的相互关系而受苦,双方都不由自主地屈从着某种来历不明的、出于生活以外的、人类所不理解的支配力量"①。进而柯罗辽夫找到丽扎失眠的症结所在,他劝她放弃财产,远离魔鬼,开始全新的生活。在回家的路上,柯罗辽夫心情愉快起来,他"只想着那个也许已经离得很近的时代,到那时候,生活会跟这宁静的星期日早晨一样的光明畅快。他心想,在这样的春天早晨,坐一辆上好的三套马车赶路,晒着太阳,该有多么愉快啊!"②他得意于自己的思想,为自己的豁然开朗感到欣慰。

二

精神抗争的第二步是呐喊、揭露与批判。

契诃夫笔下的大多数知识分子都被庸俗包围着,他们厌倦、窒息、难以忍受,觉醒之后,最先发出呐喊的是小说《文学教师》(1894)中的中学教师尼基丁。尼基丁二十六岁,爱上谢列斯托夫家的玛纽霞,爱屋及乌,他也就爱上了谢列斯托夫家庸俗的环境和庸俗的生活。婚后尼基丁觉得很满足,他过上了理想中的田园生活:很好的职业、稳定的收入、中意的爱人……慢慢地他开始觉得厌倦,妻子玛纽霞听不懂他的话,她的心里只有牛奶、奶油,两个人没有共同语言。后来,尼基丁学会了玩儿牌,这也无法排遣他的寂寞。

久而久之,"他心想,除了那盏长明灯的柔光所照着的恬静的家庭幸福以外,这个小世界以外,除了他和那只猫平静、甜蜜地生活在其中的这

① (俄)契诃夫. 契诃夫小说全集(第十卷). 汝龙,译. 上海:上海译文出版社,2000:208.
② (俄)契诃夫. 契诃夫小说全集(第十卷). 汝龙,译. 上海:上海译文出版社,2000:211.

个小世界以外,还有另一个世界。……他就忽然生出热烈迫切的愿望,一心想到那个世界去,在一个工厂或者什么大作坊里做工,或者去发表演说,去写文章,去出版书籍,去奔走呼号,去劳累,去受苦。……他需要一样东西抓住他的全身心,使得他忘记自己,不关心个人幸福,这种幸福的感觉是那样地单调无味""在这没抹泥灰的两层楼小房子里,要想幸福,在他已经不可能了。他领悟到幻想已经破灭,一种新的、不安定的、自觉的生活正在开始,这跟平静的心境和个人的幸福却不能并存。"①

渐渐地,尼基丁厌倦了这种庸俗不堪的、所谓安逸幸福的生活,他也意识到自己该怎么办、该去做些什么,然而,他没有行动。只是在小说的结尾,他用日记的形式发出了心底的呼喊:"我的上帝,我是在什么地方啊? 我让庸俗团团围住了。乏味而渺小的人、一罐罐的酸奶油、一壶壶的牛奶、蟑螂、蠢女人。……再也没有比庸俗更可怕、更使人感到屈辱、更叫人愁闷的了。我得从这儿逃掉,我今天就得逃,要不然我就要发疯了!"②

尼基丁深陷庸俗的生活之中,他的呼喊只限于拯救他的个体,而《套中人》(1898)中的兽医伊凡·伊凡内奇在听了中学教师布尔金讲完别里科夫的故事后,他看到的是整个俄国社会的庸俗,在他看来,玩儿牌、说废话、玩儿女人……这些都是一种套子,他呼吁整个社会"再也不能照这样生活下去了!"③伊凡·伊凡内奇意识到社会问题的存在,但没有提出具体的解决方案。

《套中人》(1898)中的伊凡·伊凡内奇在小说《醋栗》(1898)中的表现则更进一步——他不光是针对个人,而是针对整个国家、整个社会发出了感慨。在剖析自己的弟弟尼古拉身上存在的问题之后,他指出"人所需要的不是三俄尺土地,不是一个庄园,而是整个地球,整个自然界,在那广阔的天地中人才能表现他的自由精神的全部品质和特点",④进而,他提出了解决问题的办法,"不要心平气和,不要让自己昏睡! 趁年轻,强壮,血气方刚,要永不疲倦地做好事! 幸福是没有的,也不应当有。如果生活有

①　(俄)契诃夫. 契诃夫小说全集(第九卷). 汝龙,译. 上海:上海译文出版社,2000:190 - 191.
②　(俄)契诃夫. 契诃夫小说全集(第九卷). 汝龙,译. 上海:上海译文出版社,2000:192.
③　(俄)契诃夫. 契诃夫小说全集(第十卷). 汝龙,译. 上海:上海译文出版社,2000:167.
④　(俄)契诃夫. 契诃夫小说全集(第十卷). 汝龙,译. 上海:上海译文出版社,2000:171.

意义和目标,那么,这个意义和目标就断然不是我们的幸福,而是比这更合理、更伟大的东西。做好事吧!"①这是一个朦胧的想法,"做好事"或许就是改良主义,但不管怎么说,主人公在此号召人们从小事做起、从点滴做起,涓涓细流汇入大海,这些"好事"总能对社会和人类的进步起到积极的推动作用。

　　清醒的抗争者还要对庸俗的事物和庸俗的人予以无情的揭露与批判,这也是俄国知识分子的一个传统。在小说《决斗》(1891)中的男主人公、动物学家冯·柯连的身上存在着果敢的批判精神。经常挂在冯·柯连嘴边的口头禅便是"消灭"掉,在他看来,不合理的事情还有那些不中用的人就一定要毫不留情地"消灭",他认为他本人也有这个责任和义务。被他视为眼中钉的拉耶甫斯基是这样评价他的:"我十分了解冯·柯连。这个人性格坚定,有力,专横。……冯·柯连有独立精神,为人固执,正因为没有人在黑海这儿工作,他才偏要在这儿工作。他跟大学决裂,不愿意跟学者和同事来往,因为他首先是暴君,其次才是动物学家。你瞧着就是,他日后会大有成就的。就连现在他也已经在幻想:日后等他考察归来,他要扫除我们大学里的倾轧风气和庸碌之辈,把那些学者管束得俯首贴耳。专制主义,在科学界也跟在战斗中一样厉害。他住在这个臭烘烘的小城里,已经是第二个夏天了,因为他宁可在乡村里坐头一把交椅,也不愿意在城里坐第二把交椅。他在这儿是国王和山鹰。他降服所有的居民,凭他的权威压倒他们。他把所有的人都抓在手心里,干预别人的事情,什么都管,人人都怕他。……他的理想也是专横的……一般人如果为公共的利益工作,那他心里所想的就是他周围的人,就是你,我,一句话,普通人。可是对于冯·柯连来说,人是小狗,是毫无价值的东西,渺小得不配成为他的生活目标。他工作,出外考察,在那边送掉命,都不是出于他对人们的爱,而是出于抽象观念,例如人道主义、后代、理想的人种等。他致力于人种的改善,在这方面我们对他来说只不过是些奴隶、炮灰、驮载的牲口罢了。他要把一些人消灭,或者流放出去做苦工,把另一些人严加管束,像阿拉克切耶夫那样硬逼人们随着鼓声起床和睡觉,派太监来监

———————————

　　① (俄)契诃夫.契诃夫小说全集(第十卷).汝龙,译.上海:上海译文出版社,2000:175.

督我们的贞洁和道德,凡是超出我们狭隘而保守的道德范围的人,一概下令枪决,而所有这些都是为了人种的改善。……那么人种是什么东西呢?幻觉、海市蜃楼。……暴君永远是幻想家。"①看过这段拉耶甫斯基对冯·柯连的评价,我们就不难理解,为什么一些评论者把冯·柯连与"套中人"别里科夫、甚至是普利希别耶夫军士同日而语。诚然,他们在行为的表象上的确有一些相似之处,但他们行为潜在的动机却有着极大的不同:冯·柯连的目标是人类的进步,而不是历史的停止与倒退。契诃夫对冯·柯连这个人物的态度也是肯定多于否定的,拉耶甫斯基"尊重他,不否定他的重要性。这个世界依靠他那样的人才能维持下来;如果把这个世界完全交托给我们,那么尽管我们心地善良,满腔善意,我们也还是会把这个世界弄得一团糟,好比苍蝇把那张画片弄得一团糟一样"②,契诃夫借拉耶甫斯基之口表明自己对这类人物的态度,这跟他对《伊凡诺夫》(1887)中的医生里沃夫的评价是一脉相承的。

像冯·柯连这样敢于指责他人、批判他人、剖析他人的知识分子形象的先驱应当是剧本《伊凡诺夫》(1887)中的地方自治会议的青年医生里沃夫——契诃夫笔下最早的批判者、精英意识的体现者、行动者,难怪有人称冯·柯连是"第二个里沃夫医生"。他们都是觉醒的知识分子,而且能够勇敢地站出来,直言不讳,维护道德和正义,而且,在这几个人当中,一个比一个执著、一个比一个不讲情面、一个比一个果敢……

《伊凡诺夫》(1887)的剧情大体是这样的:伊凡诺夫的妻子病了,医生里沃夫为她感到担忧,因为这位"多余人"丈夫自私自利,缺乏家庭责任感,完全无视妻子的存在,里沃夫认为,丈夫不闻不问的态度会使病重的妻子丧命,他"恨这个达尔丢夫,这个傲慢的流氓……他那可怜的太太,唯一的幸福就是要他守在身边,她靠着他才能活着,她哀求他花一个晚上陪陪她,可是他……他不肯! ……他如果在家里哪怕只待一个晚上,准会抑郁得把自己脑子都打碎的。可怜的家伙……他必须有自由,好去干一件新的卑鄙勾当……"③里沃夫对伊凡诺夫的批判相当深刻,他是一个清醒

---

① (俄)契诃夫. 契诃夫小说全集(第八卷). 汝龙,译. 上海:上海译文出版社,2000:136-138.
② (俄)契诃夫. 契诃夫小说全集(第八卷). 汝龙,译. 上海:上海译文出版社,2000:138.
③ (俄)契诃夫. 契诃夫戏剧集. 焦菊隐,译. 上海:上海译文出版社,1980:17.

的旁观者。

对伊凡诺夫的妻子安娜·彼特罗夫娜里沃夫的态度是"哀其不幸,怒其不争"。一方面,他可怜她,另一方面,他对她的怯懦感到气愤,甚至直言不讳道:"像你这么一个聪明、正派、几乎是一个圣徒的人,居然随便任人无耻地欺骗,被人拉进这个猫头鹰的窝里来,这是怎么回事呀? 你为什么待在这儿? 你和这个冷酷的、没有灵魂的……又有什么共同之处呢? 不过我们抛开你的丈夫不谈吧! 你和这些庸俗的、空虚的环境,又有什么共同之处呢? 啊,奇怪呀!……那个永不住嘴地抱怨的、执拗的、疯疯癫癫的伯爵,那个面貌可憎的恶棍米沙——世上顶大的一个流氓……你待在这里,为的是什么呢?"①

剧本《伊凡诺夫》(1887)中的老一辈人看不惯里沃夫处世为人的态度,认为"他是个刚愎自用、心地狭小的人。他每迈一步,都要像个鹦鹉似地喊:'给正经人让开路啊!' 他以为自己确是杜勃罗留波夫第二呢。如果有谁不像他那样喊,就是个流氓。他的见解深刻得惊人。有哪个农民要是过得还舒服,活得还像个人样,他就是一个流氓和盘剥别人的人。我要是穿一件丝绒上衣,并且由一个仆人给我穿,那么,我就是一个流氓和一个奴隶主。他的正义简直多得要把他胀爆啦。在他的眼里,没有一样事情是足够好的。我确实怕他……怕他,实在怕! 他随时都会出于责任感,给你脸上来一巴掌,或者说你是个流氓。"②他们还把里沃夫比做恰茨基,不过,伊凡诺夫倒是欣赏他的诚恳。

作为一名医生,里沃夫对伊凡诺夫好言相劝、劝他为了妻子的病情暂时回到她的身边。后来妻子安娜死了,里沃夫认为伊凡诺夫是罪魁祸首。一年以后,伊凡诺夫准备与情人萨沙结婚,这时,里沃夫觉得自己不该沉默,到了该揭穿伊凡诺夫的时候了:"不行,我要揭穿你! 等我把那该死的假面具撕掉,大家都晓得你是怎样一种东西的时候,会叫你从七重天上一直栽到地狱的最深处,连魔鬼都拉不出你来! 我是一个正直的人,我有责任干涉你,有责任把他们的瞎眼睛打开。我要尽我的责任,然后,明天我

---

① (俄)契诃夫. 契诃夫戏剧集. 焦菊隐,译. 上海:上海译文出版社,1980:23.
② (俄)契诃夫. 契诃夫戏剧集. 焦菊隐,译. 上海:上海译文出版社,1980:38.

就永远离开这个可憎的地区!"①里沃夫觉得,无论伊凡诺夫当年娶安娜,还是如今娶萨沙,都是以骗取钱财为目的,其实不尽然,伊凡诺夫只是厌倦了现有的生活,萨沙的爱情填补了他在精神上的空白,是他逃离现实后暂时的避难所。婚外的恋情对伊凡诺夫来说,或许是麻痹神经的一剂良药,伊凡诺夫大概不爱任何一个女人。

在伊凡诺夫和萨沙的婚礼上,里沃夫大骂伊凡诺夫是流氓,萨沙则为伊凡诺夫辩护,她斥责里沃夫:"你一直像个影子似地到处跟着他,毁灭他的生活,你却认为你是在尽你的责任,认为你是一个正直的人。你干预了他的私生活,污辱了他的名誉,非难了他;只要你一有时间,就把匿名信像雨点似地往我这里和所有他的朋友那里送——就在你做这些事情的时候,你却自以为是一个光明正大的人。你,一个医生,就连他的生着病的太太都不肯饶过,你用你的猜疑叫她一刻也不能平静,你却认为那是正当的。你无论做出什么狂暴的行为,无论做出怎样残酷的卑劣行为,却永远相信你自己是一个光明正大的和前进的人!"②婚礼演变成一场辩论,在辩论声中,伊凡诺夫开枪自杀了。

萨沙在婚礼上对里沃夫做出的还击或许成为苏联文学批评家耶里扎罗娃对里沃夫评论的依据,"难怪那个把伊凡诺夫叫做'坏蛋'的勒沃夫医生是剧本里最令人厌恶的人物。勒沃夫是个见解狭隘、枯燥乏味、头脑简单的空谈家,一有机会就要表现一下他是个'正直的人';然而他把自己的'正直'变成了一种'套子',借此逃避生活中一切令人忧虑的和矛盾的问题。"③与耶里扎罗娃持同样观点的批评者不占少数,他们大多认为,里沃夫无视他人隐私,咄咄逼人,是他害死了伊凡诺夫及其妻子。其实,伊凡诺夫自杀主要是源于他对生活的厌倦,他找不到生活的出路,苦闷彷徨,自杀是他由来已久的念头。在剧本的第三幕,伊凡诺夫总结自己短暂的一生,最终,他得出结论:"我不明白,我不明白!我恨不得开枪自杀,给它

① (俄)契诃夫. 契诃夫戏剧集. 焦菊隐,译. 上海:上海译文出版社,1980:75.
② (俄)契诃夫. 契诃夫戏剧集. 焦菊隐,译. 上海:上海译文出版社,1980:91-92.
③ (苏)耶里扎罗娃. 契诃夫的创作与十九世纪末期现实主义问题. 杜殿坤,译. 上海:上海文艺出版社,1962:113.

一个了结啊!"①里沃夫对伊凡诺夫的死起了间接的作用,只是加快伊凡诺夫自杀的进程。至于说伊凡诺夫妻子安娜的死,主要是伊凡诺夫的冷漠造成的,她早就发现伊凡诺夫有婚外情,如果里沃夫用善意的谎言蒙骗她,也只能起到缓冲的作用,并不能根治安娜内心的痛苦,因为二人的情感危机早已存在,所以,我们不能断然下结论说里沃夫是十恶不赦的坏蛋、杀人凶手。

关于里沃夫这个人物形象契诃夫有他自己的评判,在给苏沃林的信中他写道:"这是一个诚实的、直率的、充满激情的人,但是,与此同时,他又是一个目光短浅、头脑简单的人。关于这样的人,聪明人常说:'他很笨,但在他身上能感觉到诚实'。一切,诸如宽阔的眼界,或者是感觉的直白,对于里沃夫来说都是格格不入的。他是刻板公式的化身,是行走着的思想倾向。对待每一个现象或者是每一个人,他都透过一个狭小的框框去看待,评论一切时总是带着成见。谁喊道'给诚实的劳动让路',谁就会得到他的偏爱;谁没有这样喊,那个人就会被他骂成下流胚。中庸之道在他那里是不存在的。……里沃夫是诚实的、坦诚的,开诚布公地发表意见,不计后果。如果需要的话,他会往四轮轿式马车下面扔炸弹,打学监的脸,骂人是下流胚。他在任何事情面前都毫不迟疑。任何时候都不曾有良心的折磨——身为'诚实的劳动者',就是要抨击'黑暗的恶势力'!……这样的一类人是必须有的,大多数也是很可爱的。"②因此,我们不能武断地说里沃夫这个人物是好是坏,应该说他是一个有着善良愿望的人,只是在处理事情的方法上有待改进,或许,人们有时真的需要善意的谎言。

三

精神抗争的第三步应当是行动起来。在契诃夫的笔下,行动起来的知识分子并不少,最终,他们大多选择的还是无望的逃离。

在《套中人》(1898)中有一个次要人物,那就是已经觉醒的知识分子

---

① (俄)契诃夫. 契诃夫戏剧集. 焦菊隐,译. 上海:上海译文出版社,1980:63.

② Чехов А. П. Собрание сочинений в 12 т. т. 11. М. : Государственное издательство"Художественной литературы" ,1956:321 – 322.

柯瓦连科。其实,大家都讨厌别里科夫,但敢怒不敢言,只有柯瓦连科大胆地指责这些胆小软弱的知识分子们:"我不明白你们怎么能跟这个告密的家伙,这个惹人讨厌的丑八怪相处。哎,诸位先生,你们怎么能在这儿生活!你们这儿的空气恶劣极了,简直会活活把人闷死,难道你们是导师,教师?你们是官僚,你们这儿不是学府,而是城市警察局,有一股子酸臭气,像在警察亭子里一样。不行,诸位老兄,我跟你们一块儿再生活一阵,就到我的田庄上去,捉虾,教小俄罗斯的孩子们读书。我要走的,你们跟你们的犹大留在这儿吧,叫他遭了瘟才好。"①柯瓦连科不仅口头上抗争,而且还勇于行动,他把别里科夫推下楼去,他的一推,加上他姐姐瓦连卡的哈哈大笑结束了别里科夫的生命。别里科夫死了,但套子依然存在,柯瓦连科是否会留下来继续同庸俗战斗,还是会逃离到自己的田庄过田园生活,我们不得而知,契诃夫像往常一样,依旧不给我们答案。

在契诃夫的笔下,已经行动起来的知识分子形象还有中篇小说《公差》(1899)中的侦讯官雷仁。雷仁和医师斯达尔倩科去绥尔尼亚村出公差——验尸,地方自治局保险公司的代理人自杀了。这个村子及村民给侦讯官雷仁留下了极差的印象。后来,他做了一个梦,梦见那个自杀者和乡村警察一起走在暴风雪中,这个梦境给了他一个启示:人不是孤立存在的,人与人是有着相互联系的,应该在生活的道路上彼此搀扶着前行。于是,雷仁"感到他对这桩自杀案和那个农民的痛苦负有责任。这些人顺从自己的命运,承受生活中最沉重最黑暗的一切,而我们却熟视无睹,这是多么可怕呀!一方面对这些熟视无睹,一方面又巴望自己在幸福满足的人们当中过一种光明而热闹的生活,不断地渴望这样的生活,这就无异于渴望新的自杀案,渴望那些被劳动和烦恼压倒的人或者那些软弱而被抛弃的人一个个地自杀。关于他们,人们只有偶尔在晚饭桌上谈起,有的人心烦,有的人讥诮,可就没有一个人去帮助他们……"②雷仁意识到自己的使命。在小说的结尾,他返回绥尔尼亚村,因为那里的百姓需要他,至于他能呆多久、是否会厌倦、是否会再次逃离……契诃夫没有给我们答案。

---

① (俄)契诃夫. 契诃夫小说全集(第十卷). 汝龙,译. 上海:上海译文出版社,2000:162.
② (俄)契诃夫. 契诃夫小说全集(第十卷). 汝龙,译. 上海:上海译文出版社,2000:251.

但是,不管怎么说,在这个人物身上空想变成了现实,他已经积极地行动起来。

其实,早在另一篇小说《我的一生》(1896)中契诃夫已经刻画了一位行动起来的、走"平民化"道路的知识分子形象。一开始,老百姓不理解他、排斥他、无情地对待他,最终,主人公"我""所经历的一切并没有白白地过去。我的巨大的不幸和我的耐性感动了市民们的心,现在他们不再叫我"小利钱",不再嘲笑我,每当我走过市场,他们也不再往我身上泼水了。对于我做工人这件事,他们已经习惯,看到我这个贵族提着油漆桶,安装玻璃,他们也觉得没什么可奇怪的了"①。在契诃夫的笔下,并不是所有觉醒的、进行精神抗争的、有所行动的知识分子都能像小说《我的一生》(1896)中的"我"那么走运,他们大多数都是败下阵来,逃离无望,便退回到原来的生活。

契诃夫的剧本《凡尼亚舅舅》(1896)中的凡尼亚四十七岁,曾经是个有主见的、头脑清晰的人,但是,对他的姐夫谢列勃里雅科夫教授的偶像崇拜毁掉了他的青春。他觉醒了,开始抗争,掏出了自己的心里话:"我为了他,牛马一般的工作过! 索尼雅和我,我们在这片产业上,尽了我们一切能力挤出钱来;我们像两个穷苦的农民似的,在卖亚麻油、干豆子和干奶酪的价钱上,连一个小钱都要讨讨价还价。我们自己省吃俭用,一分一厘地积蓄起来,凑成整千整万的卢布送给他。我把他和他的学问引为自己的骄傲。我把他看得高于一切,他所写的,他所说的,我都认为是有天才的……可是现在呢,我的上帝啊! 现在他退休了,咱们可以给他的一生算个总账了:他的著作,没有一行会流传后世,他无声无臭,他是一个十足的废物。原来是一个胰子泡儿啊,我明白我是受骗了,叫他骗得多可怜哪……"②于是,凡尼亚变得玩世不恭,成天地吃和睡,不去劳动,倒是妈妈这位老妇人的话提醒了他,早就该行动了。然而,他缺乏面对新生活的勇气,总觉得自己的年龄只允许自己生活在梦想里。慢慢地,他也感染上了闲散病,无聊至极,开始追逐教授的年轻妻子叶列娜。

---

① (俄)契诃夫. 契诃夫小说全集(第十卷). 汝龙,译. 上海:上海译文出版社,2000:76.
② (俄)契诃夫. 契诃夫戏剧集. 焦菊隐,译. 上海:上海译文出版社,1980:195 – 196.

然而，导致凡尼亚最终觉醒、并有所行动的导火索是谢列勃里雅科夫教授要变卖田产这件事，这个出其不意的决定给凡尼亚当头一棒，他觉得，要不是自己在这片土地上浪费了青春，他完全可以成为叔本华或是陀思妥耶夫斯基式的人物。谢列勃里雅科夫教授毁掉了凡尼亚的生活。此刻，凡尼亚觉得谢列勃里雅科夫教授卸磨杀驴，自己就像是一只丧家之犬。于是，他愤怒了，最终向谢列勃里雅科夫教授开了枪，所幸子弹没有命中目标。

在剧本的结尾，凡尼亚妥协了，他开始忙碌起来，否则他会活不下去的，其实，不知不觉中他早已习惯原有的生活，虽然他如此地痛恨这生活……教授走了，一切又恢复到原来的老样子，凡尼亚忘了与谢列勃里雅科夫教授的争吵与不快，他答应教授：“你以前从产业中得到多少收入，以后还会照旧定期寄给你。一切都会和先前一样。”①凡尼亚奋起反抗，可是他不堪一击，最终落荒而逃。

懦弱、不坚定、犹豫不决是契诃夫笔下这类知识分子形象的特点。1893 年的中篇小说《匿名氏故事》中的男主人公也是经过努力后败下阵来、妥协退让的知识分子形象。此类知识分子形象还有小说《三年》（1895）中的男主人公拉普捷夫，他深知“百万家财以及他不感兴趣的行业将会断送他的生活，把他彻底变成奴隶。他想象他怎样渐渐习惯于他的地位，渐渐成为这家商号的头脑，于是开始麻木、衰老、心情恶劣、精神萎顿，弄得四周的人十分愁闷，最后像一般的庸人那样死掉。那么，到底是什么东西阻碍他抛弃那几百万家财，抛弃那个行业，离开这个他从小就憎恨的小花园和院子呢？”②拉普捷夫自问自答：“那就是他们习惯于不自由，习惯于奴隶的状态了……”③曾几何时，拉普捷夫是那么激烈地抨击过父辈的生活，但他最终没有逃脱被他嗤之以鼻的庸俗环境。

懦弱、懒惰的人总会为自己的行为找到理由，而且他们大多爱把原因归结为时代。小说《新娘》（1903）中娜嘉的未婚夫安德烈·安德烈伊奇大学毕业已经十年了，可什么事情都不做，只是偶尔参加为慈善事业举办的

①　（俄）契诃夫. 契诃夫戏剧集. 焦菊隐，译. 上海：上海译文出版社，1980：236.
②　（俄）契诃夫. 契诃夫小说全集（第九卷）. 汝龙，译. 上海：上海译文出版社，2000：280－281.
③　（俄）契诃夫. 契诃夫小说全集（第九卷）. 汝龙，译. 上海：上海译文出版社，2000：281.

音乐会,因为他会拉小提琴。他没有固定的工作,"他对他什么事也不做这一点,得出了概括性的结论,认为这是时代的特征"①。在当时的俄国,有许多同他一样无所事事的知识分子,他们抱怨命运的不公,慨叹时代的无奈,就像安德烈所说:"啊,俄罗斯母亲,你的身上至今还背负着多少游手好闲、毫无益处的人啊! 有多少像我这样的人压在你身上啊,受尽痛苦的母亲!"②安德烈计划婚后与娜嘉到乡下去,在那里劳动、生活……这或许是他一时兴起作出的决定,但最终没有实现,因为他的未婚妻离家出走去彼得堡求学了。

四

契诃夫的笔下有更不幸的人,他们抗争到最后,既没有找到生活的出路,又不肯与现实妥协,剧本《海鸥》(1896)中的男主人公特里波列夫即是这样的一位知识分子典型形象,他在事业和爱情均不得志的情况下,开枪自杀,结束了为之奋斗的一切。

特里波列夫是一位酷爱戏剧艺术的年轻人,他自己写剧本、当导演,渴望艺术创新。他认为,现代的舞台已经形成了刻板的公式,需要找到新的表现形式。于是,他自编自导了一部戏,演给身为著名演员的母亲阿尔卡基娜看,得到的评价却是否定的。阿尔卡基娜称自己的儿子为颓废派,她讽刺、挖苦、嘲笑儿子,他居然用硫磺制造舞台效果、把湖泊和天空当做背景。她评价道:"他为什么不选一个普通的剧本,却勉强我们听这种颓废派的呓语呀? 如果只是为了笑一笑,那我也很愿意听听,然而,他不是自以为是在给艺术创立新形式、创立一个新纪元吗? 这一点也谈不上新形式。我倒认为这是一种很坏的倾向。……我是看见一个青年人用这么愚蠢的方法来消磨他的时间,确确实实感到痛心。"③其实,阿尔卡基娜是一个刚愎自负的女人,她并没有认真地对待儿子的剧本,此时的她整个心思都放在与作家特里果林的爱情上面,根本没有闲暇时间理会儿子的剧本,殊不知这种轻视给儿子特里波列夫以沉重的打击。在这个剧本里,只

---

① (俄)契诃夫. 契诃夫小说全集(第十卷). 汝龙,译. 上海:上海译文出版社,2000:353.
② (俄)契诃夫. 契诃夫小说全集(第十卷). 汝龙,译. 上海:上海译文出版社,2000:353.
③ (俄)契诃夫. 契诃夫戏剧集. 焦菊隐,译. 上海:上海译文出版社,1980:110.

有医生多尔恩和暗恋特里波列夫的玛莎支持他继续走下去。

然而,特里波列夫期待的是母亲与自己爱恋的妮娜的承认。妮娜一心想成为名演员,她崇拜特里波列夫的母亲阿尔卡基娜及其情人——作家特里果林。极度痛苦的特里波列夫打死了一只海鸥,并用这只海鸥的结局预示自己的未来。在演出失败的那个晚上,特里波列夫烧掉了自己的剧本。祸不单行,心上人妮娜的冷漠,还有她对作家特里果林的崇拜与爱恋,无疑使得特里波列夫的状况雪上加霜。自尊心和虚荣心吞噬着他的心灵,他想自杀,想和特里果林决斗。他的母亲阿尔卡基娜认为儿子想自杀,动机是出于对作家特里果林的嫉妒,只有特里波列夫的舅舅索林明白其中的原因:"他年轻、聪明,可是在乡下,住在一个荒僻的角落里,没有钱,没有地位,也没有前途。他没有事情做,这种闲散使他又羞愧又害怕。我很爱他,他对我也很贴心。但是,他究竟总还觉得住在这里是多余的,有点像个寄生虫,像一个食客。这是很容易理解的:是 amour-propre("自尊心"——法语)啊……"①特里波列夫渴望母爱,可母亲却吝啬得连个外套都不想给儿子买;特里波列夫希望母亲离开作家特里果林,但母亲一意孤行,最终,二人之间有了一场唇枪舌战,特里波列夫坦言道:"真正有才气的人! 如果这样说的话,那么,我的才气,比你们加在一起都还多! 你们,加在一起,你们这些死守着腐朽的成规的人,你们在艺术上垄断了头等地位,你们认为无论什么,凡不是你们自己所做出来的都不合法,都不真实,你们压制、践踏其余的一切! 我不承认你们! 我不承认你,也不承认他。"②面对儿子的指责,母亲奋力还击,她称自己的儿子是"基辅的乡下人""寄生虫""穿破衣烂衫的"……

两年的时间过去了,特里波列夫的创作仍旧没有太大的进展,按照特里果林的说法,他没有找对他的路数,特里波列夫也承认:"我讲过那么多的新形式,可是我觉得自己现在却一点一点地掉到老套子里去了。"③在爱情方面,妮娜虽然遭到作家特里果林的抛弃,但她变得更坚强了,她没有回到特里波列夫的身边,而是继续执著地追求着成为一个伟大演员的梦

---

① (俄)契诃夫. 契诃夫戏剧集. 焦菊隐,译. 上海:上海译文出版社,1980:137.
② (俄)契诃夫. 契诃夫戏剧集. 焦菊隐,译. 上海:上海译文出版社,1980:141.
③ (俄)契诃夫. 契诃夫戏剧集. 焦菊隐,译. 上海:上海译文出版社,1980:161.

想。特里波列夫一无所有,他对妮娜说:"我是孤独的,没有任何感情温暖我的心,我像住在地牢里那么寒冷;所有我写出来的东西,都是枯燥的、无情的、暗淡的。……你已经找到了你的道路,你知道了向着哪个方向走了;可是我呢,我依然在一些梦幻和形象的混沌世界里挣扎着,不知道自己为什么写,为谁写。我没有信心,我不知道我的使命是什么。"①妮娜走了,留下孤独无助的特里波列夫,他没有勇气面对失败、面对未来,便选择开枪自杀结束生命。这是契诃夫笔下的一个逃避现实的懦夫形象,可悲之处在于他过多地依附别人,经济和人格都不独立,一旦赖以生存的依靠倒塌下去,他整个人便在瞬间毁灭。

在特里波列夫的身上可以找到契诃夫本人的影子,二者曾有过极为相似的失败经历。契诃夫写的第一个剧本是《没有父亲的人》(1880)(又称《普拉东诺夫》),当时,契诃夫只是大学二年级的学生,"他亲自把这部剧本送到 M·H·叶尔莫洛娃处,请她阅读。他很希望她能在她自己的纪念演出中上演这部戏……剧本被退回来了,作者把它撕成了碎片"②,契诃夫的弟弟米哈伊尔在回忆录中如此写道。契诃夫经历的惨败不止是这一次,他的剧本《海鸥》的创作违背了戏剧的常规,将平凡的生活搬上了舞台。1896 年 10 月 17 日,《海鸥》在彼得堡首演失败,主要原因在于观众无法接受这种新的形式,而且演员们也都没有理解和把握好角色。演出的失败使契诃夫的心灵受到极度重创,他对苏沃林说:"我在街上转了一会儿,随便走走,独自坐着。可是,我怎么也忘不了这次演出。即使我能活到 100 岁,也绝不会再写剧本了。在这方面,我只会遭到失败!"③与《海鸥》(1896)中的特里波列夫所不同的是,契诃夫的悲伤是暂时的,当时,契诃夫已经是大名鼎鼎的小说家。1898 年 12 月 17 日《海鸥》上演获得巨大成功,这当然与导演 K·C·斯坦尼斯拉夫斯基、Вл·И·涅米罗维奇 - 丹钦科的努力是分不开的。海鸥由此成为莫斯科艺术剧院的标志。从这一点上来看,契诃夫比特里波列夫幸运得多。

---

① (俄)契诃夫. 契诃夫戏剧集. 焦菊隐,译. 上海:上海译文出版社,1980:164 – 166.
② (俄)格罗莫夫. 契诃夫传. 郑文樾,朱逸森,译. 郑州:海燕出版社,2003:63.
③ 转引自(法)亨利·特洛亚. 契诃夫传. 侯贵信,郑业奎,朱帮造,译. 北京:世界知识出版社,1992:196.

契诃夫笔下的精神上的抗争者大多都有着痛苦的命运和不幸的结局。小说《古塞夫》(1890)中的巴威尔·伊凡内奇同样是个觉醒者、精神上的抗争者,他剖析了古塞夫身上存在的弱点,并且对自己的评价很高:"我活着,头脑清楚,什么都看得见,好比一只鹰或者雕在大地的上空飞翔。我什么都明白。我是抗议的化身。我一看见专横跋扈就抗议,一看见假仁假义和伪君子就抗议,一看见得意洋洋的卑鄙小人就抗议。任什么东西也不能压倒我,就是西班牙宗教裁判所也堵不住我的嘴。对了……就是割掉我的舌头,我也要比着手势抗议,就是把我关进地窖,我也要在那儿大声喊叫,让一俄里以外的人都听得见;要不然,我就绝食而死,叫他们的黑良心多添点负担。就是杀了我,我也要变成鬼来显灵。"①他号召古塞夫起来同命运抗争,然而,他却先于古塞夫死于船上。"出师未捷身先死",巴威尔·伊凡内奇还没来得及行动,便惨死在船上,尸体被装进布袋子,扔进了海里……面对强大的黑暗势力,巴威尔·伊凡内奇惨遭失败。

五

精神抗争的最佳手段是自救、自我反省后找到出路。如果说剧本《伊凡诺夫》(1887)中的地方自治会议的青年医生里沃夫信誓旦旦、敢于伸张正义,如果说《古塞夫》(1890)中的巴威尔·伊凡内奇高歌自己、自我肯定、时刻准备挺身而出,如果说《决斗》(1891)中的男主人公、动物学家冯·柯连富有同自己的对立面进行决斗的勇气,那么,在契诃夫的笔下,还有为数不多的觉醒者,他们的思想觉悟似乎更进一步。这些人能客观地对待他人的剖析,勇于自省,在二者的共同作用下走上新生的道路。

小说《决斗》(1891)中的另一位男主人公拉耶甫斯基大约二十八岁,在财政部工作,与有夫之妇娜杰日达·费多罗夫娜私奔到高加索,同居两年后,他突然觉得他们之间并没有爱情,所以他满脑子想的都是"逃掉吧!""逃掉吧!"他觉得只有离开她自己才能有更大的作为。拉耶甫斯基越来越觉得自己的处境糟糕,他心情烦闷,想向朋友借钱逃走,甩掉情妇。

① (俄)契诃夫. 契诃夫小说全集(第八卷). 汝龙,译. 上海:上海译文出版社,2000:77.

　　在小说里,首先是冯·柯连对拉耶甫斯基的剖析与批判:"拉耶甫斯基是绝对有害的,对社会的危险性不下于霍乱细菌。……他在这儿住了两年,都干了些什么? 我们可以扳着手指头一件件地来讲。第一,他教会本城的居民们玩文特……第二,他教会市民们喝啤酒……第三……他公开跟别人的老婆同居。第四……"①总之,拉耶甫斯基是一个"多余人",女人似乎是他生命中的一切,其余的事情都引不起他的兴趣,在冯·柯连的眼里,拉耶甫斯基是一个十足的废物,是必须消灭掉的。

　　拉耶甫斯基对这位仇视他的、整天喊着要除掉他的冯·柯连并不反感,相反,他很欣赏他的才华,冯· 柯连的批判毕竟促使他更加深刻地反省自己:"我是个浅薄的、无聊的、堕落的人! 我吸的空气、这葡萄酒、爱情,一句话,我的生活,到现在为止,是以虚伪、懒散、懦弱为代价换来的。到现在为止,我一直欺骗别人和自己,我为此痛苦,然而我的痛苦却是廉价而庸俗的。我在冯· 柯连的憎恨面前,胆怯地弯下了腰,因为有时候,我连自己也憎恨自己,看不起自己。……我高兴,因为我知道自己的缺点,意识到这些缺点了。这会帮助我复活,变成另一个人。我的好朋友,但愿你知道我多么热烈,多么如饥似渴地盼望我自己重做新人。我向你发誓,我会成为一个真正的人!"②这是拉耶甫斯基发自内心的感慨。但是,冯·柯连是不会相信他的,他把拉耶甫斯基比做罗亭,比做垃圾,认为他已经身处绝境,他们之间的决斗也是不可避免的。

　　拉耶甫斯基在冯·柯连面前分析了自己的病症:"在我们这个神经紧张的时代,我们都成了神经的奴隶,神经变成我们的主人,由着性儿摆布我们。在这方面,文明给我们帮了倒忙。"③他把自己的堕落归于外因,认为是外因起到了决定性的作用。

　　小说的第十七节描写了决斗前一天大雷雨的夜晚,拉耶甫斯基追忆美好的童真年代,深刻地反省自己已经走过的人生岁月,他引用普希金的诗歌片段:

---

①　(俄)契诃夫. 契诃夫小说全集(第八卷). 汝龙,译. 上海:上海译文出版社,2000:111.
②　(俄)契诃夫. 契诃夫小说全集(第八卷). 汝龙,译. 上海:上海译文出版社,2000:138.
③　(俄)契诃夫. 契诃夫小说全集(第八卷). 汝龙,译. 上海:上海译文出版社,2000:161.

　　　　　　……在我那愁闷苦恼的心中，

　　　　　　涌现着许多沉痛的思想；

　　　　　　回忆在我的面前

　　　　　　默默地展开它那冗长的篇章。

　　　　　　我回顾我的生活而感到厌弃，

　　　　　　我诅咒，我战栗，

　　　　　　我伤心抱怨，流下辛酸的眼泪，

　　　　　　然而我不能抹掉这些悲哀的记忆。

　　拉耶甫斯基"想起他小时候，遇到大雷雨，总是不戴帽子，跑进花园，身后追来两个长着淡黄色头发和淡蓝色眼睛的小姑娘。他们往往被雨淋得全身湿透，高兴得哈哈大笑。然而，每逢天上打一个很响的雷，两个小姑娘总是信赖地偎到这个小男孩身边来，他呢，就在胸前画十字，急忙念到：'神圣的，神圣的，神圣的……'啊，纯洁美好的生活的萌芽，你到哪儿去了？你淹没在什么海洋里了？如今他不再怕大雷雨，也不再喜欢大自然，心里也没有上帝了。他往日认识的那些轻易信赖旁人的小姑娘，如今被他和他的同辈们给毁了。他这一辈子从来也没在他家花园里栽过一棵树，种过一株草。他生活在生物当中，却没拯救过一只苍蝇，光是破坏、毁灭以及虚伪、虚伪。……中学吗？大学吗？然而那都是骗局。他的学习成绩很差，学过的东西都忘掉了。为社会服务吗？那也是骗局，因为他在机关任职的时候，什么事业没做，白白地领薪水，他的所谓服务无异于盗窃公款的卑鄙罪行，只是他没有为此而受到法庭惩办罢了。他素来不需要真理，他也没追求过真理。他的良心给恶习和虚伪蒙蔽，已经昏睡不醒，或者沉默无声了。他像一个局外人，或者一个从其他行星上雇来的人，根本没有参与过人们的共同生活，对人们的痛苦、思想、宗教、知识、探索、斗争等一概漠不关心。他没对人们说过一句善意的话，没写过一行有益的、不庸俗的文字，也没为人们出过一丁点儿力，光是吃他们的面包，喝他们的酒，拐走他们的妻子，靠他们的思想生活。为了在他们面前和自己面前替他这种可鄙的寄生生活辩护，他总是竭力装出一副样子，倒好像他比他们高尚、优越似的。虚伪啊,虚伪,虚伪……"①这是在决斗前的大雷雨之夜拉耶甫斯基对自己的一生所做的大胆剖析和精辟总结,"虚伪"是他昔日生活的主旋律。在这死亡的前夜,拉耶甫斯基还良心发现,可怜起为了他失去一切的情妇娜杰日达。于是,他给母亲写信,请求她收留这个可怜的女人。

在这个大雷雨的夜晚,拉耶甫斯基对自己过去的种种懊悔不已,他想:"假使过去的岁月能够重新回来,那他就会用真实来代替过去的虚伪,用劳动来代替过去的懒惰,用欢乐来代替过去的烦闷,他就会把他从别人那儿夺来的纯洁交还本人,就会找到上帝和正义。"②拉耶甫斯基感到绝望,但更多的是想重获新生,于是,第二天离家去决斗的时候,他希望能活着回来。从这一点来看,拉耶甫斯基是勇敢的。冯·柯连没有在决斗中打中拉耶甫斯基。小说的结尾皆大欢喜——仇敌握手言和。冯·柯连继续他的科学事业,而拉耶甫斯基开始对家庭、对生活尽职尽责。经历了这次决斗,拉耶甫斯基成熟起来,他对生活有了深刻的认识:"寻求真理的时候,人也总是进两步,退一步。痛苦、错误、生活的烦闷把他们抛回来,然而渴求真理的心情和顽强的意志却又促使他们不断前进。谁知道呢?也许他们终于会找到真正的真理……"③无论结果如何,拉耶甫斯基已经开始行动起来、开始正视生活,而且他的行动是具体的、脚踏实地的,并非空想。

拉耶甫斯基精神的复活成了许多人对冯·柯连这个人物做出否定的依据,他们认为拉耶甫斯基的改邪归正"宣告了柯连学说的破产""冯·柯连彻底失败了"等等。其实,冯·柯连与剧本《伊凡诺夫》(1887)中的里沃夫是一类人物,用契诃夫的话来说,"这样的一类人是必须有的,大多数也是很可爱的"。契诃夫在描写这类人物时是带着关爱和同情的,他们和小说《没有意思的故事》(1889)中的老教授尼古拉·斯捷潘诺维奇一样,"只是在科学领域里活动而已。……契诃夫没有在这篇小说里说明在什么条件下才能达到人和学者的和谐统一,可是契诃夫正确地提出了这种

① (俄)契诃夫. 契诃夫小说全集(第八卷). 汝龙,译. 上海:上海译文出版社,2000:173.
② (俄)契诃夫. 契诃夫小说全集(第八卷). 汝龙,译. 上海:上海译文出版社,2000:174.
③ (俄)契诃夫. 契诃夫小说全集(第八卷). 汝龙,译. 上海:上海译文出版社,2000:190.

统一的必要性问题"①,进而,契诃夫在小说《决斗》(1891)中沿袭了这个问题,但我们依旧没有找到解决问题的答案。

六

不是所有人在被他人无情地剖析或是痛苦的自省后都能找到新生的道路。在契诃夫的笔下还有几位"多余人"类型的知识分子形象,例如,剧本《没有父亲的人》(1880)(又称《普拉东诺夫》)中"多余人"的雏形普拉东诺夫、剧本《伊凡诺夫》(1887)中的伊凡诺夫,等等,他们在痛苦之后找不到出路,要么被别人杀害,要么绝望地自杀。

剧本《没有父亲的人》(1880)是契诃夫在青年时代写成的,是契诃夫戏剧的处女作。在剧本人物表前面的扉页上是普拉东诺夫说过的几句话,可以概括出这个人物形象的主要特征:

我本来以为,我是身披坚实的铠甲的!而实际上呢?女人一句话,我就燃烧起来……

我是别人的不幸,别人是我的不幸。

哈姆莱特怕做梦,我怕生活。

我不想得罪任何人,但我得罪了所有的人。

这是整个剧本的精髓,是普拉东诺夫的自我评价。的确,普拉东诺夫的生活貌似一份失败的记录。

剧本中的故事发生在南部一个省份的沃依尼采夫家的庄园里。第一幕的第一场是年轻的寡妇安娜与医生特里列茨基的对话,对话的主题就是"寂寞""无聊",谈话间牵出了乡村教师普拉东诺夫也是这里的常客。还有另一个常客就是老格拉戈列耶夫,他是地主、安娜家的邻居、"父一辈"的代表,他慨叹当今社会缺乏他那个年代有血气的人,关于普拉东诺夫,契诃夫也总是借他之口进行评价:"普拉东诺夫是现代不确定性的最好体现者……他是一部很好的但还没有写出来的现代小说的主人公……

---

① (俄)契诃夫.契诃夫小说全集(第八卷).汝龙,译.上海:上海译文出版社,2000:343.

我理解的不确定性,就是我们社会的现代状态;俄罗斯的小说家能感觉到
这个不确定性。他走进了死胡同,迷失了方向,不知道怎么立足,不明白
……很难理解这些先生!非常糟糕的小说,冗长,琐碎……也不智慧! 一
切都是那样的混沌,混乱……照我看来,我们的绝顶聪明的普拉东诺夫,
正是这种不确定性的体现者。"①契诃夫在写剧本《没有父亲的人》的时候
还是无名之辈,尚处创作的起步阶段,他还没有把自己的主人公定位于某
一种具体的类型,"在普拉东诺夫身上可以清楚地看出当时许多不安于现
状的聪明人所具有的一些特点:在一定程度上他是个'多余的人',是个忏
悔的贵族,是彼佳·特罗菲莫夫式的永久的大学生,他是个民粹派。他身
上也有唐璜的特点,关于这个唐璜,契诃夫后来写道:'在这块大石头上什
么都有'"②,俄罗斯学者格罗莫夫如此评价到。

　　普拉东诺夫是一个破产的地主,青年时代也曾有过梦想,他觉得自己
能当上部长或是哥伦布式的人物。然而,大学没毕业他就退学了,成为一
名乡村教师,并与沙萨结婚。五年后与大学时代的恋人索菲娅的再次重
逢使得普拉东诺夫感慨万千。过去她称他为拜伦第二,可如今他却成了
妨碍别人的一块石头。普拉东诺夫发生的变化是令人吃惊的,曾几何时
他以为自己能成为勇士,力大无比,征服世界,可如今"像个寄生的小人到
处游荡……不知道自己的位置在哪儿……"③普拉东诺夫的绰号不止一
个:"怪人""花花公子""恰茨基先生""哈姆莱特""唐璜"……这些绰号
大体能概括出这一人物的特征。

　　普拉东诺夫是个"多余人",当然,追逐爱情也是他的特长。在剧本
中,他与安娜、索菲娅保持着三角恋爱的关系,自己是个有妇之夫,但却
说:"我是个自由的人,我不反对轻松愉快的消磨时光,我不是男女私情的
仇敌,我甚至不反对高尚的暧昧关系……"④普拉东诺夫这种玩世不恭的
态度和对情感的不忠 使得他的妻子痛苦地自杀。

　　俄罗斯文学中的"多余人"身边总会有一个伟大而善良的女性,普拉

　　① (俄)契诃夫.戏剧三种.童道明,译.北京:中国文联出版社,2004:18－19.
　　② (俄)格罗莫夫.契诃夫传.郑文樾,朱逸森,译.郑州:海燕出版社,2003:83.
　　③ (俄)契诃夫.戏剧三种.童道明,译.北京:中国文联出版社,2004:55.
　　④ (俄)契诃夫.戏剧三种.童道明,译.北京:中国文联出版社,2004:112.

东诺夫也不例外。索菲娅是普拉东诺夫昔日的恋人和倾诉对象:"在学校里我直到今天还是个没有找到自己的应有位置的人,而教师的位置……这就是自从我们分手之后发生的情况!……不说别的人,我到底给自己做了些什么? 我在自己身上播种了什么,培植了什么? 而现在! 啊嘿! 可怕的丑陋……可怕的! 罪恶在我的周围游荡,它玷污了大地,它吞噬着我的精神上的兄弟,而我在一边袖手旁观,像是从事了一项繁重的劳动之后,坐着,看着,沉默着……我今年二十七岁,到了三十岁我将还是这样——我看不到会有什么变化!——然后是饱食终日,麻木不仁,对于一切精神上的东西都心灰意懒,而那就是死亡!! 生活完蛋了! 当我一想到这个死亡,我的头发就会竖起来! 怎样才能奋起,索菲娅·叶戈洛芙娜……"①普拉东诺夫十分痛苦,因为他不想随波逐流,他想抗争,他恳求索菲娅:"你比我诚实比我聪明,你把这些麻烦都揽到自己身上吧! 你行动吧,你说吧! 如果可以,你就让我站起来,让我复活! 但是要快点,看在上帝的份上,否则我会发疯的!"②这是普拉东诺夫发自内心的呼喊,他无力自救,便把期望寄托在别人身上。

索菲娅决定拯救自己的爱人,她决定同普拉东诺夫私奔。索菲娅对自己信心十足:"我让你站起来! 我把你领到一个地方去,那里有更多的阳光,那里没有这种污秽,这种灰尘,这种懒惰,这种肮脏的衬衫……我要把你变成一个人……我给你幸福! 你要明白……我要把你变成一个会劳作的人! 米沙,我们将做一个人! 我们将吃我们自己的面包,我们将流汗,我们手上会起老茧……我要工作……相信我! 我给你照亮道路! 你把我复活了,我的整个生命都将是对你的报答……"③在索菲娅的感召下,普拉东诺夫的精神复活了,他决定同索菲娅私奔,兴奋的他感到第二天他就会是一个新人了。

在私奔前夜发生一连串的事情:普拉东诺夫的另一个爱慕者安娜诉说衷肠,向他表白心迹,普拉东诺夫的孩子病了,安娜的暗恋者奥辛普想要杀死普拉东诺夫,安娜的继子、索菲娅的丈夫要找普拉东诺夫决斗……

---

① (俄)契诃夫. 戏剧三种. 童道明,译. 北京:中国文联出版社,2004:121 - 122.

② (俄)契诃夫. 戏剧三种. 童道明,译. 北京:中国文联出版社,2004:179.

③ (俄)契诃夫. 戏剧三种. 童道明,译. 北京:中国文联出版社,2004:179 - 180.

懦弱的普拉东诺夫逃跑了,不知去向。

再次见到索菲娅的时候,普拉东诺夫已经决定向现实妥协,他不再向往新的生活,所发生的一切已经让他感到筋疲力尽,他觉得自己已无力挣扎:"我已经早就腐烂,我的灵魂早就变成了一副骨头架子,已经再也没有可能把我复活! 把我埋葬得远一点,不要让它污染了空气!"①妻子的自杀引起普拉东诺夫深深的自责,大家都骂他是凶手,好在妻子自杀未遂。

索菲娅觉得自己为普拉东诺夫付出了一切,痛苦不堪,普拉东诺夫也深感歉疚:"我毁灭了软弱的、无辜的女人……如果我用另外一种方式毁灭她们,比方是在狂热的激情之下,是用西班牙的方式,那么还不算遗憾,而我是用俄国的方式毁灭了她们,有点愚蠢……"②于是,他决定开枪自杀,可却没有勇气。最终,他死于索菲娅的枪口之下。

在被杀前夕,普拉东诺夫曾对大学时代做了短暂的回忆:"上大学的时候,也常去剧院广场……对风尘女子说过好话……别人在剧院,而我在广场……我曾经把一个叫拉伊莎的妓女赎出来……我和几个大学生积攒了三百卢布还把另一个妓女赎出来了……"③俄罗斯学者格罗莫夫评价普拉东诺夫"是七十年代的那种大学生中的一个,他们确实拯救了一些烟花女子,他们放弃了大学的学业,'走向民间',并感到自己不是多余的人,而是英雄"④,可以说,普拉东诺夫是个民粹派分子,也曾在俄国社会历史上起到过一定的积极作用。

的确,在普拉东诺夫身上有着许多不确定的因素,很难简单地将其归为知识分子中的哪一类型,这个剧本也是契诃夫写作的最初尝试,直到剧本《伊凡诺夫》(1887),契诃夫的知识分子形象塑造日趋成熟,按照许多批评家的观点,剧中的主人公伊凡诺夫是19世纪末俄国文学中最后一位"多余人"形象。关于这部作品契诃夫在1889年1月7日给苏沃林的信中这样写道:"我怀揣着一个极其大胆的梦想,把我至今以前写的那些关于折

① (俄)契诃夫. 戏剧三种. 童道明,译. 北京:中国文联出版社,2004:244.
② (俄)契诃夫. 戏剧三种. 童道明,译. 北京:中国文联出版社,2004:256.
③ (俄)契诃夫. 戏剧三种. 童道明,译. 北京:中国文联出版社,2004:258－259.
④ (俄)格罗莫夫. 契诃夫传. 郑文樾,朱逸森,译. 郑州:海燕出版社,2003:82.

磨的和苦恼的人物的作品做个总结,《伊凡诺夫》就是这类作品的终结。"①1890年契诃夫去萨哈林岛考察,直到生命的终结契诃夫主要是进行知识分子中"新人"形象的探索与塑造。

剧本《伊凡诺夫》(1887)中的主人公伊凡诺夫与普拉东诺夫一样,也被称做"怪人",所不同的是,伊凡诺夫比普拉东诺夫更加厌倦与麻木:"多余的人,多余的话,非得回答不可的无聊问题——这一切,都叫我厌烦得非常不舒服啊……因此我逐渐地好发脾气、急躁、粗暴了,连自己也都不知道怎么这样庸俗了。我成天不断地头疼,我睡不着觉,耳鸣……然而又没有法子把这一切摆脱掉……我简直一点办法也没有哇……我的思想完全混乱了,我的灵魂被一种惰力给麻痹了,因此,我没有能力来了解我自己。无论是别人或者是我自己,我都不了解……"②伊凡诺夫向医生抱怨自己的境况,勇气可嘉,他对自己有清醒的认识,进而完成自我的批判。剧本中有几处伊凡诺夫自省的大段独白,但剧末自杀前的那一段可以说是他对整个人生的总结:"我从前一直是年轻的、热心的、诚恳的,而且不是个傻瓜:我爱过,恨过,也信过神,不像别人似的;我希望过,一个人做过十个人的事;我斗过风车,我拿脑袋撞过墙;也不估计自己的力量,也不考虑,也一点也不懂得什么叫做生活,就负担起一副能压折我的腰、累坏我的腿的重担子;我在我的青年时代,急忙忙地把自己的一切用尽;我狂热过,我苦熬苦修过,辛辛苦苦地工作过,我不懂得节制精力。……我能够不这样干吗? 我们人太少……而要做的事情又是那么多呀,那么多! 我的上帝! 有多少哇! 可是,看看我所奋斗过来的生活,反过头来给我的报偿可又是多么残酷啊! 我累坏了。在三十岁上,我忽然清醒了,可是我已经老了,迟钝了,精疲力竭了,紧张过度了,衰败了,头脑也昏沉了,灵魂也懦弱了,没了信心,没了爱,生活没了目的,我就像个影子似地徘徊在人群里,不知道我自己是个什么样的人,不知道我为什么活着,不知道我需要什么……因此,我认为爱是鬼话,温柔是叫人恶心的,认为工作没有意义,认为歌唱和热衷的言语是庸俗的、陈腐的。我无论到什么地方,也都带着

---

① Чехов А. П. Собрание сочинений в 12 т. т. 11. М. : Государственное издательство "Художественной литературы", 1956:330.

② (俄)契诃夫. 契诃夫戏剧集. 焦菊隐,译. 上海:上海译文出版社,1980:11 – 12.

苦恼、冷彻骨髓的烦闷、不满和对于生活的厌倦……我全完了,没有一点希望了! ……一个在三十五岁上就意志消沉、幻想破灭、被自己丝毫没有结果的努力压垮的人,他内心受着羞愧的煎熬,他嘲笑着自己的软弱无能……"①敢于自我批判是伊凡诺夫超出以往"多余人"的地方,契诃夫也夸赞他:"狭隘的人和虚伪的人落到这样的下场时,通常会把所有的过错归咎于环境,或者是把自己列为多余的人或是哈姆莱特们的队伍中去,聊以慰藉。而伊凡诺夫是个老实人,他开诚布公地对医生和观众们宣布他并不了解自己:'我不明白,我不明白……'"②可见,契诃夫是不同意把伊凡诺夫看成是"多余人"的。

　　不仅如此,伊凡诺夫还毫不隐晦地对医生里沃夫说出自己对病重的妻子的态度:"你刚刚告诉我,说她不久就要死,我既没有感到疼爱,也没有感到惋惜,却只感到一种空虚和疲倦……"③伊凡诺夫的麻木是可怕的,这点他比不上普拉东诺夫,不管怎样,普拉东诺夫有时还是顾及妻子的感受的,当他得知妻子自杀的消息时是十分痛苦的,而伊凡诺夫非但不关心妻子的病情,甚至直言不讳地对妻子说出自己的感受:"我每一感到烦闷,我……我就开始不爱你了。每逢这种时候,我甚至怕看见你。简单地说吧,我必须躲开这个家。"④伊凡诺夫对妻子的死不无责任,他的自私、忽略、无视导致妻子整日处在极度的痛苦之中。

　　离开家会怎样呢? 伊凡诺夫常去地方自治会议主席列别捷夫家,在那里他同样感到痛苦,一切就这样恶性循环着,没有尽头。从剧本的第二幕开始,背景便是列别捷夫家的会客室,眼前是一幅庸俗的画面:每个人都无所事事,他们打牌、闲扯。列别捷夫作为"父一辈"的代表抱怨到:"现下这些年轻的……都够多么软弱、多么萎靡呀,叫人一点办法都没有哇! 上帝救救他们吧! ……我可看不出他们是怎么一种人来……既不给上帝供圣蜡,又不对魔鬼许愿。"⑤列别捷夫只欣赏伊凡诺夫,认为他是个聪明

　　① (俄)契诃夫. 契诃夫戏剧集. 焦菊隐,译. 上海:上海译文出版社,1980:89 - 90.
　　② Чехов А. П. Собрание сочинений в 12 т. т. 11. М. : Государственное издательство "Художественной литературы", 1956:319.
　　③ (俄)契诃夫. 契诃夫戏剧集. 焦菊隐,译. 上海:上海译文出版社,1980:13.
　　④ (俄)契诃夫. 契诃夫戏剧集. 焦菊隐,译. 上海:上海译文出版社,1980:20.
　　⑤ (俄)契诃夫. 契诃夫戏剧集. 焦菊隐,译. 上海:上海译文出版社,1980:30.

人,所以,他极力让伊凡诺夫亲近自己的女儿萨沙。

萨沙是典型的"多余人"身边的女性形象,她在伊凡诺夫处在人生低谷的时候爱上他,她分析伊凡诺夫不幸的症结在于他的孤单,她要用自己的爱拯救伊凡诺夫。一开始,伊凡诺夫拒绝了,但随着萨沙执着地追求,伊凡诺夫投降了,他在萨沙对他表白爱情的那一瞬间突然燃起了新的希望:"是生活重新开始了吗,萨沙,是吗? ⋯⋯我的幸福! 我的青春,我的光明! ⋯⋯这样说来,我还是要活下去喽? 是吗? 是要重新干一番事业喽?"①但是,伊凡诺夫的希望之光很快就熄灭了,他觉得"男的灰心丧气,陷入绝望了,女的当场出现,充满了力量和勇气——伸出一只援救的手来。这在小说里是美的,听起来也很美,只是在现实生活里呀⋯⋯"②他承认自己意志薄弱,但不知这薄弱从何而来?

一年以后,伊凡诺夫同萨沙举行婚礼,但是,此刻的伊凡诺夫依旧没有摆脱痛苦,他是绝望的,伟大的爱情没能拯救他的灵魂,萨沙也越发不理解他。伊凡诺夫自责,他认为自己没有权利毁掉萨沙,他要结束这个哈姆莱特与高贵小姐的故事。在无望中,伊凡诺夫开枪自杀。伊凡诺夫的死正是应了小说《决斗》(1891)中拉耶甫斯基总结出的那句话:"凡是希望像候鸟那样变换一下地点就能得救的人总是会一无所获,因为对他来说地球上到处都是一样。到人们当中去寻找救星吗? 那么到什么人当中去找,怎样找法呢? ⋯⋯ 并没有挽救人的力量。人只应当在自身寻找救星,如果找不到,那就不必枉费时间,干脆自杀了事。⋯⋯"③因此,说里沃夫是杀死伊凡诺夫的凶手、或是过于指责里沃夫都未免有失偏颇。关于伊凡诺夫人生失败的原因,剧本中"父一辈"的代表列别捷夫认为是环境所致。

契诃夫在1888年12月30日给苏沃林的信中指出毁掉伊凡诺夫的五个"敌人"——"疲乏""苦闷""负罪感""孤独"还有现实的"生活"。在契诃夫看来,不能简单地把一切罪过归为外因,这五个"敌人"一个接着一个出现,并且,有的"敌人"之间还存在着因果关系:"就像大多数俄国知识分

①　(俄)契诃夫. 契诃夫戏剧集. 焦菊隐,译. 上海:上海译文出版社,1980:49.

②　(俄)契诃夫. 契诃夫戏剧集. 焦菊隐,译. 上海:上海译文出版社,1980:67 - 68.

③　(俄)契诃夫. 契诃夫小说全集(第八卷). 汝龙,译. 上海:上海译文出版社,2000:174 - 175.

子一样,他的过去是美好的,没有或者说几乎没有哪一个俄国贵族或者是上过大学的人不炫耀自己的过去。现在总是不如过去好。为什么? 因为俄国人的冲动有一个特别的性质:疲乏很快就会代替冲动。……感觉到身体的疲乏与苦闷,他不明白自己是怎么了,到底发生了什么事情。……发生在身上的这种变化,侮辱了他的正派。他在外部寻找原因,但是没有找到:他开始在内心找原因,但只找到了一种朦胧的负罪感。这是俄国人都有的一种感觉。……疲乏、苦闷、负罪感又添了一个敌人。这是孤独。……现在有了第五个敌人。伊凡诺夫疲倦了,他不明白自己,然而,生活并不理会这一套。……像伊凡诺夫这样的人是解决不了问题的,而是跌倒在它们的重负之下。他们张皇失措,两手一摊,焦急,抱怨,做傻事,最终意志薄弱,神经松散,失去脚下的土壤,成为'消沉的''不被理解的'人中的一员。"[1]最终,伊凡诺夫不堪重负,饮弹自杀。"从前的所谓上流人自杀,是因为盗用公款,现在呢,却是因为厌倦生活,苦恼……"[2]小说《公差》(1899)中的侦讯官对此现象分析得十分透彻,这些知识分子生活的时代是个"神经的时代",逃离无望,就会有懦弱者选择自杀。

七

从剧本中的人物普拉东诺夫到伊凡诺夫,再到小说《决斗》(1891)中的男主人公拉耶甫斯基,"多余人"的自省意识越来越强烈,对自己的批判越来越尖锐。契诃夫笔下还有一类知识分子,他们的精神抗争已经发展到勇于剖析自己,找到自身存在的弱点,并将其展示在众人面前,进而找到前进的方向,树立新的人生目标,抗击庸俗,着力自己解决"怎么办"的问题。

契诃夫的剧本《凡尼亚舅舅》(1896)中的医生阿斯特罗夫觉得庸俗的生活环境以及自己周围的庸俗的人使得自己也变得庸俗了,老了,感情麻木了,对什么事情也提不起兴趣了。他承认自己变得庸俗不堪,他讨厌琐碎的、无聊的内地生活,看不到希望,面对索尼雅的爱情,他也是退避三

---

① Чехов А. П. Собрание сочинений в 12 т. т. 11. М. :Государственное издательство "Художественной литературы", 1956:318 - 320.

② (俄)契诃夫. 契诃夫小说全集(第十卷). 汝龙,译. 上海:上海译文出版社,2000:240.

舍,因为他老早就不爱任何人了。他不仅对自己,而且对周围的环境、周围的人也做了大胆的评价:"农民们都是一模一样,没有教养,肮脏;这一带有知识的人们呢,我也找不到可以和他们相同之处。他们叫我厌倦。我们那些好朋友们,个个的思想或者情感都没有一点深度,眼光都看不到自己鼻尖以外的东西。他们简直是知识浅薄啊。至于那些比较有知识的、超出一般人之上的人们,又是那些神经病患者,成天去做精神分析,成天追念过去……他们永远是呻吟叹息,而且,他们彼此之间的关系,也差不多都是病态的,他们互相埋怨,互相仇恨,互相诽谤……"[①]从阿斯特罗夫的这段话中,我们似乎可以找到契诃夫的剧本《樱桃园》(1903)中郎涅夫斯卡雅兄妹的影子,他们就是成天追念过去,无病呻吟;这里还可以找到剧本《伊凡诺夫》(1887)中伊凡诺夫与里沃夫医生、剧本《海鸥》(1896)中的作家特里果林和特里波列夫、小说《决斗》(1891)中的男主人公、动物学家冯·柯连和被他否定的"多余人"拉耶甫斯基等人的影子,这些人相互仇视,彼此充满了否定。看来,无病呻吟、乐于否定、唇枪舌战是大多数俄国知识分子的通病,是他们乐此不疲的嗜好。

　　进而,阿斯特罗夫把这种人与人之间的关系引申到人与自然的关系上去:"在人与人的关系上,在人对大自然的感情上,那种天真、纯洁、坦白,都没有了……没有了!"[②]阿斯特罗夫厌倦了医学活动,于是,他自愿当起了护林官,因为他看到俄国的森林资源遭到破坏,正日趋枯竭,也看到由此导致的环境恶化,他也深知,老百姓的愚昧无知和责任感的缺失是主要原因,于是,他行动起来。对自己的所作所为阿斯特罗夫谦虚地说道:"实际上也很可能是我的想法有一点怪诞,然而,每当我走过我从斧斤之下解救出来的乡间森林的时候,或者,每当我听见我亲手所栽种的树木,簌叶迎风微微发出响声的时候,我就觉得气候确是有一点受我的支配了,我也觉得,如果一千年以后,人们生活得更幸福的话,那里边也许有我的一点菲薄的贡献吧。"[③]从阿斯特罗夫身上,我们看到了一位实干家类型的知识分子形象,尽管他身上也有缺点,但不可否认的是他能够脚踏实地从

① （俄）契诃夫. 契诃夫戏剧集. 焦菊隐,译. 上海:上海译文出版社,1980:200 - 201.
② （俄）契诃夫. 契诃夫戏剧集. 焦菊隐,译. 上海:上海译文出版社,1980:201.
③ （俄）契诃夫. 契诃夫戏剧集. 焦菊隐,译. 上海:上海译文出版社,1980:185.

小事做起,进而循序渐进地改造社会,他能够积极地行动起来,而不是怨天尤人……这些都是难能可贵的。契诃夫曾在日记中写道:"如果我们每人都能在自己身后留下一所学校,一口井或其他什么类似的东西,使我们的生命不致白白流逝而无所作为,那该多好啊。"①可见,契诃夫与阿斯特罗夫有着共同的人生追求,他们脚踏实地,而非好高骛远。

　　阿斯特罗夫还有一句至理名言:"一个人,只有在他身上的一切——他的容貌,他的衣服,他的灵魂和他的思想——全是美的,才能算作完美。"②可见,阿斯特罗夫已经站在很高的思想层面看待人与事物,所以,他比契诃夫过去笔下的知识分子形象更胜一筹,就连被他否定的教授的妻子叶列娜也对他大加赞许:"他意志坚强,想象丰富,心胸开阔……哪怕他刚刚种下一棵树秧子,就已经想象到这棵树在一千年以后的样子了;他已经就在梦想着全人类的幸福了。像这样的人,是少有的。应当爱这种人……他喝酒,有时候有一点粗鲁……可这又有什么关系呢! 在俄罗斯,有才能的人,从来都不免带些缺点。只要想想这位医生,他所过的是什么生活吧! 公路上的厚烂泥,寒冷,大风雪,跑来跑去的长路途,没教养的老百姓的那种粗野,到处的贫穷,各种各样的疾病。一个人在这样的环境里,一天接着一天地工作着,挣扎着,到了四十岁还居然能保持着自己的纯洁和清醒,可真是太不容易啦……"③在阿斯特罗夫的身上,我们看到了作家契诃夫本人的影子,契诃夫不也是一直保持着人格的独立和心灵的纯洁吗?

第二节　清醒的"狂人"

　　在契诃夫的笔下有一组"狂人"形象,他们是精神上的抗争者,庸俗的环境与庸俗的人物无法将其"同化",扭曲畸形的时代也无法将其"异化",他们被视为疯子,但他们并不是真正医学意义上的疯子,而是头脑清

---

① 转引自(法)亨利·特洛亚. 契诃夫传. 侯贵信,郑业奎,朱帮造,译. 北京:世界知识出版社,1992:
201.

② (俄)契诃夫. 契诃夫戏剧集. 焦菊隐,译. 上海:上海译文出版社,1980:200.

③ (俄)契诃夫. 契诃夫戏剧集. 焦菊隐,译. 上海:上海译文出版社,1980:206.

醒的人,是被契诃夫肯定和赞许的对象,是契诃夫笔下少有的正面知识分子形象,他们是腐朽的旧世界的破坏者、未来新世界的开拓者。

一

1888年3月24日俄国作家迦尔洵跳楼自杀。他生前患有遗传性精神病,曾几次发作。小说《精神错乱》(1888)就是契诃夫为了纪念这位友人写成的。关于这部小说的主人公原型契诃夫在给俄国作家普列谢耶夫的信中写道:"有个青年男子具有迦尔洵那样的气质,颇不寻常,为人正直,十分敏感,生平第一次走进了妓院。"①迦尔洵曾有一部作品《娜杰日达·尼古拉耶夫娜》(1885)以同情的笔调描写了沦为娼妓的妇女的悲惨命运,充分体现出作者对被凌辱与被损害的、挣扎在社会底层的民众的同情。

契诃夫的小说《精神错乱》(1888)中的主人公是法律系学生瓦西里耶夫,他的两个朋友——医学学生玛尔耶尔和莫斯科绘画雕塑建筑专科学校的学生雷勃尼科夫邀请他一起去逛C街。瓦西里耶夫平生第一次走进妓院。一连走过了八家妓院,其中低档的、高档的都有,可它们并没有什么差别。妓女跟他想象的也不一样。他原以为她们是愁苦的、痛不欲生的,可现实却让他难以理解,"他想起从前读过的关于堕落的女人的故事,他如今却发现那个带着惭愧的笑容的人的形象跟他眼前所看见的人没有任何共同之处。他觉得自己看见的仿佛不是堕落的女人,却像是属于另一个完全独特的世界里的人,那世界对他来说既陌生又不易理解,要是以前他在戏院的舞台上看到这个世界,或者在书本里读到这个世界,他一定不会相信……"②瓦西里耶夫在所有妓女的脸上看到的表情都是庸俗的、满足的、不知廉耻的。肮脏的环境、低俗的女人让瓦西里耶夫不晓得这里有什么东西能使人快活。瓦西里耶夫想逃离这个罪恶之地,但在朋友的劝说下,也本着了解她们的原则,他和朋友又去了一家妓院。那里的妓女依旧没有一个觉得惭愧的,他意识到"她们不是正在毁灭,而是已经毁灭

---

①　转引自(俄)契诃夫. 契诃夫小说全集(第七卷). 汝龙,译. 上海:上海译文出版社,2000:341.

②　(俄)契诃夫. 契诃夫小说全集(第七卷). 汝龙,译. 上海:上海译文出版社,2000:275.

了"①。目睹这罪恶的现实,心地纯洁的瓦西里耶夫精神错乱了。

"活人!活人!我的上帝,她们是活人啊!"②瓦西里耶夫先是想象自己是这些女人的兄弟、父亲或是她们本人,继而他思索拯救她们的方案:他把自己的朋友中过去曾有志于拯救妓女的爱心之士分成三组——有的替她们赎身,然后和她们同居;有的给她们赎身后教她们学文化;但这两者都不保险,最可靠的还是跟她们结婚。瓦西里耶夫继续幻想着,继而,他要解救的妓女已经不止是 C 街的,而是整个俄国的、全世界的。他马上又否定了跟妓女结婚的这种不现实的方法,觉得传播教义还是可取的。

曾经看过一个风景画片上配着这样短小的几句话:"相同的景物,相同的生活步调,不同的只是心情,如果把多感的心深藏,那么,一切都将好办得多……"为什么相同的景物在不同的人心里会产生不同的印象?答案是瓦西里耶夫有着一颗敏感的心。瓦西里耶夫"有一种特别的才能——博爱的才能。他对一切痛苦有敏锐的感觉。如同好演员总是在自己身上演出别人的动作和声音一样,瓦西里耶夫也善于在自己的灵魂里体会别人的痛苦。他看见别人哭泣,自己就流泪。他在病人身旁,就觉得自己也有病,呻吟起来。要是看到暴力,他就觉得暴力正在摧残自己,害怕得跟小孩似的,而且等到害怕过后总要跑过去搭救。别人的痛苦刺激他,使他激动,弄得他放不下,摆不开,等等。"③瓦西里耶夫被折磨到天亮。他坐卧不安,在屋子里兜圈子,脸色苍白。他痛哭起来,可无济于事。痛苦的他更加害怕夜的来临。于是,他跑到大街上。外面很冷,风和雪吹着他裸露的胸膛;他想跳河,那样就可以受伤,他想通过这些自残的方式转移精神的痛苦。第二天早晨,瓦西里耶夫"痛苦地呻吟着,在房间里跑个不停,衬衫已经撕碎,手也咬破了"④,他这是在自虐,想通过这种方式分散注意力,减轻痛苦。他的朋友——医生和艺术家认为瓦西里耶夫神经出了毛病,就带他去看病了。

医生从家族遗传史问到病人平时有无不良嗜好,他的朋友们也谈到

①　(俄)契诃夫. 契诃夫小说全集(第七卷). 汝龙,译. 上海:上海译文出版社,2000:279.
②　(俄)契诃夫. 契诃夫小说全集(第七卷). 汝龙,译. 上海:上海译文出版社,2000:282.
③　(俄)契诃夫. 契诃夫小说全集(第七卷). 汝龙,译. 上海:上海译文出版社,2000:284.
④　(俄)契诃夫. 契诃夫小说全集(第七卷). 汝龙,译. 上海:上海译文出版社,2000:286.

他的论文怎么精彩、他怎么有学问。瓦西里耶夫却觉得很可笑，他并不认
为自己有病。过了二十分钟，他的朋友对医生说了瓦西里耶夫发病的诱
因是他们曾一起去过 C 街，这倒是引起瓦西里耶夫的极大关注，他突然问
医生："卖淫是不是坏事？"①此刻，医生更加相信瓦西里耶夫患有精神疾
病。瓦西里耶夫继续辩解："也许你们大家都对！……也许吧！可是我却
觉得奇怪！我学了两门学问，你们就看做了不起的成就，又因为我写过一
篇论文，而那篇论文不出三年就会给人丢到一边，忘得精光，我却被你们
捧上了天。可是由于我讲到那些堕落女人的时候不能像讲到这些椅子的
时候那样冷冰冰，我却要受医师的诊治，被人叫做疯子，受到怜悯！"②医生
并不理会瓦西里耶夫的辩驳，他给瓦西里耶夫喝下一种药水，瓦西里耶夫
感觉好了一些，心理轻松了，甚至为自己的行为害羞。他拿着医生给他开
的药方——溴化钾和吗啡，这些药他从前吃过。看来，瓦西里耶夫有这种
精神病史，曾经发作过，更重要的是，他的神经敏感，对不良的现象总能做
出反应，这也是契诃夫歌颂他的地方，时代也需要这样有良知的人！

　　小说《精神错乱》(1888)的篇幅并不长，但契诃夫把主人公瓦西里耶
夫在两个黑夜和一个白天所经受的心理折磨和身体自残的痛苦表现得淋
漓尽致，在给俄国作家普列谢耶夫的信中契诃夫写道："我作为医师，觉得
我对精神病的描写是确切无误的，符合精神病学的一切规律。"③的确如契
诃夫所说，学习医学对他的写作有很大的帮助，可以避免写作时犯错误。

二

　　与《精神错乱》(1888)中的主人公瓦西里耶夫一样，小说《黑修士》
(1894)中的安德烈·瓦西里伊奇·柯甫陵也是一个爱想象的人，只是瓦
西里耶夫的想象更加具体，比如，把自己想象成妓女的弟兄啦，妓女的父
亲啦，等等；而柯甫陵的幻想是飘缈的、抽象的，它外化成一个黑衣僧，柯
甫陵的灵魂便附在这个黑衣僧的身上，黑衣僧成了柯甫陵思想的载体。

　　小说《黑修士》(1894)中的安德烈·瓦西里伊奇·柯甫陵是个硕士，

---

① （俄）契诃夫. 契诃夫小说全集（第七卷）. 汝龙，译. 上海：上海译文出版社，2000：287.
② （俄）契诃夫. 契诃夫小说全集（第七卷）. 汝龙，译. 上海：上海译文出版社，2000：287 - 288.
③ 转引自（俄）契诃夫. 契诃夫小说全集（第七卷）. 汝龙，译. 上海：上海译文出版社，2000：342.

在小说的一开头便表明"硕士安德烈·瓦西里伊奇·柯甫陵十分疲劳,神经出了毛病"①,他自己意识到自己的病症所在,也跟自己的医生朋友谈到此事,朋友建议他去乡下休养,于是,他来到他过去的监护人和教养人——著名的园艺学家彼索茨基家度假。

一天早晨,柯甫陵一直在想着曾经在书上看到的或者是听别人讲过的关于黑衣修士的传说:"一千年前,有个穿着黑衣的修士在叙利亚或者是阿拉伯的荒漠上行走……渔民们在离这个修士走动的荒漠几英里远的地方看见另一个黑修士在湖面上慢慢地走动。第二个修士是幻影……这个幻影化出另一个幻影,随后又化出一个幻影,因此黑修士的形象从这个大气层传到那个大气层,没完没了。人们时而在非洲,时而在西班牙,时而在印度,时而在北极看见他。……最后他走出地球的大气层,如今正在整个宇宙漫游,一直没有遇到一种可能使他消失的环境。"②柯甫陵对彼索茨基的女儿达尼雅讲这个传说,可对方并不感兴趣,倒是柯甫陵自己想了一整天。在他的脑海里,这个传说挥之不去。

当晚,柯甫陵在田间散步,他生平第一次遇见了黑修士。他"穿着黑衣服,满头白发,两道黑眉毛,胳膊交叉在胸前,飞也似地闪过去了……"③柯甫陵终于相信那个传说是真的。于是,他欣喜若狂,唱啊,跳啊,曾经的倦怠一扫而光。散步归来,柯甫陵无心阅读园艺学家彼索茨基的论文,也没有想自己与达尼雅的婚事,以及将来他们的孩子能否可以继承园艺事业的问题。柯甫陵满脑子都是那个黑修士,临近早晨他才睡去。

又是一个早晨,柯甫陵再次遇到黑衣修士。修士亲切地坐到他的身旁,他们开始了第一次对话。黑衣人对柯甫陵说:"传说、幻影、我,都是你的兴奋的想象的产物。我是个幽灵。"④黑衣人对柯甫陵评价很高:"有少数人被公正地称为上帝的选民,你就是其中的一个。你为永恒的真理服务。你的思想,愿望,你的惊人的学识,你的全部生活,都带着神的、天堂的烙印,因为你把它们献给合理美好的事业,也就是说,献给永恒的事业。

---

①　(俄)契诃夫. 契诃夫小说全集(第九卷). 汝龙,译. 上海:上海译文出版社,2000:97.
②　(俄)契诃夫. 契诃夫小说全集(第九卷). 汝龙,译. 上海:上海译文出版社,2000:102-103.
③　(俄)契诃夫. 契诃夫小说全集(第九卷). 汝龙,译. 上海:上海译文出版社,2000:104.
④　(俄)契诃夫. 契诃夫小说全集(第九卷). 汝龙,译. 上海:上海译文出版社,2000:110.

……伟大而灿烂的未来正在等待你们人类。人世间像你这样的人越多，这个未来就实现得越快。缺了你们这种为最高原则服务、自觉而且自由地生活着的人，人类就会变得渺不足道。"①黑衣修士肯定了柯甫陵的才能，并提出了希望。柯甫陵提出自己神经有病，这个问题黑衣修士也做出了回答："天才和疯狂是沾亲的。……只有那些平庸的芸芸众生才是健康、正常的。凡是想到令人神经紧张的时代、过度的疲劳、退化等等就焦急不安的人，只能是那些认为生活目标就在现世的人，也就是芸芸众生。"②与黑衣修士的对话打消了柯甫陵的疑虑，他的思路清晰起来，自信满满，"做一个选民，为永恒的真理服务，站在那些提前几千年使人类进入上帝之国的人们中间，也就是站在使人类避免几千年斗争、犯罪、痛苦的人们中间，为思想献出一切，包括青春、精力、健康等，为公众的幸福不惜一死，这是多么高尚、多么幸福的命运啊！"③其实，这不仅是黑衣僧的召唤，这也是时代的召唤，时代需要像柯甫陵这样为了人类的幸福勇于献身的社会精英。黑衣僧对柯甫陵的定位使得他意气风发，他以饱满的热情投入到工作中去。

与达尼雅结婚后，柯甫陵生活得很幸福，与黑衣僧也有过几次接触，一次，在他们谈到关于"幸福"的话题的时候，被达尼雅撞见。达尼雅见柯甫陵与圈手椅对话，便认定丈夫病了，并把他送到了医院。

一段时间过去了，柯甫陵痊愈了，他养得白白胖胖的，可心绪不佳，脾气也越发暴躁，常常靠服用溴化剂控制病情，他觉得所谓的健康夺去了他的才气和快乐，他变得平庸了，生活也随之失去了意义。

最终，柯甫陵与达尼雅分手了，此后，他与另一个女人瓦尔瓦拉·尼古拉耶芙娜生活在一起。生活依旧平庸。一天夜里，他回顾自己所走过的道路，才发现自己不过是一个平平常常的人……这时，黑衣僧最后一次出现了，柯甫陵死了，"黑修士对他小声说，他是天才，他死，只是因为他那衰弱的人的肉体已经失去平衡，不能再充当天才的外壳了"④。柯甫陵的

①　（俄）契诃夫. 契诃夫小说全集（第九卷）. 汝龙，译. 上海：上海译文出版社,2000:110.
②　（俄）契诃夫. 契诃夫小说全集（第九卷）. 汝龙，译. 上海：上海译文出版社,2000:111.
③　（俄）契诃夫. 契诃夫小说全集（第九卷）. 汝龙，译. 上海：上海译文出版社,2000:111.
④　（俄）契诃夫. 契诃夫小说全集（第九卷）. 汝龙，译. 上海：上海译文出版社,2000:124.

遗容是幸福的,因为他始终坚信他是一个天才、上帝的选民。

　　契诃夫本人也曾梦到过黑衣僧。在 1894 年 1 月 25 日给苏沃林的信中他写道:"如果作者描写了一个心理有病的人,并不意味着他自己也病了。我在写《黑修士》的时候,并没有任何沮丧的想法,而是冷静思考后写成的。只是想写一个自大狂。那个穿越田野飞驰而过的僧人也是我梦到的,早晨醒来,我就对米沙讲了这件事。"①看来,契诃夫在潜意识里也是盼望黑衣僧这样的人物出现。

　　一直以来,契诃夫的笔下缺少正面的知识分子形象,有文学批评家认为,自"狂人"形象的出现,才能说是契诃夫描写正面人物的开端,关于小说《黑修士》也有俄国文学批评家指出:"他写过成群有着小小的痛苦、在个人的感觉中苦苦折腾、经常想到自己的渺小和贫乏的小人物;而在这群人当中他几乎没有塑造过一个具有深刻的思想感情、志在造福社会、积极肯干的所谓正面典型。在中篇小说《决斗》中,契诃夫试图通过动物家创造这种典型,可是这次尝试却大大地失败了。现在,我们眼前很生动地出现了一个有智慧、有感情、渴望造福社会的人;但是这个人却疯了。"②其实,这种观点只有一半是对的。柯甫陵并不是真正的疯子,契诃夫是借疯人之口,宣扬真理,呼唤社会良知,在当时的俄国社会这也是作家的无奈之举。

三

　　从瓦西里耶夫到柯甫陵,再到小说《第六病室》(1892)中的伊凡·德米特利奇·格罗莫夫,他们一个比一个病情重,一个比一个命运悲惨:瓦西里耶夫与柯甫陵被送去看病,还有朋友或家人的陪伴,且都很快痊愈,而格罗莫夫被抓到第六病室,无人过问,直到医生拉京接近他、倾听他的人生哲学。

　　在小说《第六病室》(1892)的一开头,作者先是简单地描写了医院的情况,三言两语概括出那里的恶劣条件,随后用简短的一句话道出主人公

---

　　① Чехов А. П. Собрание сочинений в 12 т. т. 12. М.: Государственное издательство "Художественной литературы",1956:46.

　　② 转引自(俄)契诃夫. 契诃夫小说全集(第九卷). 汝龙,译. 上海:上海译文出版社,2000:376.

的人物特征——"这些人是疯子"。

　　主人公伊凡·德米特利奇·格罗莫夫出身贵族,十二品文官,曾是法院里的民事执行吏,三十出头,所患疾病为被虐狂。格罗莫夫的身体一直是虚弱的、不健康的、病态的,但最主要的是他的性格不好,暴躁、多疑。他有一个最大的优点,那就是真诚,并且充满正义感,"不管别人跟他谈什么,他总是归结到一点:在这个城里生活沉闷而乏味,社会上的人缺乏高尚的趣味,过着暗淡无光、毫无意义的生活,用暴力、粗鄙的淫乱、伪善使这种生活增添一些变化。坏蛋吃得饱,穿得好,老实人却忍饥挨冻。这个社会需要学校、立论正直的地方报纸、剧院、公开的讲演、知识力量的团结;必须使得这个社会认清自己,大吃一惊才行"①。格罗莫夫话语尖刻,且与人交流时总是怒气冲冲,不过,人们都很喜欢他,"他那天生善于体贴别人、乐于助人的性格,为人的正派,道德的纯洁,以及他那破旧的礼服,病态的外貌,家庭的不幸,总是在人们心中引起美好的、热烈的、忧郁的感情。此外,他受过良好的教育,博览群书,在城里人看来,他无所不知,在这个城里类似一部供人查考的活字典"②。如此禀赋的青年怎么会疯掉呢? 医生在诊治精神病人的时候,大体都要询问是否有家族遗传史,小说《精神错乱》(1888)中的瓦西里耶夫在去 C 街前曾有过精神病史,也曾服过镇静药,可在小说《第六病室》(1892)中只是提到格罗莫夫体弱、性格暴躁,关于精神层面作者只是说:"他只要喝上一杯葡萄酒就头晕,发歇斯底里病。"③看来,导致格罗莫夫发疯的原因主要来自外部,统治阶级的压迫在这些"小人物"的心里产生了极大的恐惧感,他们缺乏安全感,担惊受怕,惶惶不可终日。

　　格罗莫夫明显地患上了迫害妄想症。他先是看到两个被押解的犯人,于是联想到自己也会被送到监狱,因为他了解时下法律的诉讼程序,警察、法官大多已经变得麻木不仁、草菅人命。从此,格罗莫夫便没日没夜地担心起来。春天来了,冰雪融化,墓园附近被发现的两具尸体又成了格罗莫夫的心病,他担心别人会误认为他是杀人凶手,于是,他躲到女房

---

① (俄)契诃夫. 契诃夫小说全集(第八卷). 汝龙,译. 上海:上海译文出版社,2000:295.
② (俄)契诃夫. 契诃夫小说全集(第八卷). 汝龙,译. 上海:上海译文出版社,2000:296.
③ (俄)契诃夫. 契诃夫小说全集(第八卷). 汝龙,译. 上海:上海译文出版社,2000:295.

东家的地窖里。一天一夜过去了,格罗莫夫的心完全被恐惧所占据,他甚至怀疑来找房东的几个砌茶炉的工人是警察假扮的。他逃跑,被抓到,医师说他疯了,他被关进第六病室。

拉京医生是"勿以暴力抗恶"学说的信徒,他已经慢慢地习惯了第六病室的恶劣环境,心灰意懒的他不常到医院去,不过,他倒是想跟聪明人谈天。终于有一天他来到第六病室,真正接触了格罗莫夫并喜欢上他——这个有趣的、聪明的年轻人。起初,格罗莫夫并不相信拉京,怀疑他是密探,随着二人话题的深入、了解的加深,彼此也就充满了信任。

拉京再次探访格罗莫夫,二者进行了深层次的精神交流。格罗莫夫先表明自己是什么样的人:"我只知道上帝是用热血和神经把我创造出来的,是啊!人的机体组织,如果是有生命的,就必然对一切刺激有反应。我就有反应!受到痛苦,我就用喊叫和泪水来回答;见到卑劣,我就用忿怒来回答;对于肮脏,我就用厌恶来回答。依我看来,实际上这才叫生活。机体越低级,它的敏感性就越差,对刺激的反应也越弱。机体越高级,就越敏感,对现实的反应也越有力。"①继而,格罗莫夫还对拉京进行了评说,他认为拉京一直在顺境中长大,没有经历过苦难,他对拉京直言不讳道:"至于您蔑视痛苦,对任何事情都不感到惊讶,那理由很简单:一切皆是空虚啦,外界和内心啦,蔑视生活、痛苦和死亡啦,理解生活啦,真正的幸福啦等等,所有这些都是最适合俄国懒汉的哲学。"②进而,格罗莫夫又批判了这种哲学:"好惬意的哲学:什么事也不干,良心却清清白白,觉得自己是个圣贤。……这不是哲学,不是思考,不是眼界开阔,而是懒惰,托钵僧作风,浑浑噩噩的麻木。……"③拉京感到格罗莫夫的总结很有道理。他们的交谈是愉快的,尤其是拉京,他深受启发,他对格罗莫夫的言谈印象颇为深刻。

拉京与格罗莫夫的交往日趋频繁,这引起周围人的注意,拉京的同事认为他的精神出了问题,劝他服用镇静剂,并在他休假的时候取代了他的职位。同格罗莫夫交往后,拉京的变化很大,公开斥责庸俗的人,不再像

---

① (俄)契诃夫. 契诃夫小说全集(第八卷). 汝龙,译. 上海:上海译文出版社,2000:316.
② (俄)契诃夫. 契诃夫小说全集(第八卷). 汝龙,译. 上海:上海译文出版社,2000:318.
③ (俄)契诃夫. 契诃夫小说全集(第八卷). 汝龙,译. 上海:上海译文出版社,2000:319.

过去那样明哲保身、"事不关己,高高挂起"。拉京被人看成了疯子,他替自己辩驳:"我的病只不过是这么一回事:二十年来我在全城只找到一个有头脑的人,而他却是个疯子。我根本没有生什么病,无非是落在一个魔圈里,出不来了。我反正无所谓,我准备承担一切。"①拉京被关进第六病室,第二天傍晚中风而死。

在契诃夫关于"狂人"形象的作品中,有大量的病态心理描写,它们都是以生理学、病理学为依据的,但事实上这些人并非真正的疯子。在当时的俄国,书报检查制度相当严格,如何避过检查是每个进步作家都要面对的问题。契诃夫这几部关于"狂人"形象的小说貌似"医学作品""疾病史",但其后隐藏着巨大的社会意义,作家借疯人之口,呼唤真理。契诃夫把他们当做先知,给予以极高的评价。

从瓦西里耶夫到柯甫陵再到格罗莫夫,他们有着诸多的共同特点:首先,他们的文化程度都很高,知识面广,头脑清醒,思想深邃,他们可以发现掩藏在生活深处的真理;其次,他们又都是知识分子传统的捍卫者,强烈的爱国主义和高度的责任感久噬他们的心灵,导致他们"发疯";他们是孤立的群体,很难与谁共鸣。这些"狂人"形象是契诃夫笔下正面知识分子形象塑造的开端,接下来,"新人"揭掉这层面纱,坦然地出现在世人面前,直抒胸臆。

---

① (俄)契诃夫. 契诃夫小说全集(第八卷). 汝龙,译. 上海:上海译文出版社,2000:331.

第四章　新生活的探索者

莱蒙托夫在小说《当代英雄》中写道:"这些美人儿情不自禁地仰慕带穗肩章,却没有想到,在我们这个时代,这种金光闪闪的牌牌会失去原先的意义。"①这说明,1825 年 12 月 14 日十二月党人起义失败以后,俄国贵族知识分子慢慢失去他们的进步意义,其社会地位逐渐被平民知识分子取代。直至 1887 年,契诃夫用一声枪响结束了被誉为"世纪末最后一位多余人"的伊凡诺夫的生命,从此,作家的创作重心转向社会需要的正面人物——"新人"形象的塑造上来,他们中间有普普通通的平民知识分子、有脚踏实地的实干家,知识女性更是一大亮点。

第一节　超越"新人"

在俄罗斯文学史中,屠格涅夫的小说《前夜》(1860)是第一部讴歌"新人"的作品。当时的俄国社会需要像保加利亚爱国者英沙罗夫这样的平民知识分子。进而,在车尔尼雪夫斯基的小说《怎么办?》(1862—1863 年)中还出现了职业革命家形象——拉赫梅托夫,他们将理想化为具体的行动。直到契诃夫的笔下,"新人"形象更加具体、丰满、贴近现实。

1890 年的萨哈林之行使得契诃夫的思想更加成熟,小说《第六病室》(1892)就是这次旅行的产物。"狂人"只能唤醒沉睡的、麻木的庸人,俄国社会提出了更高的要求,那就是需要更多脚踏实地的、有行动的"新人"出现。契诃夫是与时代同行的作家,在俄国革命前夕,他更加敏锐地感觉到身为一个作家的职责,于是,"新人"形象的探索与塑造成了他晚期作品中的主旋律。

---

① （俄）莱蒙托夫. 当代英雄. 冯春,译. 上海:上海译文出版社,2006:38.

一

契诃夫的剧本《三姐妹》(1900)中的中尉屠森巴赫是一个新生活的呼唤者，他最先预见到新时代的到来："冰山上的大块积雪向着我们崩溃下来的时代到了，一场强有力的、扫清一切的暴风雨，已经降临了；它正来着，它已经逼近了，不久，它就要把我们社会里的懒惰、冷漠、厌恶工作和腐臭了的烦闷，一齐都给扫光的。我要去工作，再过二十五年或者三十年，每个人就都要非工作不可了。每一个人！"①"去工作"——这是贯穿整个剧本的主题。屠森巴赫深深地爱着三姐妹中的伊里娜，他的言语也影响到这位姑娘，她也决定去工作，先是做电报局的职员，后来又当了小学教师。屠森巴赫决定去砖窑工作，"我得走了，时候到了……你看这棵树，已经死了；可是它还和别的树一样在风里摇摆。所以我觉得，如果我要是死了，我还是会参加到生活中来的，无论是采取怎样的一个方式"②。屠森巴赫满怀信心地上路了。

在剧本《三姐妹》(1900)中，还有一个类似屠森巴赫的人物——威尔什宁。他是一个中校、炮兵连长，四十三岁。他的思想高于屠森巴赫之处在于他不仅认定一个人要去工作，而且对知识以及有知识的人倍加推崇，他认为"有知识的、受过教育的人，无论住在哪个城市，也无论那个城市有多么冷落，多么阴沉，都不是多余的！"③威尔什宁觉得生活的改变是个渐进的过程，虽然自己的有生之年无法享受幸福生活，但是为了子孙后代的幸福，人们也要开始工作。威尔什宁比屠森巴赫站得更高、看得更远，他在临行前的那句话——"只希望爱劳动的加上教育，受教育的加上爱劳动……"④这是解决如何推动社会向前发展这一问题的方法。契诃夫始终坚信知识和劳动是社会向前发展的动力，这也是他所有作品的精神内核。

契诃夫最后一个剧本《樱桃园》(1903)中的大学生特罗费莫夫是平民知识分子的代表，家庭教师，在这个剧本中，他的台词的中心思想始终也

---

① （俄）契诃夫. 契诃夫戏剧集. 焦菊隐，译. 上海：上海译文出版社，1980：251.
② （俄）契诃夫. 契诃夫戏剧集. 焦菊隐，译. 上海：上海译文出版社，1980：328.
③ （俄）契诃夫. 契诃夫戏剧集. 焦菊隐，译. 上海：上海译文出版社，1980：261.
④ （俄）契诃夫. 契诃夫戏剧集. 焦菊隐，译. 上海：上海译文出版社，1980：332.

是围绕着"应当去工作"展开的。特罗费莫夫是一个头脑清醒的年轻人，对俄国知识分子的状况了如指掌，而且进行了精辟的分析，下面是他的一段论述："目前，在我们俄国，只有很少数的人在工作，据我所知道的，绝大多数的知识分子，都是什么也不寻求，什么也不做，同时也没有工作的能力。所有这些自称为知识分子的人，对听差们都是用些不客气的称呼，对农民们都像畜生一样的看待，他们什么也不学，什么严肃的东西也不读，也绝对不做一点事情，每天只在那里空谈科学，对于艺术，懂得很少，甚至一点也不懂，他们却都装得很严肃，个个摆出一副尊严的面孔，开口总是重要的题目，成天夸夸其谈；可是同时呢，我们绝大多数的人民，百分之九十九都还像野蛮人似的活着，工人们都没有吃的，睡觉时没有枕头，三四十个人挤在一起，到处都是臭虫、臭气、潮湿和道德的堕落……"①这段话概括出当时俄国工人、农民、知识分子各阶层的状况，同时，也是契诃夫精神探索后得出的结论。从这个意义上说，剧本中的特罗费莫夫是契诃夫思想的代言人。

继而特罗费莫夫发出号召："前进啊！我们要百折不挠地向着远远像颗明星那么闪耀的新生活迈进！前进啊！朋友们！不要迟疑！……整个俄罗斯就是我们的一座大花园。全世界都是伟大而美丽的，到处都有极好的地方。"②他还劝说安尼雅不要把目光局限在即将拍卖的樱桃园，不要惋惜，真正的幸福天地很广阔，个人的幸福是渺小的。特罗费莫夫还给安尼雅分析了她祖辈的生活：他们都是封建地主，靠剥削过活，安尼雅要忏悔过去，只有与过去决裂，才能开始新生活。特罗费莫夫鼓励她扔掉家里的钥匙，然后去劳动，靠自己的双手获得幸福。安尼雅深受鼓舞。

面对樱桃园新主人罗巴辛的恩赐，特罗费莫夫充满了鄙视，面对罗巴辛的怀疑，特罗费莫夫信誓旦旦："人类是朝着最高的真理前进的，是朝着人间还没有达到的一个最大的幸福前进的。而我呢，我就站在最前列。……我自己会达到的。即或不然，我也会给别人领出一条可以遵循的道路。"③特罗费莫夫是俄国知识分子传统的继承者，他以社会进步为己任，

① （俄）契诃夫. 契诃夫戏剧集. 焦菊隐，译. 上海：上海译文出版社，1980：377.
② （俄）契诃夫. 契诃夫戏剧集. 焦菊隐，译. 上海：上海译文出版社，1980：381.
③ （俄）契诃夫. 契诃夫戏剧集. 焦菊隐，译. 上海：上海译文出版社，1980：405.

高度的社会责任感、使命感使他成为人类进步的带头人,时代需要这样的"新人"。在剧本的结尾是特罗费莫夫与安尼雅的经典对白:

> 安尼雅:"永别了,我的房子! 永别了,我的旧生活!"
> 特罗费莫夫:"万岁,新生活!"

这也是契诃夫的心声。遗憾的是,契诃夫英年早逝,没有领略到新生活的美好,这一夙愿,只好由他作品中的主人公去实现。

在契诃夫的笔下,像特罗费莫夫这样催人奋进的知识分子形象还有小说《新娘》(1903)中的平民知识分子萨沙,他劝娜嘉与旧生活决裂。所不同的是,娜嘉获得新生的途径不是劳动,而是学习。可见,特罗费莫夫与萨沙关于劳动与知识的倡导体现出契诃夫一生的追求。

娜嘉是个待嫁的新娘,即将完婚之际,祖母的远亲——莫斯科来的萨沙到家中度假。萨沙是建筑系毕业的大学生,现在石印厂工作。在他看来,娜嘉一家人的生活几十年如一日,并为娜嘉的青春感到惋惜。还有一个月就是婚礼,可娜嘉莫名其妙地烦躁与不安起来,萨沙给她分析了原因:"要是您出外去上学就好了! ……只有受过教育的、崇高的人才有意思,只有他们才合乎需要。要知道,这样的人越多,天国来到人间也就越快。到那时候,你们的城市就会一点点地趋于毁灭,一切都会翻个身,一切都会变了样子,像是施了魔法似的。到那时候这儿就会有宏大而富丽堂皇的房屋,有美妙的花园,有奇特的喷泉,有优秀的人。……然而最重要的不是这些。最重要的是,我们所了解的群众,像现在那样的群众,这种恶劣的现象,到那时候就不会存在,因为每一个人都会有信仰,人人都知道自己活着是为了什么,再也不会有一个人到群众中去寻求支持。亲爱的,好姑娘,您走吧! 您应该向大家表明,您厌恶这种一潭死水似的、灰色的、有罪的生活。您至少也该对您自己表明这一点才对!"[1]萨沙指出娜嘉一家人,包括她的未婚夫安德烈·安德烈伊奇的生活都是肮脏的、不道德的,他们个个游手好闲,像是寄生虫……这些话使得娜嘉陷入沉思。

---

[1]　(俄)契诃夫. 契诃夫小说全集(第十卷). 汝龙,译. 上海:上海译文出版社,2000:350-351.

娜嘉祖母家的沉闷生活使得萨沙厌烦,他提前返回莫斯科,理由是"要工作"。娜嘉则在他的影响下去彼得堡求学。

萨沙在石印厂上班,工作条件极其恶劣,并且"他的房间里,那儿烟雾腾腾,痰迹斑斑,桌子上有一个凉了的茶炊,旁边摆着一只破盆子,上面放着一小块黑纸,桌子上和地板上有许多死苍蝇。这儿处处都可以看出萨沙把他个人的生活安排得马马虎虎,漫不经心,十分藐视舒适。要是有谁跟他谈起他个人的幸福,谈起他个人的生活,谈起对他的爱,他就会一点也不了解,反而会笑起来"①。在萨沙身上,有一点苦行僧的味道,他放弃物质享受,"故天将降大任于斯人也,必先苦其心志,劳其筋骨,饿其体肤,空乏其身,行拂乱其所为,所以动心忍性,曾益其所不能",孟子的至理名言很适合用来形容他。当然,也有观点认为,萨沙在抨击庸俗以及劝说娜嘉出走时是那样地激情澎湃,但他的生活状况却是一团糟,这足以证明他是懦弱的、脱离实际的、失败的,"一屋不扫,何以扫天下",自己的生活一塌糊涂,又怎能担当起更大的社会责任? 本人的观点倾向于前者。19 世纪 70 年代,俄国有多少知识分子放弃城里优越的生活条件、甚至是高官厚禄,他们来到民间,吃苦受累,虽然运动失败了,但不可否认他们善良的初衷。

不幸的是,萨沙过早地超负荷运转,体力透支,他没有很好地珍惜自己,因患肺结核病去世了,年轻生命的夭折让人痛惜。

二

上述几位"新人"类型的知识分子都为自己或别人找到未来的出路:工作、学习、劳动,契诃夫在写到他们奔向新生活的时候,就戛然止笔,留下太多的对他们未来生活的想象给读者。在小说《跳来跳去的女人》(1892)与《花匠头目的故事》(1894)中,契诃夫塑造出真真切切的实干家形象,他们生动、丰满、真实、感人泪下。

1888 年,俄国旅行家、探险家尼·米·普尔热瓦尔斯基(1839—1888年)死于探险途中,契诃夫在 1888 年 10 月 26 日的《新时报》上发表了纪

---

① (俄)契诃夫. 契诃夫小说全集(第十卷). 汝龙,译. 上海:上海译文出版社,2000:358.

念文章,表达自己对逝者的崇敬之情:"他已经去世了,可是像这一类的人在一切时代和一切社会里,除了学术成绩和为国家建立的功勋以外,还有巨大的教育意义。……他们坚持思想原则,他们的高尚的荣誉心以国家的荣誉和科学的荣誉做基础;他们具有顽强的精神,他们的目标一旦确定,任何困苦、危险、个人幸福的诱惑,都不能征服他们对这个目标的追求;他们知识广博,热爱工作,习惯了炎热、饥饿、对乡土的怀恋、消耗体力的热病,他们热烈的信仰基督教文明和科学——所有这些,使得他们在上民眼睛里成为体现高度道德力量的苦行者。……在我们这病态的时代,懒惰、生活苦闷、缺乏信仰等正在侵袭欧洲社会;到处是对生的厌恶和对死的恐惧,它们古怪地配合在一起;就连最优秀的人也揣起手坐着,借口缺乏明确的生活目标而为自己的懒惰和堕落辩护;因此在这时候苦行者就不可缺少,好比太阳一样。他们是社会上最富于诗意和生活乐趣的中坚分子,他们鼓舞人们,安慰人们,使人们变得高尚。他们这些人是活的证据,向社会表明:除了那些争论乐观主义和悲观主义的人以外,除了那些因为烦闷无聊而写些平庸的小说、不必要的方案、廉价的论文的人以外,除了那些用否定生活的名义而堕落放荡的人以外,除了那些为混饭吃而做假的人以外,除了那些怀疑主义者、神秘主义者、精神病者、耶稣会教徒、哲学家、自由主义者、保守主义者以外,还有另一种人,他们是建立功勋、信心坚定、明确意识到自己的目标的人。……在这方面,普尔热瓦尔斯基这样的人就特别宝贵……他是对的。"①从这段纪念文字中,我们可以看出契诃夫对当时俄国知识分子现状的担忧,读者可以清晰地了解契诃夫批判什么、宣扬什么,普尔热瓦尔斯基是契诃夫眼中最理想的知识分子形象,通过这篇纪念文章,契诃夫明确地表达出自己的人生观。

几年时间过去了,在契诃夫的笔下出现了尼·米·普尔热瓦尔斯基似的理想人物——小说《跳来跳去的女人》(1892)中的医师奥西普·斯捷潘内奇·戴莫夫。

在小说一开头是奥尔迦·伊凡诺夫娜与奥西普·斯捷潘内奇·戴莫夫的婚礼场面。参加婚礼的宾客大多是她的朋友,她轻描淡写地给朋友

---

① (俄)契诃夫. 契诃夫论文学. 汝龙,译. 北京:人民文学出版社,1958:107-109.

介绍了他的情况,有些轻视,因为她与戴莫夫结婚大多是出于感恩。在小说中戴莫夫是以奥尔迦的丈夫——一个次要人物形象出场的。接下来,作者简单介绍戴莫夫的情况:"她的丈夫奥西普·斯捷潘内奇·戴莫夫是个医师,九品文官。他在两个医院里做事:在一个医院里做编制外的主治医师,在另一个医院里做解剖师。每天早晨从九点钟到中午,他给门诊病人看病,查病房,午后搭上公共马车到另一个医院去,解剖死去的病人。他私人也行医,可是收入很少,一年不过五百卢布光景。如此而已。此外关于他还有什么可说的呢?"①戴莫夫只不过是一个普普通通的医生而已,奥尔迦的朋友可是个个了不起,除了名流,就是前途无量者:剧院的演员、歌剧演员、画家、大提琴家、文学家,等等,他们都是奥尔迦崇拜、追捧的对象,自己的丈夫戴莫夫在这些人当中显然是多余的、陌生的。

　　他们婚后的生活还算幸福,只是奥尔迦有个嗜好,"那就是,她善于很快地认识名人,不久就跟他们混熟。只要有个人刚刚有点小名气,刚刚引得人们谈起他,她就会马上认识他,当天跟他交上朋友,请他到她家里来了。每结交一个新人,在她都是一件十足的喜事。她崇拜名人,为他们骄傲,天天晚上梦见他们。她如饥似渴地寻找他们,而且她的这种欲望永远也不能得到满足。旧名人走了,被忘掉了,由新名人来代替他们;可是对这些新人,她不久也就看惯,或者失望了,就开始热心地再找新的伟人,找到以后又找"②,为此,契诃夫称她为"跳来跳去的女人"。奥尔迦觉得自己的丈夫不足之处在于他不懂艺术,每到周三家里都要举行晚会,每个"伟人"都会展示自己的才艺,这时,戴莫夫总是打了招呼便不知去向。奥尔迦的生活就这样丰富多彩地继续着,她从未考虑过丈夫的感受,甚至同男画家出游、谈情说爱、搞婚外情。戴莫夫对妻子的行为有所察觉,但他还是采取了宽容的态度。小说中有八分之一的内容是描写戴莫夫的,其余部分都是在描写奥尔迦的生活,通过她庸俗的生活、卑劣的兴趣,可以衬托出戴莫夫的纯洁、高尚与伟大。后来,戴莫夫生病了,他在医院传染上了白喉。

---

① (俄)契诃夫. 契诃夫小说全集(第八卷). 汝龙,译. 上海:上海译文出版社,2000:232.
② (俄)契诃夫. 契诃夫小说全集(第八卷). 汝龙,译. 上海:上海译文出版社,2000:234-235.

在小说的最后一节，戴莫夫的同事柯罗斯捷列夫来给他看病，是他道出了戴莫夫的伟大之处，原来，戴莫夫不顾个人的安危，用吸管吸了一个害白喉的男孩儿的薄膜。戴莫夫死了，"他死，是因为他牺牲了自己。……对科学来说，这是多大的损失啊！……要是拿我们大家跟他相比，他真称得上是个伟大的、不平凡的人！什么样的天才啊！他给我们大家多大的希望呀！……像这样的科学家现在我们就是打着火把也找不着了。……而且他有那么大的道德力量！……这是一个善良、纯洁、仁慈的灵魂，不是人，是水晶！他为科学服务，为科学而死。他一天到晚跟牛一样地工作，谁也不怜惜他。这个年轻的科学家，未来的教授，却不得不私人行医，晚上做翻译工作，好挣下钱来买这些……无聊的废物！"①医生柯罗斯捷列夫的这番话使得奥尔迦真正地了解了自己的丈夫。戴莫夫长期被庸俗包围着，可他"出淤泥而不染"，视科学事业为生命。在这段话中我们看出医生柯罗斯捷列夫对奥尔迦的憎恨与指责，是她与白喉一起夺走了戴莫夫的生命，她是毁灭戴莫夫的罪魁祸首。

在小说的结尾，奥尔迦追悔莫及，假如一切可以重来，"她还想对他说，他是一个天下少有的、不平凡的、伟大的人，她会一生一世地尊敬他，向他膜拜，感到神圣的敬畏……"②"尊重知识、尊重人才"，这是契诃夫的呼声，也是这篇小说的主旨所在。

其实，早在1885年，契诃夫在小说《尼诺琪卡》中就写过一个类似的故事。巴威尔·谢尔盖耶维奇·维赫列涅夫是个老实人，用他自己的话说："我是个乏味沉闷的人，不会谈笑风生。跟我在一起怎么能快活呢？我老是专心搞我那些图样、滤纸、土壤。我既不会弹琴，也不会跳舞，更不会说风趣的话……我什么也不会……"③于是，年轻的妻子尼诺琪卡去俱乐部寻欢作乐，甚至是和丈夫的好友偷情。巴威尔生性懦弱，纵容妻子的行为，甚至独居家中一角，任凭男盗女娼在眼前上演。

像巴威尔这样被庸俗的女性毁掉的人才在契诃夫的笔下还有几个。在小说《最后一个莫希干女人》（1885）中，多西费依·安德烈伊奇在妻子

① （俄）契诃夫. 契诃夫小说全集（第八卷）. 汝龙，译. 上海：上海译文出版社，2000：252.
② （俄）契诃夫. 契诃夫小说全集（第八卷）. 汝龙，译. 上海：上海译文出版社，2000：253.
③ （俄）契诃夫. 契诃夫小说全集（第四卷）. 汝龙，译. 上海：上海译文出版社，2000：90.

奥林皮阿达·叶果罗芙娜·赫雷金娜面前胆小畏缩、卑躬屈膝,由于家境不如妻子,所以在婚姻中处于劣势,就连拿汤匙的姿势都要按照妻子的要求去做,一切活动都在妻子的监视之下,他的懦弱造成这样的局面,"想当初,他在俱乐部里发表过演说,还发明过新的播种机呢!那个妖婆活生生把这个人毁了!"①庸俗的力量是巨大的,它毁掉了一个本是有着辉煌事业和光明前途的人。

当然,巴威尔与多西费依的懦弱是不能与戴莫夫的宽容相提并论的。戴莫夫没有被庸俗击垮,而是继续着自己的科学和医学事业。妻子奥尔迦最终被丈夫高尚的品格所打动,并表示出深深的忏悔之情。

总之,在契诃夫的作品中,正面知识分子形象很少见,像戴莫夫这样的实干家更是凤毛麟角,在小说《花匠头目的故事》(1894)中,契诃夫刻画出另一位普尔热瓦尔斯基类型的人物形象。与《跳来跳去的女人》(1892)中的戴莫夫一样,小说的主人公也是一名医生,"我"是从花匠头目的口中得知了这个很久以前发生的故事:在一个小城市里,住着一个丑陋的、上了年纪的医师,人们不知道他姓什么,除了治病,他不和任何人交往,"他生活俭朴,像个苦行僧。问题在于他是个学者,在那个时候学者跟普通人不同。他们日日夜夜观察,读书,治病,把别的一切统统看做庸俗的事情,没有时间说废话"②。因为他医术高明,所以人们都喜欢他。他的心地纯洁、善良,像天使一般,只要有人求他去看病,他会不顾路途的遥远、天气的恶劣有求必应,甚至在自己生病的时候,也不会顾及自己的安危。所有人都尊敬他,"这个人似乎凭自己的圣洁保住自己,不受一切恶势力的侵害,就连强盗和疯子都对他抱有好感"③。人们感激他,总想找机会报答他。直到有一天,医师死在峡谷里,他是被打死的。凶手被找到,但无罪释放,因为没有人相信,在这个世界上有人能堕落到杀害医师的地步。

在小说的结尾讲述者道出这位医师人格的伟大意义:"凶手就此释放,完全自由了。没有一个人责备法官们审判不公。……就连上帝也看在这种对人的信心上,饶恕了那个小城全体居民的罪过。上帝看到大家

① (俄)契诃夫. 契诃夫小说全集(第三卷). 汝龙,译. 上海:上海译文出版社,2000:224.
② (俄)契诃夫. 契诃夫小说全集(第九卷). 汝龙,译. 上海:上海译文出版社,2000:201.
③ (俄)契诃夫. 契诃夫小说全集(第九卷). 汝龙,译. 上海:上海译文出版社,2000:202.

相信人是上帝的形象就高兴,如果大家忘记了人类的尊严,把人看得连狗都不如,上帝就伤心。就算这个宣告无罪的判决会给小城的居民带来损害,但是另一方面……这种对人的信心,反正不会成为死的东西,一定会对他们产生多么良好的影响。这种信心会在我们心中培养宽宏大量的感情,永远促使我们热爱和尊敬每一个人。每一个人! 这才是要紧的。"①在这个短篇小说里,契诃夫所要宣扬的是道德的力量,它能潜移默化地影响每一个人。积微显量,从个人到群体、再到整个社会,都会一步一步地走向美好。这种道德的力量是巨大的,"只要在什么地方这种力量不再是抽象的观念,而是体现在一个或几十个活人身上,那么那个地方就形成一个强大有力的学校"②,这是契诃夫纪念普尔热瓦尔斯基文章中的一句话,可见,作家的愿望在医师生活的小城里得以实现,这座小城变成了一所学校,而导师就是那个无名医生,他以崇高的道德力量影响、感化身边每一个人。

第二节 知识女性

"从普希金开始,在 19 世纪以及往后 20 世纪的俄国文学中出现了一系列优美的妇女形象,在俄国称之为'俄罗斯妇女的画廊',这是西方任何一个民族文学中所没有的"③,从"俄罗斯的灵魂"达吉雅娜到"黑暗王国中的一线光明"卡捷琳娜、从"新人"叶琳娜、韦拉到引导他人精神复活的玛丝洛娃,还有追求爱情与自由的安娜·卡列尼娜以及支持儿子革命的伟大母亲尼洛芙娜……一个个鲜活的女性形象展现在读者眼前。

谈到 19 世纪末俄国最后一位文学大师契诃夫,就不能不谈及他笔下的女性形象。契诃夫笔下的女性形象可谓丰富多彩,独自就可以构成一幅 19 世纪末的"俄罗斯妇女的画廊",就像他 1888 年 1 月 22 日给伊·列·列昂捷夫(谢格洛夫)的信中写的那样:"小说中如果缺了女性,就像机

① (俄)契诃夫. 契诃夫小说全集(第九卷). 汝龙,译. 上海:上海译文出版社,2000:203-204.
② (俄)契诃夫. 契诃夫论文学. 汝龙,译. 北京:人民文学出版社,1958:108.
③ 徐稚芳. 俄罗斯文学中的女性. 北京:北京大学出版社,1995:2.

器没有蒸汽一样……"①契诃夫是女性描写的行家,在他笔下有形形色色的女性形象,俄国作家布宁在札记中写道:"他极其了解女人的心理,细致入微地感觉到女性的特点,在他的人物里面,也就是在他理想中的人物里面,有一些迷人的女性,有许多还爱过他,很少有谁能像他一样擅长和女人交谈,打动她们,与她们达到心灵上的交融……"②家庭的影响是巨大的,契诃夫曾经说过:"我们的才干来自我们的父亲,而我们的情感则来自我们的母亲。"③契诃夫的母亲是位善良的女性,他的妹妹玛丽雅更是无私,为了哥哥的事业,终身未嫁。契诃夫是一位有社会责任心的、有良知的作家,俄国妇女的命运牵动着他的心,他同情俄国封建社会中被神权、夫权压迫的女性和被凌辱与被损害的女性,批判庸俗的、人性发生"异化"的女性,讴歌精神觉醒、勇于抗争命运的女性,并在实践中逐渐形成自己的女性观——只有知识和劳动才能改变妇女的命运。

一

　　在契诃夫创作的最初阶段,关于女性题材的作品很多,他带着同情与怜悯写出她们的故事。在当时的俄国许多妇女在夫权的控制下过着寄人篱下的悲惨生活,没有自由,小说《丈夫》(1886)中的妻子即是其中不幸的一位。在一个小县城里,偶然会有部队经过并做短暂的停留。每当此时,县城里的小姐和太太们都会欢呼雀跃、激动万分。她们个个打扮得花枝招展,和军官们跳舞,可怜的丈夫们只能在远处观看。税务官基利尔·彼得罗维奇·沙里科夫是个小肚鸡肠的人,此时,他的妻子安娜·巴甫洛芙娜正在和军官跳舞,她的脸上洋溢着快活的神情,这惹得丈夫火冒三丈。"安纽达,我们回家去!""我们回家去!"基利尔不断暴躁地喊着这句话。然而,妻子意犹未尽,不愿回家,她苦苦哀求丈夫,但无济于事,只好乖乖地走出俱乐部。他们一路上都沉默着,"税务官跟在妻子后面,瞧着她满

　　① Чехов А. П. Собрание сочинений в 12 т. т.11. М.: Государственное издательство "Художественной литературы",1956:187.

　　② Чехов в воспоминаниях современников. Ред. Бродский Н Л. и другие. М.: Государственное издательство "Художественной литературы", 1954:494.

　　③ 转引自(法)亨利·特罗亚.契诃夫传. 侯贵信,郑业奎,朱邦造,等,译. 北京:世界知识出版社,1992:6.

心痛苦和委屈,弯下腰,灰心丧气,回想她在俱乐部里那种快活神情惹得他多么生气,感到这种快活如今已经烟消云散,他的心里不禁扬扬得意"①,最终,丈夫胜利了,妻子的反抗是无用的,妇女在丈夫的控制下是没有自由的。

大多数妇女都被丈夫奴役着、管制着,更有不幸的女人,她们就连选择丈夫的权利也被剥夺了,小说《在理发店里》(1883)中的安娜被父亲许配他人,其实她早已有了自己的心上人,但是,这种父母包办的婚姻是她无力抗拒的、是必须顺从的。在小说《厨娘出嫁》(1885)中七岁的小男孩儿格利沙就亲眼目睹了包办婚姻这一悲剧的上演:他的妈妈和家里的老保姆强迫年轻的厨娘嫁给一个她不爱的马车夫。马车夫丹尼洛快四十岁了,他是个粗鲁的乡下人,厨娘彼拉盖雅不喜欢他,甚至讨厌他,称他为"该死的魔鬼",但格利沙的妈妈和老保姆阿克辛尼雅软硬兼施,逼彼拉盖雅就范。彼拉盖雅有自己的想法,她喜欢的是邮递员或是家庭教师,不过,她选择的权利被剥夺了,无力抗争,只好顺从这桩包办的婚事。婚礼的第二天,新郎来向主子道谢,他恶狠狠地盯着妻子对主子说:"求您管教她,太太。您就做她的生身父母吧。还有您,阿克辛尼雅·斯捷潘诺芙娜,也别不管,要照看她,叫她处处走正道……不要胡闹。……还有一件事,太太,请您从她工钱里支给我五卢布。我要买个新的套包子。"②从此,彼拉盖雅就在夫权的控制下度日如年。更加令人痛心的是,同是女人,小男孩儿的妈妈和老保姆却成了夫权的帮凶,"本是同根生,相煎何太急",倒是格利沙同情这位柔弱不幸的女子,他百思不得其解,为什么"彼拉盖雅本来自由自在地活着,要怎么样就怎么样,别人谁也管不着,可是,忽然间,平白无故,出来一个陌生人,这个人不知怎么搞的,居然有权管束她的行动,支配她的财产!"③

其实,在当时的男权社会里,妇女是没有地位而言的,她们本身就是丈夫的私有财产,可以任意处置。小说《猎人》(1885)中的彼拉盖雅嫁给猎人十二年,却没有和他在一起生活过,他们只是名义上的夫妻,猎人瞧

① (俄)契诃夫. 契诃夫小说全集(第五卷). 汝龙,译. 上海:上海译文出版社,2000:138.
② (俄)契诃夫. 契诃夫小说全集(第四卷). 汝龙,译. 上海:上海译文出版社,2000:34.
③ (俄)契诃夫. 契诃夫小说全集(第四卷). 汝龙,译. 上海:上海译文出版社,2000:34.

不起妻子,他们的婚姻也是主子包办的。猎人过惯了自由的生活,只是苦了彼拉盖雅,不过,她并没有反抗意识,反而在他们偶遇的时候还用温柔的眼神打量他,传统的道德观念在她的心中根深蒂固。

丈夫任意处置自己的妻子,甚至可以把她们当做商品进行交易,小说《站长》(1883)中的火车站站长斯捷潘·斯捷潘内奇·谢普士诺夫与公爵庄园主管的老婆玛丽雅·伊里尼希娜偶尔在车站偷情。有一次,总管撞见了这一幕,他不但没有生气,反而心平气和地称斯捷潘为"老兄""恩人",他对斯捷潘说:"这是件要紧事。……我的玛霞对我说,多承您不嫌弃,同她发生关系了。对这一点,我倒无所谓,因为玛丽雅·伊里尼希娜在我和她共同有关的那件事上,总是给我钉子碰。不过,如果公平地论事,那就请您费神跟我订个合同,因为我是她丈夫……按《圣经》上的说法毕竟是一家之主嘛。米海尔·德米特利奇公爵以前跟她发生过关系,每月都给我两张二十五卢布钞票。那您愿意出多少呢? 俗语说得好:协议胜于钱。"①丈夫把自己的妻子当做娼妓,妻子是丈夫赚钱的工具。

在契诃夫的笔下,还有被丈夫卖掉的妇女形象。小说《活商品》(1882)中的女主人公丽扎是个优雅的少妇,却背着丈夫与情人———一个有钱的花花公子格罗霍尔斯基私通。丽扎的丈夫布格罗夫是个文官,他发现了他们的私情,于是骂妻子是"贱婆娘""下流胚",扬言如果他们再见面就杀死他们。随后,格罗霍尔斯基跑来与丽扎的丈夫摊牌,他决心不惜一切代价也要得到丽扎。一开始,丽扎的丈夫很愤怒,可当妻子的情夫说出要给十万卢布作为补偿的时候,"布格罗夫的心感到愉快的凉意,缩紧了。……十万啊! 在他眼前,所有他那些珍藏在心里的幻想,随同那辆马车一起驰骋不已,他在漫长的文官生涯中,在省政府或者他那可怜的小书房里坐着,常常喜欢沉湎于那类幻想。……他总是幻想一条河,河水很深,水里有鱼;又幻想一个宽广的园子,有狭窄的林荫道、小喷泉、树荫、花卉、凉亭;又幻想华美的别墅,有露台和塔楼,安着一个风吹琴和一些银铃……天空万里无云,深不可测。空气清澈,洁净,弥漫着各种香气,使他联想到他那光着脚的、忍饥挨饿的、受尽困苦的童年。……他幻想他五点钟

① (俄)契诃夫. 契诃夫小说全集(第二卷). 汝龙,译. 上海:上海译文出版社,2000:213.

起床,九点钟睡觉,白天去钓鱼、打猎、同农民们谈天。……真好啊!"①渐渐膨胀起来的欲望压倒了一切,这桩买卖最终以十五万卢布的价格成交。后来,丽扎和情人住进了克里米亚的别墅里,滑稽的是前夫带着儿子也搬到了对面的别墅里过起奢华的生活。前夫成心搅乱丽扎的生活,无奈的格罗霍尔斯基又给他一万卢布,请求他离开此地,第二笔买卖又成交了。几个月后,布格罗夫又回来了,他开始勾引丽扎,格罗霍尔斯基为了平息这一切,决定把自己的庄园也送给布格罗夫,因为他已经被折磨得近乎疯狂:"她是我的! 我的! 我缺了她就活不下去! ……看在上帝面上,您走吧! 您永远离开此地吧。我求求您! 要不然您就会送掉我的命……"②这是二人之间的第三笔交易。布格罗夫走了,丽扎很快也逃跑了,她去找前夫和儿子,可怜的格罗霍尔斯基落得人财两空。丽扎回到那个曾经几次把她当做商品出售的前夫身旁能得到幸福吗?

契诃夫对丽扎的态度是"哀其不幸,怒其不争",她的可怜之处在于她被当做商品进行买卖,完全失去了做人的尊严;她的可恨之处则在于她竟然又回到曾经出卖过自己的无耻之徒那里,甘心依附于他。其实,像丽扎这样的男人的附属品在契诃夫的笔下又何止一个。小说《镜子》(1885)的一开头便交代:"涅丽是一个将军和地主的女儿,年轻俊俏,日日夜夜巴望着出嫁。"③除夕之夜,她在一面镜子里看到了幻景:先是"他的未婚夫,她长久渴求和希望的对象。这个未婚夫对涅丽来说就是一切:生活的意义、个人的幸福、事业、命运。在他之外,犹如在那灰色背景上一样,全是阴暗、空虚、毫无意义"④,接下来的幻景是她和丈夫的婚后生活——丈夫生病、为女儿的健康担忧……总之,这一切总是与死亡分不开,"于是,她觉得,她同她丈夫以前一起度过的全部生活,无非是这种死亡的愚蠢而不必要的前奏而已"⑤。生活是现实的,女人属于丈夫、属于家庭,为此操劳,渐渐失去自我,梦醒之后,涅丽会做出怎样的选择?

---

① (俄)契诃夫. 契诃夫小说全集(第一卷). 汝龙,译. 上海:上海译文出版社,2000:298.
② (俄)契诃夫. 契诃夫小说全集(第一卷). 汝龙,译. 上海:上海译文出版社,2000:319.
③ (俄)契诃夫. 契诃夫小说全集(第四卷). 汝龙,译. 上海:上海译文出版社,2000:173.
④ (俄)契诃夫. 契诃夫小说全集(第四卷). 汝龙,译. 上海:上海译文出版社,2000:173.
⑤ (俄)契诃夫. 契诃夫小说全集(第四卷). 汝龙,译. 上海:上海译文出版社,2000:176-177.

　　女人依附男人在很大程度上是因为她们不能自食其力,没有经济基础,抑或家境贫寒。小说《安纽达》(1886)中的安纽达已同六个贫穷的大学生同居过,住在廉价的公寓里,根本没有人珍惜过她,这些大学生飞黄腾达之后更不会想起她。乍一看,安纽达似乎很崇高、很无私、很伟大,但事实上她没有主见、没有原则,只能低眉顺眼地过日子,典型的男权社会的牺牲品。这种甘做男人附庸的女人直到小说《宝贝儿》(1899)才被契诃夫刻画得淋漓尽致。女主人公奥莲卡的突出特点是"她老得爱一个人,不这样就不行"①。奥莲卡有过三个丈夫:剧团经理、木材商、兽医。跟着不同的丈夫,她就会喜欢谈论不同的话题,夫唱妇随、盲从、没有主见,丈夫是她生活的轴心,失去丈夫她就不知道该怎样生活。前两任丈夫死了,最后一任丈夫随部队开拔,奥莲卡的心空落落的,"她需要的是那种能够抓住她整个身心、整个灵魂、整个理性的爱,那种给她思想、给她生活方向、温暖她那日益衰老的心灵的爱"②,后来,兽医把自己的儿子萨沙交给奥莲卡抚养。于是,她高兴了,开始变年轻了,充满了活力,她的灵魂找到了新的寄托。契诃夫这篇带有讽刺意味儿的小说受到托尔斯泰的青睐,奥莲卡正是托尔斯泰喜爱的贤妻良母形象,高尔基在回忆录中写道:"有一天托尔斯泰当着我称赞契诃夫的一篇小说,我相信,就是那篇《宝贝儿》吧。他说:'这跟一位贞洁的姑娘编织出来的花边一样。古时候有这种织花边的女工,她们是些'老姑娘'。她们一生编织花边,把她们所有的幸福的梦想全织在花纹上面。她们用花纹、图样来幻想她们所爱的一切;她们的全部纯洁而渺茫的爱情,她们就把它完全织进花边里面'。托尔斯泰非常感动地说,眼睛里充满了泪水。"③

　　在黑暗的旧俄制度下,"男女平等"是无法实现的,婚姻就像一张沉重的网,罩在妇女的头上,然而,大多数身在网中的妇女不仅不挣扎、不逃脱,反而自投罗网。小说《在旅馆的房间里》(1885)住着一位上校夫人纳霞狄陵,她对旅馆的老板大发雷霆,因为自己带着两个成年未嫁的女儿,而隔壁的男房客说着污言秽语,但当她得知男房客是个上尉、贵族,且年

---

①　(俄)契诃夫. 契诃夫小说全集(第十卷). 汝龙,译. 上海:上海译文出版社,2000:216.
②　(俄)契诃夫. 契诃夫小说全集(第十卷). 汝龙,译. 上海:上海译文出版社,2000:222.
③　(苏)高尔基. 文学写照. 巴金,译. 北京:人民文学出版社,1985:119.

轻、漂亮、有才华,最重要的是他还未婚,她的态度立刻转变了。上校夫人派旅馆的老板请这位年轻人到自己的房间里做客,然后对女儿说:"也许你们的命运就要在这儿决定。"①母亲给自己的女儿当起了媒人。

在契诃夫的笔下还有比上校夫人更加愚昧的母亲。小说《嫁妆》(1883)中的主人公"我"受契卡索夫上校之托看望他的妻子和女儿。他的妻子做了一年的针线活——给女儿做嫁妆。她的女儿十九岁,"说到'出嫁'两个字,她的眼睛亮了"②。七年后"我"再次造访,此时,上校已经去世了,他的妻子依旧在为女儿做嫁妆。又一年过去了,"我"又来到这里,上校的女儿已经死了,可是她的老母亲依旧在准备嫁妆……母亲认定女人一生中只有一件事,那就是嫁人。女儿深受母亲的影响天天盼着出嫁,准备嫁妆是母女俩唯一的生活乐趣,哪怕新郎官儿只是一个幻想中的、现实中并不存在的人物。

看到这里,我们发现在契诃夫的笔下似乎没有幸福的女性。的确,契诃夫目睹过这一黑暗的社会现实。关于童年时代的家庭在1889年1月2日给哥哥亚历山大的信中契诃夫写道:"我请你想一想,是专制和伪善毁掉了你母亲的青年时代。专制和伪善损伤了我们的童年,后果多么严重,以至于想起来都让人感到厌恶和恐惧。你记得吗,我们感到多么地恐惧与憎恶,仅仅是因为午饭的汤做得太咸,父亲就会暴跳如雷,或者辱骂母亲是个傻瓜。"③在当时的俄国,妇女没有地位、男人酗酒、打老婆成为社会的普遍现象,正是因为目睹了成千上万个不幸的家庭和婚姻中不幸的女性,所以契诃夫一直没有走入婚姻的殿堂,直到遇见了莫斯科艺术剧院的女演员克尼碧尔。而且,在契诃夫思想的影响下,他的妹妹玛丽雅终身未嫁。

二

在契诃夫的笔下,不仅有夫权压迫下的女性形象,还有一些受神权控

---

　　①　(俄)契诃夫. 契诃夫小说全集(第三卷). 汝龙,译. 上海:上海译文出版社,2000:227.

　　②　(俄)契诃夫. 契诃夫小说全集(第二卷). 汝龙,译. 上海:上海译文出版社,2000:157.

　　③　Чехов А. П. Собрание сочинений в 12 т. т. 11. М.: Государственное издательство "Художественной литературы", 1956:328.

制的女性,她们同样是愚昧的、可怜的。

　　小说《农民》(1896)中的基里亚克是个野蛮人,酗酒、打老婆是他的家常便饭,他的老婆玛丽雅经常被打得鼻青脸肿、昏死过去,奥尔迦安慰她:"眼泪消不了愁!忍一忍就行了。《圣经》上说:'有人打你的右脸,连左脸也转过来由他打'。……算了,算了……"①说到底还是忍耐、听天由命。奥尔迦每天都要读《福音书》,还教自己的女儿读,这是她的精神寄托。在小说的结尾,奥尔迦带着女儿萨霞离开农村返回莫斯科,途经一个村庄时,她们唱到:"正教徒啊……看在基督的份上,施舍点儿吧,好让上帝保佑您,让您的爹娘在天国得到永久的安息。"②宗教麻痹人们的神经,阻碍人们的反抗意识。

　　剧本《凡尼亚舅舅》(1896)中的索菲雅已经意识到自己的不幸,却不争取自己的自由和幸福,反倒把希望寄托到来世:"我们又能有什么办法呢,总得活下去呀!……我们要继续活下去,凡尼亚舅舅,我们来日还有很长、很长一串单调的昼夜;我们要耐心地忍受行将到来的种种考验。我们要为别人一直工作到我们的老年,等到我们的岁月一旦终了,我们要毫无怨言地死去,我们要在另一个世界里说,我们受过一辈子的苦,我们流过一辈子的泪,我们一辈子过的都是漫长的辛酸岁月,那么,上帝自然会可怜我们的,到了那个时候……我们就会看见光辉灿烂的、满是愉快和美丽的生活了,我们就会幸福了,我们就会带着一副感动的笑容,来回忆今天的这些不幸了,我们也就会终于尝到休息的滋味了。……我们会休息下来的!我们会听得见天使的声音,会看得见这个洒满了金刚石的天堂,所有人类的恶心肠和所有我们所遭受的苦痛,都将让位于弥漫着整个世界的一种伟大的慈爱,那么,我们的生活,将会是安宁的、幸福的,像爱抚那么温柔的。……等待着吧……我们会享受到休息的……啊,休息啊!"③看来,索菲雅把现世的苦难看做是死后通往天堂的阶梯,她相信经过炼狱之苦,灵魂终将会升入天堂。

---

　　① (俄)契诃夫. 契诃夫小说全集(第十卷). 汝龙,译. 上海:上海译文出版社,2000:84.
　　② (俄)契诃夫. 契诃夫小说全集(第十卷). 汝龙,译. 上海:上海译文出版社,2000:108.
　　③ (俄)契诃夫. 契诃夫戏剧集. 焦菊隐,译. 上海:上海译文出版社,1980:240－241.

三

契诃夫同情被夫权、神权压迫的女性,他也十分尊重女性。哥哥尼古拉沉迷酒色使得契诃夫十分痛心,他曾劝诫尼古拉:"艺术家对于一个女人的要求,不光是一起睡觉,享受肉体的温暖,而是真诚、爱抚和人的感情。他应使女人成为母亲,而不是让她沦为妓女。"①契诃夫曾在小说《神经错乱》(1888)中借主人公瓦西里耶夫之口呼喊:"活人! 活人! 我的上帝,她们是活人啊"!②契诃夫对她们的堕落与毁灭感到心痛。

妓女没有社会地位、没有人格,就连她们的嫖客在占有她们的肉体之后同样唾弃、辱骂她们。小说《歌女》(1886)中的巴霞与她的嫖客尼古拉·彼得罗维奇·柯尔巴科夫姘居,他的太太找上门来辱骂巴霞是"卑贱的坏女人""可恶的、出卖肉体的畜生"。她要巴霞拿出九百卢布,并且说,因为巴霞丈夫挪用了公款,善良的巴霞交出仅有的两件柯尔巴科夫送给她的廉价礼物,柯尔巴科夫的太太哪肯罢休,她大哭起来装可怜,甚至要下跪,无奈的巴霞把自己所有的首饰及值钱的东西都给了她。太太走了,看看柯尔巴科夫的表现吧,他嚷嚷着:"我的上帝啊! 她在你面前哭,低三下四。……我的上帝啊,她上流,骄傲,纯洁……居然打算……对这个娼妇下跪! 是我把她逼到这一步的! 是我闹出来的! ……不,我为这件事永远也不能原谅我自己! 永远也不能原谅! 你躲开我……贱货! ……她刚才打算下跪,而且是……向谁下跪呀? 向你! 啊,我的上帝!"③柯尔巴科夫夺门而去,留下巴霞黯然神伤。在嫖客眼里,妓女根本不是人,只是肉欲的宣泄对象。

1890 年,契诃夫去萨哈林岛考察,那里的卖淫现象更是让人触目惊心、不寒而栗,真实情况在《萨哈林旅行记》(1891)中都有记载。契诃夫对这些被凌辱和被损害的女性寄予了同情与怜悯。

---

① 转引自(法)亨利·特罗亚. 契诃夫传. 侯贵信,郑业奎,朱邦造,等,译. 北京:世界知识出版社,1992:74.

② (俄)契诃夫. 契诃夫小说全集(第七卷). 汝龙,译. 上海:上海译文出版社,2000:282.

③ (俄)契诃夫. 契诃夫小说全集(第五卷). 汝龙,译. 上海:上海译文出版社,2000:110.

四

　　契诃夫一生都在同庸俗做斗争,一些庸俗的、人性"异化"的女性自然也成了契诃夫批判的对象。例如,《跳来跳去的女人》(1892)中毁灭丈夫的奥尔迦、剧本《海鸥》(1896)中的演员阿尔卡基娜(她的嘲讽与蔑视毁掉了儿子特里波列夫戏剧革新的梦想),还有为了钱财两次嫁给阔老头子的小女人(《迷样的性格》1883)、因贪图荣华富贵而变质的安娜(《挂在脖子上的安娜》1895),以及自私、冷酷、放荡的娜达里雅(剧本《三姐妹》1900)、《在峡谷里》(1900)"异化"成蛇蝎心肠的女人阿克辛尼雅,等等。

　　契诃夫认为,有时丈夫厌倦家庭、逃离生活跟家中女人的庸俗有很大的关系。小说《没意思的故事》(1889)中老教授尼古拉·斯捷潘诺维奇这样描述他的妻子:"这个肥胖、笨拙的老太婆,一肚子琐碎的烦恼,为区区一小块面包担惊害怕,总是露出一副蠢相,再加上经常为债务和贫穷操心,眼光也变得迟钝,而且一开口只会谈家中开支,必得东西落价才见笑容;难道这样一个女人就是当初那个清秀的瓦丽雅? 那时候我热烈地爱上她,是因为她头脑聪明,心地纯洁,面貌俊美,并且如同奥赛罗爱苔丝德蒙娜那样,因为她'看重'我的学问。难道这个女人就是当初给我生下一个儿子的我的妻子瓦丽雅? 我注意地瞧着这个皮肉松弛、笨手笨脚的老太婆的脸,想在她身上找到我的瓦丽雅,可是如今,过去的瓦丽雅所保存下来的只有那么一点:为我的身体担忧,把我的薪水叫做'我们的'薪水,把我的帽子叫做'我们的'帽子。"①许多女人出嫁后,便以丈夫、孩子、家庭为中心,她们很快失去自我,没了思想。

　　小说《文学教师》(1894)中的尼基丁的妻子玛纽霞也是在婚后变得庸俗不堪的,她的全部心思都在奶油和牛奶身上,丈夫无法与她进行思想上的交流,因为二人的兴趣点不同。这样的生活不是契诃夫作品中的主人公想要的,契诃夫本人也十分恐惧这样庸俗的女人和庸俗的生活,所以他拒绝婚姻,迟迟不肯迈进婚姻的殿堂。关于理想中的妻子,在1895年3月23日给苏沃林的信中契诃夫这样写道:"好吧,如果您愿意的话我就结

---

① (俄)契诃夫. 契诃夫小说全集(第八卷). 汝龙,译. 上海:上海译文出版社,2000:5-6.

婚。但我是有条件的：一切照旧，也就是说她要住在莫斯科，而我住在乡下，我会去看她的。日复一日、从早到晚腻在一起的幸福我可吃不消。每天都给我说一件事，并用一种腔调会让我难以忍受的。……我会是一个优秀的丈夫，但要给我这样一个妻子，她就像是月亮，不是每天都出现在我的天空。我的写作不会因为我结婚而变得更好。"①契诃夫惧怕婚姻、惧怕家庭生活，直到克尼碧尔的出现，才动摇了他的决心。1898 年 9 月契诃夫与克尼碧尔相识，1901 年与她结婚。三年的婚姻生活，他们是聚少离多。契诃夫支持克尼碧尔的艺术事业，给她充分的自由，从不因为自己的病情或心中的思念扰乱妻子的事业，克尼碧尔为此也曾深深地懊悔过："在你面前我是一个下流胚。对你来说我算是个什么妻子……我既然已经嫁人了，就应该把个人生活忘记……在对你、在对像你这样的人的态度上我的做法很轻率。既然我在舞台上，我就应该过独身生活，不去使别人痛苦"。②面对妻子的忏悔，契诃夫只是淡然一笑。克尼碧尔就是契诃夫心目中理想的女性，因为她有自己的思想，从不依附别人，有学识、有事业、超凡脱俗。

五

随着社会的进步，在契诃夫的笔下开始出现觉醒的女性形象。首先，她们要逃脱夫权的控制，越过封建婚姻的藩篱，自由自在地生活。婚姻中的女性不满于丈夫，然而，她们最初是以搞婚外情的方式表示反抗的。

小说《药房老板娘》（1886）中的药剂师年轻的妻子夜不能寐，莫名的懊恼侵袭着她。这时有军官和中尉借口买药走进药房，他们想和老板娘搭讪解闷。两位客人的赞誉之词和轻佻的举止在药房老板娘的心中荡起了涟漪。她憎恨那个冷漠的、不解风情的丈夫，慨叹自己人生的不幸，她多么希望有个男人抚慰她寂寞空虚的灵魂啊！

在这类觉醒的、反抗夫权的女性中，大多都是以偷情的方式宣泄对丈夫的不满情绪，小说《巫婆》（1886）中教堂诵经士的妻子拉伊萨·尼洛芙

① Чехов А. П. Собрание сочинений в 12 т. т. 12. М.：Государственное издательство "Художественной литературы"，1956；78.

② 转引自（俄）格罗莫夫. 契诃夫传. 郑文樾，朱逸森，译. 郑州：海燕出版社，2003；324.

娜在丈夫眼里是个巫婆,因为每到暴风雪的天气,来他们这里投宿的年轻男人都会和妻子拉伊萨发生一夜情。又是一个暴风雪的天气,丈夫恼怒地对妻子说:"是你搞出来的也罢,不是你搞出来的也罢,反正我看得出来:你身上的血一沸腾,天气就变了,天气一变,就准有个疯子跑到这儿来。每一次都这样! 可见就是你在作怪!"①当晚,真的有个迷路的年轻邮差到他们家问路休息,在丈夫的监视下,妻子和邮差偷情未果,恼怒的妻子终于歇斯底里地发作了:"我好命苦啊! ……要不是你,说不定我就会嫁给一个商人或者贵族! 要不是你,现在我就会爱我的丈夫! 你怎么就没让雪埋掉,怎么就没在那边大路上冻死,你这个希律!"②面对丈夫的爱抚,妻子大吼"躲开我"。拉伊萨与教堂诵经士的婚姻是她父亲包办的,两人缺乏感情基础,这必将为今后的生活埋下隐患。

想冲破婚姻牢笼的女性越战越勇。小说《阿加菲雅》(1886)中的铁路扳道工的老婆阿加菲雅在与萨夫卡偷情时被撞见,她索性一不做二不休,决定不再躲躲藏藏、遮遮掩掩,她"迈开大胆的步子往她丈夫那边走去。显然,她鼓足力量,下定决心了"③。阿加菲雅用丈夫的拳脚相向换来片刻的欢愉。

上述几位女性都是生活在社会底层的妇女,她们只是通过偷情满足欲望,这种反抗方式在某种程度上是畸形的、不健康的,因为他们之间大多存在的是肉体关系,毫无感情可言。

许多女性都是因为家境贫寒嫁人。小说《村妇》(1891)中的瓦尔瓦拉年轻貌美,却嫁给一个驼背的大老粗,可是,她还是比较有思想的,认为过这种牛马一样的生活"还不如孤孤单单,一辈子做老姑娘,还不如找教士的儿子要半个卢布,还不如去讨饭,还不如跳井自尽……"④不过,她的抗争方式也是出去偷情。

契诃夫的剧本《海鸥》(1896)中的玛莎是管家的女儿,她总是穿着黑色的衣服,用她的话说是在为生活挂孝。她认为自己的生活很不幸,甚至

---

① (俄)契诃夫. 契诃夫小说全集(第四卷). 汝龙,译. 上海:上海译文出版社,2000:265.
② (俄)契诃夫. 契诃夫小说全集(第四卷). 汝龙,译. 上海:上海译文出版社,2000:272.
③ (俄)契诃夫. 契诃夫小说全集(第四卷). 汝龙,译. 上海:上海译文出版社,2000:299.
④ (俄)契诃夫. 契诃夫小说全集(第八卷). 汝龙,译. 上海:上海译文出版社,2000:93.

常常有轻生的念头。她爱特里波列夫，但那是无望的单相思，为了摆脱自己的苦恼，她嫁给了自己不爱的人，过起了平淡无奇的生活。

直到小说《带小狗的女人》（1899）中的安娜·谢尔盖耶芙娜，她才是一个有思想的、追求美好纯真爱情的女性代表。安娜在雅尔塔与德米特利·德米特利奇·古罗夫邂逅，向他诉说自己离家的原因："我丈夫也许是个诚实的好人，可是要知道，他是个奴才！……我嫁给他的时候才二十岁，好奇心煎熬着我，我巴望过好一点的日子，我对自己说：'一定有另外一种不同的生活'。我一心想生活得好！我要生活，生活。……好奇心燃烧着我……我已经管不住自己了，我起了变化，什么东西也没法约束我了，我就对我的丈夫说我病了，我就到这儿来了。……到了这儿，我老是走来走去，像是着了魔，发了疯……"[1]安娜终于在这里找到了真爱。此后，他们便常常偷偷地约会，无奈的是两个人都有各自的家庭，"他们仿佛是两只候鸟，一雌一雄，被人捉住，硬关在两只笼子里分开生活似的"[2]。在小说的结尾，契诃夫以同情的笔调写道："离着结束还很远很远，那最复杂、最困难的道路现在才刚刚开始。"[3]在那个时代，女人要想冲破封建婚姻的牢笼谈何容易。

与安娜一样渴求新生活的女性还有小说《大沃洛嘉和小沃洛嘉》（1893）中的索菲雅。她因为贪财赌气嫁给了两个好朋友之一——大沃洛嘉，可她并不爱她的丈夫，想到要与他同床共枕就会感到难以忍受，于是，她开始与深爱她的小沃洛嘉幽会。

契诃夫笔下真正美好的婚姻是什么样的呢？丈夫应当像小说《爱情》（1886）中的男主人公那样呵护自己的妻子，如同他婚后所说的："现在我原谅了一切：咀嚼声啦，为找拔塞器而乱翻东西啦，衣冠不整啦，为无聊的事喋喋不休啦，我一概原谅了。我几乎不自觉地原谅了，没有丝毫的勉强……从前惹得我厌恶的许多事情，我现在看了反而感动，甚至喜爱。这种原谅一切的原因在于我爱萨霞，可是爱情本身该怎样解释，说真的，我就

---

① （俄）契诃夫. 契诃夫小说全集（第十卷）. 汝龙，译. 上海：上海译文出版社，2000：257.
② （俄）契诃夫. 契诃夫小说全集（第十卷）. 汝龙，译. 上海：上海译文出版社，2000：267.
③ （俄）契诃夫. 契诃夫小说全集（第十卷）. 汝龙，译. 上海：上海译文出版社，2000：267.

不得而知了。"①在作家的眼里,真正的爱情应该是理解与包容。

六

　　然而,单纯追求爱情并不代表女性的真正觉醒,虽然一些女性与家庭决裂,如小说《匿名氏故事》(1893)中的齐娜伊达、《邻居》(1892)中的齐娜,等等,最重要的是与家庭决裂出走后怎么办?

　　首先,她们要走出家庭,走向社会,积极参加社会公益事业。

　　小说《妻子》(1892)中的女主人公娜达丽雅·加甫利洛芙娜是一个被丈夫忽视的角色,家庭生活没有什么幸福可言,她甚至羡慕饥寒交迫的村妇。她对丈夫说:"因为她们不是跟您这样的人一块儿过日子。她们诚实,自由,我呢,多承您厚爱,成了寄生虫,在闲散中沉沦。我吃您的面包,花您的钱,用我的自由和忠实来报答您,而那种忠实却是谁也不需要的。由于您不给我身份证,我就得保护您的好名声,其实您并没有什么好名声。"②丈夫不了解妻子,妻子与丈夫格格不入,在妻子的眼中,丈夫自私、冷酷、令人压抑。于是,她不再抱怨、不再争吵,而是把整个身心投入到赈济灾荒这项公益事业上。娜达丽雅的真诚打动了所有的人,"她没有奔走,没有操心,没有忙乱,可是结果,她现在成了全县头一号人物了"③。就连她的丈夫也不得不佩服她。娜达丽雅走出家庭,融入社会,不再是丈夫豢养的金丝雀。此类勇敢的放弃贵族生活、走出家庭、追求新生活的女性还有小说《邻居》(1892)中的齐娜。她为了自己的爱毅然离家出走,同民粹派分子符拉西奇生活在一起。

　　中篇小说《女人的王国》(1894)中的女主人公安娜·阿基莫芙娜是个商人中的新女性形象,管理近两千人的工厂,而且还开办学校,乐善好施,但对于自己的生活安娜并不满意,她有自己的看法:"继续过我眼前所过的这种生活,或者嫁给一个像我这样闲散的、没有能力的人,那简直是罪过。我再不能照这样生活下去了!"④安娜本打算嫁给一个手下的工人,但

①　(俄)契诃夫. 契诃夫小说全集(第四卷). 汝龙,译. 上海:上海译文出版社,2000:350 – 351.
②　(俄)契诃夫. 契诃夫小说全集(第八卷). 汝龙,译. 上海:上海译文出版社,2000:210.
③　(俄)契诃夫. 契诃夫小说全集(第八卷). 汝龙,译. 上海:上海译文出版社,2000:225.
④　(俄)契诃夫. 契诃夫小说全集(第九卷). 汝龙,译. 上海:上海译文出版社,2000:146.

最终她没能越过阶级的局限,不过,她的觉醒意识是不容否认的。

小说《我的一生》(1896)中的克列奥帕特拉从小就在父亲的管制之下规规矩矩地生活,后来在弟弟和玛霞的影响下,她的思想起了变化:"我在一生最好的岁月里却只知道记账、倒茶、数戈比、招待客人,以为世界上再也没有比这些更重要的事了! ……我也有和其他人同样的需要啊!我要生活,可是人家却叫我做一个管家婆。这真可怕,真可怕呀!"①她扔掉家里的钥匙,反抗父亲的权威,自由恋爱,并接受了未婚夫的思想:"应当工作!"

其次,妇女要真正地自由、解放,首先要自食其力,劳动才是最光荣的。小说《在峡谷里》(1900)的丽巴是契诃夫笔下的一位正面女性形象,她的身上体现出契诃夫的妇女观,契诃夫认为妇女要参加劳动。丽巴饱尝了人间的苦难,在小说的结尾,她听取了老人叶里扎洛夫的劝告:"谁干活,谁能忍,谁就上流。"于是,她擦干眼泪,开始劳动、开始新的人生。"村妇和村姑成群地从火车站回来,她们已经在那儿把砖装进车厢了。她们的鼻子和眼睛下面的脸颊上布满红色的砖末。她们在唱歌。领头走着的是丽巴,眼睛望着天空,用尖细的嗓音唱着,声音发颤,仿佛在得意,在高兴:谢天谢地,白天总算过去,可以休息了。"②在小说《三年》(1895)中,拉普捷夫劝告尤丽雅的话也和劳动相关:"必须把自己的生活安排在非劳动不可的环境里。没有劳动就不可能有纯洁快乐的生活。"③在剧本《樱桃园》(1903)中,安尼雅在特罗费莫夫的引导下,决心跟家庭决裂,她要靠自己的劳动过活;剧本《凡尼亚舅舅》(1896)中的索菲雅也是在不断地催促凡尼亚振作精神,赶快工作。

在契诃夫眼里,解决妇女问题、提高妇女地位除了劳动,更重要的就是使妇女们获取知识,只有掌握知识,妇女们才能立足于社会、才能造福于人类。小说《带阁楼的房子》(1895)中的女主人公、知识女性莉季娅在村里一个由地方自治局开办的学校当教师,这不仅对社会有所贡献,而且可以自食其力,她的想法是对的:"人不能揣起手坐着不动……有文化的

---

①　(俄)契诃夫. 契诃夫小说全集(第十卷). 汝龙,译. 上海:上海译文出版社,2000:36.

②　(俄)契诃夫. 契诃夫小说全集(第十卷). 汝龙,译. 上海:上海译文出版社,2000:309.

③　(俄)契诃夫. 契诃夫小说全集(第九卷). 汝龙,译. 上海:上海译文出版社,2000:218.

人的最崇高、神圣的任务就在于为人们服务,我们就是在尽我们的能力服务。"①莉季娅是一个顽强的、有主见的姑娘,尽管有人为她的行为泼冷水,但她始终坚持自己的想法、继续自己的事业。同莉季娅一样,小说《我的一生》(1896)中的玛霞在丈夫的影响下来到农村做乡村学校的管理人,她受过良好的教育,却没有能力消除与农民之间的隔阂,最终,她放弃了那里的事业。小说从另一个侧面反映了民粹派"到民间去"运动以及"小事论"的失败。

七

契诃夫尊重知识、尊重女性,知识女性是他笔下的一大亮点,这也是他超越 19 世纪俄国那些擅长描写女性的文学家的地方。契诃夫笔下的知识女性同所有俄国知识分子一样,走过一条从被压迫到觉醒、再到新生的苦难历程。

小说《窝囊》(1883)中的家庭教师尤丽雅·瓦西里耶芙娜是个懦弱的人,主人给她结账的时候克扣她许多工钱,她不仅不据理力争,反而道声"谢谢",因为在别的地方,人家根本不给她钱,她一直就是这样逆来顺受。而小说《风波》(1886)中的家庭教师玛宪卡·巴甫烈茨卡雅则维护了自己的人格和尊严。在主人怀疑她偷了首饰,并擅自搜查她的房间时,"她有生以来第一次极其尖锐地体验到凡是寄人篱下、听人摆布、靠富贵人家的面包过活的人所熟悉的那种心情"②。她毫不畏惧,毅然离开,哪怕是主子再三挽留。

但是,大多数知识女性的苦闷与彷徨来自她们对生活的求索。小说《在大车上》(1896)中的乡村教师玛丽雅·瓦西列芙娜已从教十三年,一成不变的工作和生活使得她变得麻木与厌倦,况且,"她是由于贫困才做教师的,并没感到这个工作是她的使命。她从来也没有想到过使命,想到过教育的益处……再者她哪儿有工夫想到使命,想到教育的益处呢? 教师们、不富裕的医师们、医士们的工作都很繁重,他们甚至不去想自己在

---

① (俄)契诃夫. 契诃夫小说全集(第九卷). 汝龙,译. 上海:上海译文出版社,2000:361.
② (俄)契诃夫. 契诃夫小说全集(第四卷). 汝龙,译. 上海:上海译文出版社,2000:223.

为理想服务,为民众服务,从而得到安慰,因为他们的头脑里经常装满了关于粮食、木柴、坏道路、疾病的念头。这种生活是艰苦而没有趣味的,只有像玛丽雅·瓦西列芙娜这种不声不响地听命负重的人才会长久地熬下去;而那些活跃的、神经质的、敏感的、常谈到自己使命,谈到为理想服务的人却会很快厌倦,丢掉这种工作"①。玛丽雅·瓦西列芙娜的苦闷在于她没有意识到自己工作的意义和自身的价值,而且她找不到自己在生活中的位置。

契诃夫的剧本《三姐妹》(1900)中的伊里娜就是同上述这位因寻找生活中的位置而苦闷的玛丽雅相似的人物。伊里娜成天喊着要工作,她认为"所有的人,无论他是谁,都应当工作,都应当自己流汗去求生活——只有这样,他的生命,他的幸福,他的兴奋,才有意义和目的。做一个工人,天不亮就起来到大路上砸石头去;或者,做一个牧羊人,或者做一个教儿童的小学教师,或者做一个开火车头的,那可都够多么快活呀……不必说做人了,就是只做一头牛或者做一匹无知的马,然而工作,也比做一个十二点才醒,坐在床上喝咖啡,然后再花上两个钟头穿衣裳的年轻女人强啊……"②很快,伊里娜在电报局找到了工作,但她浅尝辄止,很快就厌倦了,"我得另外找一种工作,这种工作对我不合适;刚刚缺少我所十分渴望、天天梦想的东西……这是一种没有诗意、没有思想内容的工作……"③伊里娜找不到自己的位置,无所是从,痛苦得要自杀,最后,在姐姐奥尔加的劝说下,她决定嫁给男爵,并随他搬到砖窑去。伊里娜还考上了小学教师,当她满心欢喜地期待新生活到来的时候,男爵却在决斗中被杀,伊里娜决定一个人去学校教书,并且信心十足,"我们应当活下去……我们应当工作,只有去工作! 明天,我要自己一个人走,我要到学校里去教书,我要把我的整个生命都贡献给也许有这种需要的人们。现在正是秋天;冬天很快就要到了,白雪会盖上一切的,而我也会不断地工作的……"④伊里娜是三姐妹中最小的一个,也是最天真、最不成熟的一个,她满腔热情,但缺乏

①　(俄)契诃夫. 契诃夫小说全集(第十卷). 汝龙,译. 上海:上海译文出版社,2000:132 - 133.
②　(俄)契诃夫. 契诃夫戏剧集. 焦菊隐,译. 上海:上海译文出版社, 1980:250.
③　(俄)契诃夫. 契诃夫戏剧集. 焦菊隐,译. 上海:上海译文出版社, 1980:279.
④　(俄)契诃夫. 契诃夫戏剧集. 焦菊隐,译. 上海:上海译文出版社, 1980:337.

意志和耐心,在这一点上,她比不得小说《在大车上》(1896)中的玛丽雅,或许这是二者的成长环境所致。

剧本《三姐妹》(1900)中伊里娜的姐姐玛莎也觉得生活苦闷,但她只爱幻想,缺乏实际行动。她与自己的丈夫格格不入,爱上别的男人,却没有结果。她自称自己是生活的失败者,终日郁郁寡欢。在三姐妹当中,最理性的是奥尔加。她是教师,整天忙于备课、开教务会议,深受推崇,是未来的校长。她是两个妹妹的主心骨,在部队开拔后,她鼓励两个妹妹要勇敢地活下去。在剧本《三姐妹》(1900)中,"到莫斯科去"是三姐妹朦胧的向往和追求,也是她们在苦闷和彷徨中发出的呼喊。

与三姐妹一样衣食无忧、但精神苦闷的知识女性还有小说《出诊》(1898)中的丽扎。工厂主的女儿丽扎的苦闷源于她与生活环境的冲突,前去应诊的医师柯罗辽夫一语道破症结所在:"您处在工厂的主人和富有的继承人的地位,却感到不满意,您不相信您有这种权利,于是现在,您睡不着觉了,这比起您感到满意,睡得酣畅,觉得样样事情都顺心当然好得多。您这种失眠是令人起敬的。不管怎样,这是个好兆头。真的,我们现在所谈的这些话在我们父母那一辈当中是不能想象的;他们夜里并不谈话,而是酣畅地睡觉,而我们,我们这一代呢,却睡不好,感到痛苦,谈许许多多话,老是想判断我们做得对不对。"[①]柯罗辽夫劝说丽扎放弃财产,远离这一切,但真地做起来又谈何容易?

小说《在故乡》(1897)中的薇拉毕业于贵族女子中学,她会讲三种外国语,博览群书,见过许多世面,但她必须要去自己家草原上的庄园定居。那里庸俗的环境和庸俗的家人使她感到沉闷,但她没有勇气离开。最后她妥协了,嫁给了工厂的医师。从此,她不再期待更好的生活。

在契诃夫的笔下,深陷思想危机、苦闷彷徨的知识女性还有小说《没有意思的故事》(1889)中的卡嘉。她是老教授尼古拉·斯捷潘诺维奇的养女,曾怀揣着梦想与希望离开家乡参加剧团。不到两年的时间,她就厌倦了,生活没了中心思想。再次回到家中,老教授发现"现在她的表情冰冷、淡漠、涣散。就跟不得不长久地等火车开来的旅客的表情一样。她的

---

① (俄)契诃夫. 契诃夫小说全集(第十卷). 汝龙,译. 上海:上海译文出版社,2000:210-211.

装束跟从前一样漂亮而朴素,可是很马虎,显然,她往往整天躺在躺椅上或者坐在摇椅里,她的衣服和头发因此揉得很乱。她也没有从前那份好奇心了"①。无助的卡嘉在德高望重的偶像——老教授那里没有得到"她该怎么办"的答案便离家出走了。离家出走是知识女性觉醒后行动的第一步,但最重要的是她们出走后应该"怎么办"在契诃夫的剧本《海鸥》(1896)和小说《新娘》(1903)中我们可以找到答案。

剧本《海鸥》(1896)中的妮娜是个富有地主的女儿,一直梦想当演员,而且她有着非凡的毅力,她曾对自己的崇拜者——作家特里果林说:"为了得到作为一个作家或者作为一个演员的幸福,我情愿忍受我至亲骨肉的怀恨,情愿忍受贫穷和幻想的毁灭,我情愿住在一间阁楼上,用黑面包充饥;自知自己不成熟的痛苦,对自己不满的痛苦,我都情愿忍受,但是同时呢,我却要求光荣……真正的、声名赫赫的……光荣……"②妮娜爱上了作家特里果林,她决定放弃一切到莫斯科去,到那里开始全新的生活,然而,事与愿违,特里果林抛弃了她,他们的孩子也死了。两年之后,妮娜重返故乡,与特里波列夫重逢,她给他讲了自己这两年悲惨的遭遇,但是,特里果林的嘲笑与打击、自己无数次演出的失败以及丧子之痛并没有摧毁妮娜,她反而变得更加坚强了:"现在我可不是那样了……我是一个真正的演员了,我在演戏的时候,感到一种巨大的快乐,我兴奋,我陶醉,我觉得自己伟大。……在我们这种职业里——无论是在舞台上演戏,或者是写作——主要的不是光荣,也不是名声,也不是我所梦想过的那些东西,而是要有耐心。要懂得背起十字架来,要有信心。我有信心,所以我就不那么痛苦了,而每当我一想到我的使命,我就不再害怕生活了。"③妮娜经过生活的磨难,找到了生活的真谛,就像一只海鸥自由地飞翔。生活的打击没有吓倒她,没有让她畏惧,更没有让她退回到过去的安乐窝。

小说《姚尼奇》(1898)中的叶卡捷丽娜·伊凡诺芙娜是与妮娜有着共同梦想的知识女性,她同样放弃了贵族生活,去莫斯科音乐学院学习。叶卡捷丽娜拒绝了姚尼奇的追求:"我爱艺术胜过爱生活里的任何什么东

①　(俄)契诃夫. 契诃夫小说全集(第八卷). 汝龙,译. 上海:上海译文出版社,2000:21.
②　(俄)契诃夫. 契诃夫戏剧集. 焦菊隐,译. 上海:上海译文出版社,1980:130.
③　(俄)契诃夫. 契诃夫戏剧集. 焦菊隐,译. 上海:上海译文出版社,1980:165 - 166.

西,我爱音乐爱得发疯,我崇拜音乐,我准备把我的一生献给它。我要做一个艺术家,我要名望,成功,自由。您呢,却要我在这城里住下去,继续过这种空洞无益的生活,这种生活我受不了。做一个妻子,啊,不行,原谅我! 人得朝着一个崇高光辉的目标奋斗才成,家庭生活会永远缚住我的手脚。"①四年过去了,叶卡捷丽娜再次回到家乡,她的变化很大,仿佛是自己家里的客人。

小说《新娘》(1903)是契诃夫创作生涯的绝唱,作品中蕴含了他整个的人生追求,他把全部的希望寄托在新娘娜嘉的身上(俄语中娜嘉的名字Надя – Надежда 汉译即是"希望"之意)。

娜嘉是个二十三岁的姑娘、一个待嫁的新娘,她与大多数俄国传统的女性一样,从十六岁开始就盼着出嫁。然而,出嫁的日子临近了,她反倒不安起来,平民知识分子萨沙给她指点迷津,动员她离开这肮脏的、寄生的生活。娜嘉"处处只见到庸俗,愚蠢的、纯粹的、使人不能忍受的庸俗"②,她的妈妈不爱已故的丈夫,但依靠婆婆过活,而自己的未婚夫整天无所事事。他们的新房、家具也是庸俗的。娜嘉的母亲不理解这是为什么,娜嘉便道出了自己的想法:"你只要明白我们的生活多么庸俗无聊、有失尊严就好了。……我要生活! 要生活! ……给我自由! 我还年轻,我要生活,你们却把我变成了老太婆! ……"③终于,在萨沙的鼓励下,娜嘉离家出走去彼得堡求学。契诃夫曾在给友人的一封信中写道:"谁为剧本发明了新的结局,谁就开辟了新纪元……主角不是结婚,就是自杀,没有别的出路!!!"④"多余人"伊凡诺夫的确自杀了,而小说《新娘》(1903)中的主角娜嘉并没有结婚,她的出走、求学是新一代"新人"命运的最佳选择。小说《新娘》(1903)的结局预示着契诃夫世界观的进一步提高与升华。

一年过去了,娜嘉与萨沙再次相见,她发生了很大的变化,她的确是把自己的生活"翻个身"。在娜嘉眼里就连萨沙也变得落伍了。不仅如

---

① (俄)契诃夫. 契诃夫小说全集(第十卷). 汝龙,译. 上海:上海译文出版社,2000:195.
② (俄)契诃夫. 契诃夫小说全集(第十卷). 汝龙,译. 上海:上海译文出版社,2000:353.
③ (俄)契诃夫. 契诃夫小说全集(第十卷). 汝龙,译. 上海:上海译文出版社,2000:355.
④ 转引自(俄)布罗茨基. 俄国文学史(下卷). 蒋路,刘辽逸,译. 北京:作家出版社,1962:1 191.

此,娜嘉还鼓动朋友的妻子外出求学,让她和自己一样把生活"翻个身"。

再次回到故里,城里的一切都是那样的陈旧、腐朽,到处是衰败的景象;娜嘉的奶奶和妈妈开始信教,忙着去教堂……娜嘉深深地意识到"她的生活已经按萨沙的心意翻了个身,现在她在这儿觉得孤单,生疏,谁也不需要她,而这儿的一切她也完全不需要,整个过去已经跟她割断,消失,仿佛已经烧毁,连灰烬也随风飘散了似的"①。娜嘉与这种腐朽的旧生活已经格格不入,而朦胧的、美好的、神秘的新生活正在召唤着她。娜嘉再次离开家门,满怀信心地上路了,从此不再回来!

马克思在 1868 年 12 月 12 日给朋友路德维希·库格曼的信中写道:"每个了解一点历史的人也都知道,没有妇女的酵素就不可能有伟大的社会变革。社会的进步可以用女性(丑的也包括在内)的社会地位来精确地衡量。"②妇女是不容忽视的改造社会与推动社会进步的力量,因此,妇女们要劳动、自食其力、要通过获取知识丰富自己的头脑,这样才做到了真正的解放。法国思想家傅立叶(1772—1837 年)"第一个表明了这样的思想:在任何社会中,妇女解放的程度是衡量普遍解放的天然尺度"③,因此,塑造出像丽巴、妮娜、娜嘉等这些劳动和知识女性形象正是契诃夫的伟大之处。

---

① (俄)契诃夫. 契诃夫小说全集(第十卷). 汝龙,译. 上海:上海译文出版社,2000:361.
② (德)马克思,恩格斯. 马克思恩格斯全集(第三十二卷). 北京:人民出版社,1975:571.
③ 参见(德)恩格斯. 反杜林论. 北京:人民出版社,1971:257.

结　束　语

契诃夫(1860—1904 年)曾是一位颇受争议的俄国作家。他辉煌过、被人推崇过,同时也被人歪曲过,甚至被开除到经典作家的队伍之外……契诃夫一生没有参加过任何政治派别,但他从未间断过社会实践和精神探索。在文学创作中,契诃夫始终坚持"非倾向性"的、客观的现实主义原则,他的知识分子形象塑造更是俄国乃至世界文学史中的一大贡献。

一

"知识分子"是一个十分复杂的概念,对此学术界众说纷纭,俄罗斯的知识阶层更是一个特殊的群体。大多数学者认同 18 世纪的拉季舍夫(1749—1802 年)是真正意义上的俄国知识分子第一人,他因 1790 年发表的《从彼得堡到莫斯科旅行记》而遭流放,从此便开始了俄国知识分子的殉难史。

1825 年 12 月 24 日十二月党人起义失败,这是俄国贵族革命的开端。

1936 年恰达耶夫(1794—1856 年)发表的《哲学书简》引发了西欧派与斯拉夫派的争论,从此,被赫尔岑称之为俄国的斯芬克斯之谜,即俄国是要走西方的、还是东方的道路问题便久噬俄国知识分子的心灵。

19 世纪 30 年代,以别林斯基为代表的平民知识分子开始登上俄国的历史舞台,从 50 年代末直到 20 世纪初,他们曾是社会活动的主体。

从西欧派与斯拉夫派的论争到 19 世纪 60 年代盛行的虚无主义,再到 70 年代民粹派的实践活动以及马克思主义思想的传播,俄国知识分子走着一条十分艰难的精神探索之路,这一切都不可避免地体现在文学创作之中。普希金、莱蒙托夫、屠格涅夫等 19 世纪俄国经典作家都曾在自己的作品中描绘过知识分子形象,但就内容的广度、思想的深度而言,桂冠当属契诃夫,他在该领域的成就无人能及。

契诃夫是一位有着敏锐观察力的作家,19 世纪下半叶到 20 世纪初俄国的种种社会思潮在他的作品中都有反映——无论是对虚无主义、民粹派思想，还是马克思主义他都提出过质疑，对于推动俄国社会发展的中坚力量他也有着自己的看法。在剖析小资产阶级、农民阶级、工人阶级等存在的诸多问题之后，契诃夫把国家兴亡的责任还是放在知识阶层的肩上，尽管在自己的作品中他曾毫不留情地批判过庸俗的、市侩的、"异化"的、背离传统的知识者形象。在晚期作品中，契诃夫呼唤具有真正知识分子特性的"新人"出现，以把俄国社会变革的伟业寄托于真正的知识分子身上。

二

　　在 19 世纪俄国文学史中，知识分子形象大致有三种类型："多余人""新人"和"忏悔的贵族"。从普希金的"多余人"叶甫盖尼·奥涅金、屠格涅夫的"新人"英沙罗夫到托尔斯泰的"忏悔的贵族"涅赫留朵夫……一个个鲜活的知识分子形象跃然纸上。契诃夫是刻画俄国知识分子形象的大师，在文学创作中，他继承前人的优秀成果，并在不断的探索中又有了对前人的超越。

　　从 1825 年起，普希金开始逐章发表诗体长篇小说《叶夫盖尼·奥涅金》，作品中的主人公奥涅金是俄国文学史上第一位"多余人"形象，"赫尔岑把奥涅金称做'多余的人'是在 1851 年，其本意为贵族社会中的'多余的人'。统治阶级内部产生出对这一阶级的道德准则和生活理想采取怀疑态度而另有求索的'多余的人'，这一现象本身说明专制农奴制的危机"①。继而，莱蒙托夫的小说《当代英雄》、赫尔岑的小说《谁之罪》、屠格涅夫的小说《罗亭》等出现了毕巧林、别里托夫、罗亭等"多余人"形象。

　　首先，契诃夫笔下的"多余人"形象与传统的"多余人"形象一样，他们都是出身贵族的知识分子，都曾有过积极的社会意义，都曾代表过俄国社会进步的力量。例如，《当代英雄》中的毕巧林曾经参加过波兰战争，并且表现得相当出色、十分勇猛，后来，他在高加索服役，"贵族青年离开首

---

①　曹靖华. 俄苏文学史(第一卷). 郑州:河南教育出版社,1992:127.

都到高加索来当下级军官正是当时进步知识分子常有的命运"①;《谁之罪?》里的别里托夫则潜心学习过医学和绘画,甚至参加竞选;《罗亭》中的罗亭不仅宣扬进步的思想,而且身先士卒,1848 年 6 月 26 日在巴黎的街垒上被法国士兵击毙,此刻的罗亭没有当逃兵。关于罗亭这个人物,近年来评论界予以新的评价,他的身上已经有了"新人"的特点,不能单纯地把他跟其他"多余人"划等号。到了契诃夫的笔下,"多余人"们更加注重实际行动。例如,普拉东诺夫拯救过风尘女子,作为一个民粹派分子,他也曾"到民间去";伊凡诺夫充满激情狂热地工作过,年纪轻轻就严重地透支了自己的体力……这些人都与自己所处的环境抗争过,均以失败告终。

契诃夫笔下的知识分子更加注重实际行动,他们不再是言语的巨人,更多的是自省与自责,例如,在小说《决斗》(1891)、剧本《没有父亲的人》(1880)(又称《普拉东诺夫》)和《伊凡诺夫》(1887)中都有大量主人公剖析自己的独白,这种勇于自我批判的精神是空前绝后的、前所未有的,也是契诃夫笔下的"多余人"形象超越传统"多余人"形象的可贵之处。

屠格涅夫的小说《贵族之家》(1859)中的主人公拉夫列茨基也是一位"多余人",在小说的结尾,他回首一生,并感慨道:"至于我,在经过了今天这样一天之后,在经历了这许多感受之后,我要做的就是向你们致以最后的告别礼。在我的生命行将结束,无须多久,就将去见等待着我的上帝的时候,我心中虽然悲伤,却一无妒忌,也没有一丝阴暗的想法,我要说:'欢迎你,孤独的老年! 燃尽吧,无用的生命!'"②可见,在 19 世纪 50 年代末,贵族知识分子行将朽木,平民知识分子开始成为俄国社会政治生活中的主角。

也是在 1859 年,冈察洛夫发表了长篇小说《奥勃洛莫夫》,"这部小说宛如一颗炸弹,投在知识分子的圈子里"③,文学批评家杜勃罗留波夫最先做出反应,在小说发表的同一年他就写了批评文章《什么是奥勃洛莫夫性格》。在文章中,杜勃罗留波夫给所谓的"奥勃洛莫夫性格"下了定义,那"是在于一种彻头彻尾的惰性,这种惰性是由于对一切世界上所进行的

---

① 曹靖华. 俄苏文学史(第一卷). 郑州:河南教育出版社,1992:192.
② (俄)屠格涅夫. 罗亭·贵族之家. 戴骢,译. 上海:上海译文出版社,2006:360.
③ (俄)冈察洛夫. 奥勃洛莫夫. 陈馥,译. 北京:人民文学出版社,2008:前言 1.

东西,都表示冷淡而发生的。冷淡的原因,一部分在于他的外部地位,而另一部分,则在于他的智力和道德发展的方式"①。杜勃罗留波夫把奥勃洛莫夫同其他"多余人"做了比较,找出他们的相似之处,统称他们为"奥勃洛莫夫们","所有'多余的人'蜕化的极限是奥勃洛莫夫"②。小说《奥勃洛莫夫》中的施托尔茨是新兴资产阶级的代表,他同奥勃洛莫夫分别后的话一语双关:"再见吧,古老的奥勃洛莫夫庄园! 你的时代已经过去了!"③俄国的贵族时代就此结束!

　　时隔二十年,契诃夫把 19 世纪俄国文学中的知识分子形象做了一个总结,他笔下的"多余人"完全丧失了存在的意义,势必被有知识的、爱劳动的"新人"取代,除了"多余人"自身性格的因素,社会环境更是起着主导作用,契诃夫更加强调"多余人"与外部环境的冲突。1876 年,民粹派组织土地与自由社成立,该社于 1879 年分裂为土地平分派与民意党,后者热衷于搞个人恐怖活动,并于 1881 年 3 月 1 日暗杀沙皇亚历山大二世,此举招致的结果却是继位的沙皇亚历山大三世更加残暴的统治。越发黑暗的社会现实使得契诃夫笔下的"多余人"们更悲观、更绝望,像伊凡诺夫,他还没来得及蜕变为奥勃洛莫夫就苦闷得自杀了。

　　当然,同以往的"多余人"一样,契诃夫笔下的"多余人"身边也不乏女性围绕,所不同的是,以往的女性大多都是被"多余人"的言语所打动,她们因崇拜而爱,而契诃夫笔下"多余人"身边的女性则不大相同,用契诃夫的话来说,"像这样的女性,男性是不能用羽毛的鲜艳、机智、勇敢来征服的,然而用抱怨、叹息、失意却能征服她们。这样的女人只在男人走下坡路的时候才爱上男人"④,拯救男人似乎成了她们神圣的事业。冈察洛夫的长篇小说《奥勃洛莫夫》中的奥莉加倒是与契诃夫笔下"多余人"身边的女性有些相似之处,她曾奋力地挽救过奥勃洛莫夫,不过,以失败告终。即使爱的初衷不同,这些女性的命运却都是一样的——在需要实际

　　① (俄)杜勃罗留波夫. 什么是奥勃洛莫夫性格? //杜勃罗留波夫文学论文选. 辛未艾,译. 上海:上海译文出版社,1984:12.

　　② 曹靖华. 俄苏文学史(第一卷). 郑州:河南教育出版社,1992:318.

　　③ (俄)冈察洛夫. 奥勃洛莫夫. 陈馥,译. 北京:人民文学出版社,2008:528.

　　④ (俄)契诃夫. 契诃夫论文学. 汝龙,译. 北京:人民文学出版社,1958:136.

行动的时候,"多余人"们都退缩了。

三

契诃夫剖析了"多余人"的弱点,而对另一类知识分子形象——"忏悔的贵族"则完全持批判态度。"忏悔的贵族这一流派,从其内部成分来说,也可以称为民粹主义文化派……是那些还没有来得及分化并消融在资本主义社会各个新的阶级中的、过渡性的中等贵族、官吏和知识分子的情绪和观点在思想体系上的表现。"①"忏悔的贵族"主要是托尔斯泰笔下的典型形象,例如,小说《安娜·卡列尼娜》中的列文、《复活》中的涅赫留朵夫,等等。"忏悔的贵族"们为社会上存在的贫富差异感到痛苦,这种罪恶感使得他们的良心饱受折磨,于是,他们虔诚地忏悔,为了求得灵魂的救赎。他们忏悔的基点是宗教、是托尔斯泰主义的教义——"道德的自我完善"、禁欲主义,等等,这些思想正是契诃夫批驳和摒弃的,而且,曾经有着共同的奋斗目标——走向劳苦大众的"忏悔的贵族"与平民知识分子之间的分歧越来越大,因此,在平民出身的契诃夫的笔下,"忏悔的贵族"这一类型的知识分子形象并不多。在中篇小说《女人的王国》(1894)中,契诃夫对托尔斯泰所谓"平民化"的理论提出了质疑,进而,在小说《我的一生》(1896)中则反映出"平民化"的结果是无用的,因为这些贵族永远无法逾越阶级的鸿沟,他们与普通民众之间的隔阂终究是难以消除的,而且,平民们也习惯了旧式的生活。契诃夫是一个务实的人,他最反对虚伪和做作,他曾说过:"在电和蒸汽中对人的爱比在贞洁和素食中多。战争是灾难,法院是祸害,但不能就此说我应当穿草鞋,并跟佣人及他老婆一块儿睡在灶台上……"②契诃夫的主张是什么呢?是实际行动!就像他本人那样做实事,例如,免费给穷人看病、建学校、为贫困儿童募捐,等等。

1890年,契诃夫在萨哈林岛之行后世界观发生了很大的变化,单纯地借"狂人"之口针砭时弊已经不能满足时代的需要。19世纪末俄国社会中的贵族知识分子大多低迷、颓废、变节,无法再承担历史的重任,于是,

---

① (俄)沃罗夫斯基. 多余的人. //论文学. 程代熙,等,译. 北京:人民文学出版社,1981:83.

② Чехов А. П. Собрание сочинений в 12 т. т. 12 . М. : Государственное издательство"Художественной литературы", 1956:50.

在契诃夫的笔下开始出现平民知识分子——有所作为的"新人"形象。较之屠格涅夫、车尔尼雪夫斯基笔下的"新人"形象,契诃夫笔下的"新人"则少了一份英雄浪漫主义,多了一份脚踏实地,他们去劳动、去工作、去求学。在小说《跳来跳去的女人》(1892)与《花匠头目的故事》(1894)中,契诃夫还塑造出真真切切的实干家形象,他们真实、生动、感人泪下,并且,契诃夫笔下的未来世界是现实的、近在咫尺的、触手可及的,而非空想,不会使人产生虚幻和飘渺的感觉。

在"新人"形象的塑造中,契诃夫对知识女性的刻画也是一大亮点。在19世纪俄国文学史中,知识女性形象很少,屠格涅夫的小说《前夜》(1860)中的叶莲娜是第一个,此外,还有车尔尼雪夫斯基的小说《怎么办?》(1862—1863年)中的韦拉。契诃夫推崇知识女性,因此,他笔下的知识女性形象很多。叶莲娜和韦拉直接或间接地参加了革命,她们与契诃夫笔下的知识女性有着不同的命运,契诃夫作品中的女主人公走出家庭,外出求学,融入广阔的社会生活之中,她们没有参加革命,因为契诃夫是反对暴力和革命的,他主张知识和劳动可以改变妇女的命运。

在车尔尼雪夫斯基的长篇小说《怎么办?》(1862—1863年)中还第一次出现了职业革命家形象——拉赫梅托夫。尽管19世纪末期俄国革命风起云涌、无产阶级力量迅猛发展,但是,由于契诃夫本人世界观的因素,在他的笔下没有出现"无产阶级革命家"类型的知识分子形象。"1905年(他逝世的上一年)革命的风暴正在这'停滞'的表面之下积蓄着力量,革命的地下工作者实际上早已活跃在契诃夫的周围。但是很可惜,由于生活的习惯力,所有这些革命活动,契诃夫却接触不到,因而,尽管他一方面深信伟大的新时代必然会到来,而且不会在遥远的将来,而另一方面,他却使他作品中的人物只抱着个人遥远的希望在暗中摸索"[1],1960年茅盾在纪念契诃夫诞辰一百周年的文章《契诃夫的时代意义》中如此分析道。众所周知,契诃夫反对革命,就连自己最后的作品——小说《新娘》(1903)中的主人公娜嘉也没有走上革命的道路,而是去彼得堡求学。关于这部小说,契诃夫曾与维列萨耶夫进行过商讨:

---

[1] 茅盾. 契诃夫的时代意义. 世界文学,1960,1:128－129.

安东·巴甫洛维奇问：

"怎么样，你们觉得这篇小说怎么样？"

我迟疑了一下，可是决定把自己的意见公开说出来。

"安东·巴甫洛维奇，女孩子不是这样出走参加革命的。像您的娜嘉这样的姑娘，不会去参加革命。"

契诃夫的眼睛带着严厉的警觉神情瞧我一眼。

"参加革命是有各式各样的道路的。"

契诃夫"认为对他的娜嘉来说，不参加革命，而单纯地去求学，比较合宜"①，因为契诃夫始终不渝地坚信知识和劳动是推动社会进步的力量，这才是契诃夫明确的世界观。

总地看来，契诃夫作品中的知识分子形象以医生和乡村教师居多，这跟他本人的生活经历息息相关，正是因为契诃夫熟识他们的生活，所以才能客观、准确地刻画出这些鲜活的人物形象来。并且，契诃夫一贯坚持"非倾向性"的、客观的现实主义文学创作原则，所以他从不刻意贬低或拔高人物形象，在他的作品中很少有正面的知识分子形象，而且，困扰俄国知识分子的"谁之罪"和"怎么办"的问题在契诃夫的作品中同样找不到答案，"怎么办？谁之过？从何开始？契诃夫取消了这些传统的文学问题……"②

如果说普希金、莱蒙托夫、屠格涅夫、车尔尼雪夫斯基、托尔斯泰等笔下的知识分子形象比较单一、比较典型的话，那么，契诃夫笔下的知识分子形象可谓包罗万象、人物众多、良莠不齐，他对整个19世纪俄国文学中的知识分子形象做了一个总结：无论是贵族的、平民的，无论是是庸俗的、市侩的、"异化"的，还是实干的、女性的……形形色色的俄国知识分子形象在契诃夫的作品中都有体现，每位知识分子都能在契诃夫描绘的图系中找到自己的面孔或是孪生兄弟。卢那察尔斯基的评价十分形象与中肯："人数众多的全体知识分子对契诃夫的爱重，甚至超过了对高尔基、托

---

① （俄）维列萨列夫. 安·巴·契诃夫//回忆契诃夫. 多人，译. 北京：人民文学出版社，1962：580－581.

② （俄）格罗莫夫. 契诃夫传. 郑文樾，朱逸森，译. 郑州：海燕出版社，2003：274.

尔斯泰和柯罗连科的爱重:高尔基的某些倾向吓跑了他们,托尔斯泰过于特殊,同样使非托尔斯泰派的知识分子对他有点疏远,柯罗连科当时主要被看作一位体现绝无仅有的社会良心的人物,一位深刻的政论家,可是就他在文艺领域内的生产率和感应力而论,已经不能同契诃夫相比了"①,这正是契诃夫的伟大之处。

通过契诃夫绘制的知识分子群像,我们深刻地了解到当时俄国社会的真实面貌,他的作品融汇在一起就像是一部俄国19世纪下半叶的断代史。契诃夫笔下的知识分子走着一条从软弱到觉醒、再到抗争的漫长道路,一些典型形象,如"套中人"等,至今仍未过时,仍旧对我们有很大的启迪与教育意义。

契诃夫在孤独的精神探索中逐步形成了自己的思想体系,并将自己的思想融汇到文学创作之中,剧本《三姐妹》中威尔什宁临行前的那句话——"只希望爱劳动的加上教育,受教育的加上爱劳动……"② 堪称经典,这也是契诃夫思想的精髓,是契诃夫理想中人类社会的最佳状态。

---

① (俄)卢那察尔斯基. 安·巴·契诃夫在我们今天//论文学. 蒋路,译. 北京:人民文学出版社,1978:235.

② (俄)契诃夫. 契诃夫戏剧集. 焦菊隐,译. 上海:上海译文出版社, 1980:332.

参考文献

一、中文文献

[1]　阿英. 小说闲谈四种. 上海:上海古籍出版社,1985.

[2]　巴金. 谈契诃夫. 上海: 平明出版社, 1955.

[3]　(苏)巴鲁哈蒂 С Д. 契诃夫的戏剧艺术. 贾植芳,译. 上海: 文化工作社, 1951.

[4]　(美)威廉·白瑞德. 非理性的人——存在主义探源. 彭镜禧,译. 哈尔滨:黑龙江教育出版社,1988.

[5]　白小红. 俄国斯拉夫主义. 北京:商务印书馆,2006.

[6]　(苏)格·别尔德尼科夫. 契诃夫传. 陈玉增,刑淑华,傅韵秋,译. 哈尔滨:黑龙江人民出版社,1988.

[7]　(苏)别尔金. 契诃夫的现实主义. 徐亚倩,译. 上海: 新文艺出版社, 1954.

[8]　(英)以赛亚·柏林. 俄国思想家. 彭淮栋,译. 南京:译林出版社, 2001.

[9]　(俄)布罗茨基. 俄国文学史(下). 蒋路,刘辽逸,译. 北京:作家出版社,1962.

[10]　(法)费迪南·布伦蒂埃,等. 批判知识分子的批判. 王增进,译. 北京:中国社会科学出版社,2007.

[11]　曹靖华. 俄苏文学史:第一卷. 郑州:河南教育出版社,1992.

[12]　曹维安. 俄国史新论. 北京:中国社会科学出版社,2002.

[13]　(俄)米哈·柴霍甫. 柴霍甫评传. 陆立之,译. 上海:神州国光社, 1932.

[14]　(俄)车尔尼雪夫斯基. 怎么办?. 蒋路,译. 北京:人民文学出版社,2008.

[15]　陈东山. 契诃夫故事. 香港: 中华书局, 1960.

[16]　陈建华. 二十世纪中俄文学关系. 北京:高等教育出版社,2002.

[17]　陈建华. 阅读俄罗斯. 上海:上海文艺出版社,2007.

[18]　陈建华. 中国俄苏文学研究史论. 重庆:重庆出版社,2007.

[19]　陈平原,夏晓虹. 二十世纪中国小说理论资料:第一卷(1897—1916). 北京:北京大学出版社,1989.

[20]　陈玉刚. 中国翻译文学史稿. 北京:中国对外翻译出版公司,1989.

[21]　陈元垲. 二十世纪中国文学与世界. 西安:陕西人民出版社,1987.

[22]　程正民. 俄国作家创作心理研究. 天津:百花文艺出版社,1990.

[23]　(苏) 丹钦科. 文艺·戏剧·生活. 焦菊隐,译. 北京:中国戏剧出版社, 1982.

[24]　(俄)杜勃罗留波夫. 杜勃罗留波夫——文学论文选. 辛未艾,译. 上海:上海译文出版社,1984.

[25]　(苏) 多人. 回忆契诃夫. 多人,译. 北京:人民文学出版社, 1962.

[26]　(德)恩格斯. 反杜林论. 北京:人民出版社,1971.

[27]　范伯群,朱栋霖. 中外文学比较史——1898—1949. 南京:江苏教育出版社,1993.

[28]　方璧,玄珠,曾虚白,等. 西洋文学讲座. 上海:上海书店出版部, 1990.

[29]　冯瘦菊. 十九世纪俄罗斯文学家的传略和著作思想. 上海:大东书局,1929.

[30]　复旦大学图书馆. 契诃夫作品及有关论著书目. 上海:复旦大学图书馆, 1959.

[31]　(法)米歇尔·福科. 疯癫与文明. 刘北成,杨远婴,译. 北京:生活·读书· 新知三联书店, 2003.

[32]　(俄) 弗兰克. 俄国知识人与精神偶像. 徐凤林,译. 上海:学林出版社, 1999.

[33]　(俄) 弗兰克. 人与世界的割裂. 方珊,方达林,王利刚,译. 济南:山东友谊出版社, 2005.

[34]　(俄)伊万·冈察洛夫. 奥勃洛莫夫. 陈馥,译. 北京:人民文学出

版社,2008.

[35]　(苏)高尔基. 文学写照. 巴金,译. 北京:人民文学出版社,1978.

[36]　(苏)高尔基. 文学写照. 巴金,译. 北京:人民文学出版社,1985.

[37]　(苏)高尔基. 俄罗斯人剪影. 侍桁,译. 上海:国际文化服务社,
　　　1950.

[38]　(苏)高尔基. 俄国文学史. 缪灵珠,译. 上海:上海译文出版社,
　　　1979.

[39]　戈宝权. 中外文学因缘——戈宝权比较文学论文集. 北京:北京出
　　　版社,1992.

[40]　(俄)格奥尔吉耶娃 T C. 俄罗斯文化史——历史与现代. 焦东建,
　　　董茉莉,译. 北京:商务印书馆,2006.

[41]　(俄)格罗莫夫. 契诃夫传. 郑文樾,朱逸森,译. 郑州:海燕出版
　　　社, 2003.

[42]　(俄)柴霍甫. 柴霍甫短篇小说集. 耿济之,耿勉之,译. 上海:商务
　　　印书馆,1923.

[43]　(俄)柴霍甫. 柴霍甫小说. 王靖,译. 上海:泰东图书局,1921.

[44]　郭延礼. 中国近代翻译文学概论. 武汉:湖北教育出版社,1997.

[45]　(俄)赫尔岑. 谁之罪?. 楼适夷,译. 上海:上海译文出版社,1982.

[46]　赫坚. 契诃夫. 北京:国际文化出版公司, 1996.

[47]　焦菊隐. 焦菊隐文集. 北京:文化艺术出版社,1990.

[48]　(伊朗)拉明·贾汉贝格鲁. 伯林谈话录. 杨祯钦,译. 南京:译林
　　　出版社,2002.

[49]　荆凡. 俄国七大文豪之柴霍甫评传. 1943.

[50]　剧本月刊社. 纪念契诃夫专刊. 北京:人民文学出版社, 1954.

[51]　(俄)克鲁泡特金. 俄国文学史. 郭安仁,译. 重庆:重庆书店,
　　　1931.

[52]　(俄)克鲁泡特金. 俄国文学史. 韩侍桁,译. 上海:北新书局,
　　　1930.

[53]　(俄)克鲁泡特金. 我的自传. 巴金,译. 北京:生活·读书·新知
　　　三联书店,1985.

[54]　（法）米歇尔·莱马里,让－弗朗索瓦·西里内利. 西方当代知识分子史. 顾元芬,译. 南京:江苏教育出版社,2007.

[55]　（俄）莱蒙托夫. 当代英雄. 冯春,译. 上海:上海译文出版社,2006.

[56]　（法）雅克·勒戈夫. 中世纪的知识分子. 张弘,译. 北京:商务印书馆,1996.

[57]　李辰民. 走进契诃夫的文学世界. 香港:天马图书有限公司,2003.

[58]　黎皓智. 契诃夫小说中的知识分子形象[J]. 南昌大学学报:人文社会科学版,1985,4:54－59.

[59]　李嘉宝. 现代文化视野中的契诃夫. 长春:吉林人民出版社,2001.

[60]　李蟠. 试谈契诃夫小三部曲中三个故事讲述者的形象[J]. 外国文学研究,1979,2:47－49.

[61]　李素绚. 契诃夫的童年. 哈尔滨:黑龙江少年儿童出版社,1984.

[62]　（苏）弗·维·李特维诺夫. 安东·契诃夫. 余生,译. 北京:平明出版社,1954.

[63]　李小桃. 俄罗斯知识分子问题研究. 哈尔滨:黑龙江人民出版社,2009.

[64]　（俄）列宁. 列宁全集:第十七卷. 北京:人民出版社,1963.

[65]　刘建中. 契诃夫小说新探. 西安:陕西人民出版社,1991.

[66]　龙飞,孔延庚. 契诃夫传. 天津:南开大学出版社,1988.

[67]　刘劲予. 论契诃夫的知识分子形象塑造. 广东教育学院学报,1983,4:64－73.

[68]　刘文飞. 伊阿诺斯,或双头鹰. 北京:中国社会科学出版社,2006.

[69]　刘研. 契诃夫与中国现代文学. 上海:上海社会科学院出版社,2006.

[70]　刘运峰. 鲁迅序跋集:上、下卷. 济南:山东画报出版社,2006.

[71]　（俄）卢那察尔斯基. 论文学. 蒋路,译. 北京:人民文学出版社,1978.

[72] 鲁迅. 鲁迅书信集：下卷. 北京：人民文学出版社,1976.

[73] 路雪莹. 契诃夫与美里霍沃庄园. 济南：山东友谊出版社, 2007.

[74] (俄)洛斯基 H O. 俄国哲学史. 贾泽林,译. 杭州：浙江人民出版社,1999.

[75] (德)马克思,恩格斯. 马克思恩格斯全集：第三十二卷. 北京：人民出版社,1975.

[76] 马元照. 契诃夫. 上海：四联出版社, 1954

[77] 茅盾. 西洋文学通论. 北京：书目文献出版社,1985.

[78] 茅盾. 世界文学名著杂谈. 天津：百花文艺出版社,1980.

[79] 那声德. 契诃夫短篇小说诠释与解读. 北京：中国少年儿童出版社, 2003.

[80] (法)伊莱娜·内米洛夫斯基. 契诃夫的一生. 陈剑,译. 北京：人民文学出版社,2009.

[81] 倪稼民. 从建构到失语——文化传统背景下的俄罗斯革命知识分子与斯大林模式. 南昌：江西出版集团·江西人民出版社,2007.

[82] (苏)帕佩尔内 3. 契诃夫怎样创作. 朱逸森,译. 上海：上海译文出版社, 1991.

[83] (俄)戈·瓦·普列汉诺夫. 俄国社会思想史(三卷本). 孙静工,译. 北京：商务印书馆,1988.

[84] (俄)普希金. 叶甫盖尼·奥涅金. 智量,译. 北京：人民文学出版社,2004.

[85] (俄)契诃夫. 契诃夫小说全集(1~10卷). 汝龙,译. 上海：上海译文出版社, 2000.

[86] (俄)契诃夫. 契诃夫文集(1~16卷). 汝龙,译. 上海：上海译文出版社, 1999.

[87] (俄)契诃夫. 契诃夫文集(1~4册). 佚名,译. 呼和浩特：内蒙古人民出版社, 1997.

[88] (俄)契诃夫. 契诃夫戏剧集. 焦菊隐,译. 上海：上海译文出版社, 1980.

[89] (俄)契诃夫. 戏剧三种. 童道明,译. 北京：中国文联出版社,

2004.

［90］　（俄）契诃夫. 萨哈林旅行记. 刁绍华,姜长武,译. 哈尔滨:黑龙江人民出版社,1980.

［91］　（俄）契诃夫. 契诃夫论文学. 汝龙,译. 北京:人民文学出版社,1958.

［92］　（俄）契诃夫. 札记与书信. 童道明,译. 北京:中国文联出版社,2004.

［93］　（俄）契诃夫. 契诃夫手记. 贾植芳,译. 天津:百花文艺出版社,2000.

［94］　（俄）契诃夫. 契诃夫手记. 贾植芳,译. 杭州:浙江人民出版社,1982.

［95］　（俄）契诃夫. 契诃夫随笔. 朱溪,衣萍,译. 上海:北新书局,1929.

［96］　（俄）契诃夫,高尔基. 契诃夫高尔基通信集. 适夷,译. 上海:新文艺出版社,1950.

［97］　（俄）玛·契诃娃. 给契诃夫的信. 王金陵,译. 北京:人民文学出版社,1963.

［98］　瞿秋白. 瞿秋白文集:第二卷. 北京:人民文学出版社,1986.

［99］　任光宣. 俄罗斯文化十五讲. 北京:北京大学出版社,2007.

［100］　任子峰. 车尔尼雪夫斯基及其《怎么办?》. 北京:北京出版社,1986.

［101］　（美）爱德华·W.萨义德. 知识分子论. 单德兴,译. 北京:生活·读书·新知三联书店,2002.

［102］　山庵. 域外小说集. 北京:新星出版社,2006.

［103］　（日）昇曙梦. 俄国现代思潮及文学. 许亦非,译. 上海:现代书局,1933.

［104］　石蕾. 契诃夫. 北京:中国国际广播出版社,1996.

［105］　（苏）史达尼斯拉夫斯基. 契诃夫与艺术剧院. 满涛,译. 上海:时代出版社,1950.

［106］　（苏）玛·斯特罗耶娃. 契诃夫与艺术剧院. 吴启元,田大畏,均时,译. 北京:中国戏剧出版社,1960.

[107] 宋春舫. 宋春舫论剧:第一集. 上海:中华书局,1930.

[108] 孙成木. 俄罗斯文化一千年. 北京:东方出版社,1995.

[109] (法) 亨利·特罗亚. 契诃夫传. 侯贵信,郑业奎,朱邦造,等,译. 北京:世界知识出版社, 1992.

[110] 童道明. 我爱这片天空——契诃夫评传. 北京:中国文联出版社, 2004.

[111] (苏) 安·屠尔科夫. 安·巴·契诃夫和他的时代. 朱逸森,译. 北京:中国社会科学出版社, 1984.

[112] (俄)屠格涅夫. 前夜. 丽尼,巴金,译. 上海:上海译文出版社, 2007.

[113] (俄)屠格涅夫. 罗亭、贵族之家. 戴骢,译. 上海:上海译文出版社,2006.

[114] (俄)屠格涅夫. 处女地. 巴金,译. 北京:人民文学出版社,1978.

[115] (俄)列夫·托尔斯泰. 克莱采奏鸣曲. 林楚平,译. 杭州:浙江人民出版社,1980.

[116] (俄)陀思妥耶夫斯基. 群魔. 南江,译. 北京:人民文学出版社, 1983.

[117] 汪剑钊. 中俄文字之交——俄苏文学与二十世纪中国文学. 桂林:漓江出版社,1999.

[118] 汪介之. 选择与失落——中俄文学关系的文化关照. 南京:江苏文艺出版社,1995.

[119] 王爱民,任何. 俄国戏剧史概要. 北京:中国戏剧出版社,1984.

[120] 王富仁. 鲁迅前期小说与俄罗斯文学. 西安:陕西人民出版社, 1983.

[121] 王慧. 契诃夫. 上海:少年儿童出版社,2008.

[122] 王锦厚. 五四新文学与外国文学. 成都:四川大学出版社,1989.

[123] 王西彦. 书和生活. 广州:花城出版社,1981.

[124] 王西彦. 书和生活——兼谈契诃夫、迦尔洵作品中的知识分子[J]. 随笔, 1980,7:70-78.

[125] 王远泽. 戏剧革新家契诃夫. 长沙:湖南师范大学出版社, 1993.

[126] 文池. 俄罗斯文化之旅. 北京:新世界出版社,2002.

[127] (俄)沃罗夫斯基. 论文学. 多人,译. 北京:人民文学出版社, 1981.

[128] (俄)溪崖霍夫. 黑衣教士. 吴檮,译. 上海:商务印书馆,1913.

[129] 萧赛. 柴霍甫的戏剧. 上海:文通书局,1948.

[130] 萧赛. 柴霍甫传. 上海:文通书局,1948.

[131] 谢六逸. 西洋小说发达史. 上海:商务印书馆,1923.

[132] 许茵. 试论契诃夫小说中的知识分子形象. 云梦学刊,1984,1: 111–119.

[133] 徐祖武. 契诃夫研究. 开封:河南大学出版社,1987.

[134] 杨小岩. 契诃夫小说中的知识分子形象. 长江大学学报:社会科学版, 1988,2:52–59.

[135] 姚海. 俄罗斯文化之路. 杭州:浙江人民出版社,1992.

[136] (苏)叶尔米洛夫. 契诃夫传. 张守慎,译. 北京:人民文学出版社, 1960.

[137] (苏)叶尔米洛夫. 契诃夫. 陈冰夷,译. 北京:人民文学出版社, 1954.

[138] (苏)叶尔米洛夫. 论契诃夫的戏剧创作. 张守慎,译. 北京:中国戏剧出版社,1985.

[139] (苏)叶尔米洛夫. 关于契诃夫的剧本. 黎文望,译. 上海:新文艺出版社,1954.

[140] (苏)耶里扎罗娃. 契诃夫的创作与十九世纪末期现实主义问题. 杜殿坤,译. 上海:上海文艺出版社,1962.

[141] 叶灵凤. 读书随笔(二集). 北京:生活·读书·新知三联书店, 1988.

[142] 余英时. 士与中国文化. 上海:上海人民出版社,1987.

[143] (俄)泽齐娜 M P,科什曼 Л B,舒利金 B C. 俄罗斯文化史. 刘文飞,苏玲,译. 上海:上海译文出版社,1999.

[144] 曾小逸. 走向世界文学——中国现代作家与外国文学. 长沙:湖南人民出版社,1985.

[145] 张冰. 俄罗斯文化解读——费人猜详的斯芬克斯之迷. 济南:济南出版社,2006.

[146] 张华. 鲁迅和外国作家. 西安:陕西人民出版社,1981.

[147] 张建华. 俄国知识分子思想史导论. 北京:商务印书馆, 2008.

[148] 张建华. 俄国史. 北京:人民出版社,2004.

[149] 张建华. 红色风暴的起源——彼得大帝和他的帝国. 北京:中国城市出版社,2002.

[150] 张建华. 红色风暴之迷——破解从俄国到苏联的神话. 北京:中国城市出版社,2003.

[151] 张晓东. 苦闷的园丁——"现代性"体验与俄罗斯文学中的知识分子形象. 北京:人民文学出版社,2009.

[152] 张秀章. 短篇小说巨匠契诃夫. 长春:北方妇女儿童出版社, 2008.

[153] 赵景琛. 俄国三大文豪之柴霍甫. 上海:亚细亚书局, 1929.

[154] 赵坤曾. 契诃夫. 天津:新蕾出版社, 2000.

[155] 赵佩瑜. 契诃夫. 沈阳:辽海出版社, 1998.

[156] 郑伟平. 世界巨人百传——契诃夫、高尔基. 深圳:海天出版社, 2000.

[157] 政务院文化教育委员会对外联络事务局. 契诃夫逝世五十周年纪念. 北京:中央人民政府政务院文化教育委员会对外联络事务局, 1954.

[158] 郑也夫. 知识分子研究. 北京:中国青年出版社,2004.

[159] 郑振铎. 文学大纲. 上海:上海书店出版部,1986.

[160] 郑振铎. 郑振铎全集. 石家庄:花山文艺出版社,1998.

[161] 郑振铎. 俄国文学史略. 上海:商务印书馆,1924.

[162] 智量等. 俄国文学与中国. 上海:华东师范大学出版社,1991.

[163] 朱达秋,周力. 俄罗斯文化论. 重庆:重庆出版社,2004.

[164] 朱建刚. 普罗米修斯的"堕落"——俄国文学知识分子形象研究. 北京:人民文学出版社, 2006.

[165] 朱逸森. 契诃夫:1860—1904. 上海:华东师范大学出版社,

2006.

［166］ 朱逸森. 短篇小说家契诃夫. 上海：华东师范大学出版社，1984.

［167］ 朱仲玉. 契诃夫. 北京：商务印书馆，1964.

二、俄文文献

［1］ Чехов и литература народов Советского Союза：(Сборник). Ред. Айвазян К. В. и другие. Ер.：Изд – во Ереван. ун – та, 1982.

［2］ Интеллектуальная элита РоссииХХ века：столица и провинция: Материалы межрегиональной научной конференции. Ред. Акопян К. З. и другие. Киров：Изд – во ВятГГУ, 2003.

［3］ Александров Б. И. А. П. Чехов (семинарий). Москва – Ленинград：Издательство 《Просвещение》, 1964.

［4］ Литературное наследство—т. 68：Чехов. Ред. Анисимов И. И. и другие. Москва：Издательство Академии наук СССР, 1960.

［5］ Беленький В. Х. Проблемы современной российской интеллигенции (Опыт социологического анализа：монография). Красноярск: ГУЦМИЗ , 2005.

［6］ Бердников Г. Чехов—драматург. Ленинград – Москва: Государственное издательство "Искусство", 1957.

［7］ Бердников Г. А. П. Чехов：Идейные и творческие искания. Москва：Издательство "Художественная литература", 1984.

［8］ Битов, Чудаков, Рейфилд, Клех. Четырежды Чехов. М.： Издательство Emergency Exit, 2004.

［9］ Блок А. Россия и интеллигенция. М. Слоним. Русские предтечи большевизма. Москва：《Вузовская книга》, 2006.

［10］ Чеховские чтения в Ялте：Чехов и ХХ век. Ред. Богданов В. А. М.：Издательство 《Наследие》, 1997.

［11］ Бродская Г. Ю. Алексеев—Станиславский, Чехов и другие. Вишневосадская эпопея. В 2 – х т. т. 1. Середина XIX века— 1898. М.：《Аграф》, 2000.

［12］ Чехов в воспоминаниях современников. Ред. Бродский Н. Л. и
другие. М. : Государственное издательство " Художественной
литературы" , 1954.

［13］ А. П. Чехов: PRO ET CONTRA . Ред. Бурлака Д. К. СПб. :
Издательство РХГИ, 2002.

［14］ Быкова Н. и другие. Указатель содержания №1 – 75 " Новое
литературное обозрение". Москва: "НЛО" , 2006.

［15］ Видузцкая И. П. А. П. Чехов и его издатель А. Ф. Маркс.
Москва: Издательство《Наука》, 1977.

［16］ Россия XXI века: творческий , духовный и нравственный
потенциал интеллигенции : Материалы круглого стола ,
Иваново, 25 июня 2002 г.) . Ред. Волков В. С. и другие.
Иваново: Иван. гос. ун – т, 2002.

［17］ Волошинова В. Ф. и Волошинова. Л. Ф. Чехов и Ростов – На
– Дону. Ростов – На – Дону: Издательство"Фолиант" , 2004.

［18］ Всеволод Думный. Люди будущего или люди без будущего?
Социал—демократическая интеллигенция России на рубеже
XIX—XX столетий. М. : МГУП, 2003.

［19］ Гайнцева Э. Г. и другие. История русской литературы XIX—
начала XX века (Библиографический указатель. Общая часть) .
Санкт – Петербург: 《Наука》, 1993.

［20］ Геннадий Шалюгин. Чехов: "жизнь, которой мы не знаем..." .
Симферополь: "Таврия" , 2005.

［21］ Гидиринский В. И. Русская интеллигенция в истории России
(социокультурный аспект) . М. : МГИ им. Е. Р. Дашковой,
2005.

［22］ История интеллигенции России в биографиях её исследователей:
Опыт энциклопедического словаря. Ред. Главацкий М. Е.
Екатеринбург: Изд – во Урал. ун – та, Изд – во 《АИРО—XX》,
2002.

[23] Глазов Ю. Тесные врата: Возрождение русской интеллигенции. Санкт – Петербург: Издательство журнала《Звезда》, 2001.

[24] Головачева А. Г. Пушкин , Чехов и другие: поэтика литературного диалога. Симферополь: Издательство "ДОЛЯ", 2005.

[25] Диденко П. И. Интеллигенция как субъект российской истории. Волгоград: Издательство Волгоградского государственного университета, 2003.

[26] Дональд Рейфилд. Жизнь Антона Чехова. М.: Издательство Независимая Газета, 2005.

[27] Зайцев Б. Чехов: Литературная биография. Москва: Издательство "Дружба народов", 2000.

[28] Измайлов АЛ. А. Чехов(Биография). М.: Захаров, 2003.

[29] Казанин И. Е. Забытое Будущее: советская власть и российская интеллигенция в первое послеоктябрьское десятилетие. Волгоград : Издательство волГУ, 2001.

[30] Кустарёв А. Нервные люди: Очерки об интеллигенции. М.: Товарищество научных изданий КМК, 2006.

[31] Мильдон В. И. Чехов сегодня и вчера ("Другой человек"). Москва: Всероссийский государственный институт кинематографии им. С. А. Герасимова, 1996.

[32] Огнев А. В. Чехов и современная русская проза. Тверь: Тверской государственный университет, 1994.

[33] Чехов и его время. Ред. Опульская Л. Д. и другие. Санкт – Петербург: Издательство《Наука》, 1977.

[34] Литературное наследство: Чехов и мировая литература. Ред—составители Паперный З. С. и Полоцкая Э. А. Москва: ИМЛИ РАН, 2005.

[35] Пархоменко Т. А. Российская интеллигенция на родине и в зарубежье: новые документы и материалы: Сб. ст. Москва:

Российский институт культурологии, 2001.

[36]　Полоцкая Э. А. А. П. Чехов (Движение художественной мысли). М. :《Советский писатель》, 1979.

[37]　Стивен Ле Флемминг. Господа критики и господин Чехов . Антология . СПб. , М. : Летний сад, 2006.

[38]　Строева М. Чехов и художественный театр. Москва: Государственное издательство "Искусство", 1955.

[39]　Струве П. Интеллигенция и революция.

[40]　Сурков Е. Д. Чехов и театр. Москва: Государственное издательство"Искусство", 1961.

[41]　Чехарин Е. М. О России и русский философской культуре. М. : Гилея, 1990.

[42]　Чехов А. П. Рассказы. М. : Слово, 2000.

[43]　Чехов А. П. Рассказы . Пьесы. М. : Слово, 2000.

[44]　Чехов А. П. Собрание сочинений в двенадцади томах. М. : Государственное издательство "Художественной литературы", 1956.

[45]　Чехов А. П. Собрание сочинений в восемнадцади томах. М. : Издательство "Наука", 1987.

后　记

　　2004 年我考取南开大学文学院的博士研究生。即将入学之际，我发现自己已有身孕，生平第一次面临如此重大的抉择：两个对我来说意义十分重大的事情，难以取舍……"熊掌和鱼不可兼得"。或许，人的天性都是贪婪的，我决定两个都要，就当他们是孪生兄弟，让他们一同孕育、一同成长。

　　在读期间，我的儿子出生了，我的生活由此变得紧张、忙碌起来。为此，我要感谢我的母亲，在我最艰难的时候支持我，帮我带孩子，解除我的后顾之忧。很不幸的是，不久前母亲突然离世。在这几年里，我尝到了儿子出生的喜悦，也体会了亲人离世的痛苦。一路走来可谓跌跌撞撞、步履蹒跚。

　　在我灰心丧气的时候，我的导师王志耕教授鼓励我、关心我，记得他曾对我说过："生活阅历的加深，对理解作品会有帮助"，换个角度思考问题，我不再抱怨生活的磨难与不幸，相反，我把它当做人生的资本。契诃夫的人格和作品也深深地感染了我，涤荡我的灵魂，使我受益颇多。从论文的选题、框架结构的设定，再到最终定稿，王老师都耐心地给予了指导。"师者，传道、授业、解惑也"，这是对王志耕导师的最好写照。

　　在此，我还要感谢我的硕士导师谷羽先生、南开大学外语学院西语系系主任阎国栋教授、陈曦教授以及各位同人，感谢他们的关心与帮助。

　　感谢姜敏师姐，我们曾一路搀扶，相互勉励，走过风雨。

　　鉴于时间和能力均有限，论文中肯定存在一些不足之处，也有一些虽然意会但仍然无法言传的思想让人感到意犹未尽。"路漫漫，其修远兮"，在今后的岁月里，我会继续努力，将此命题的研究深入下去，作为对师恩的回报。

许力
2010 年 8 月于南开园